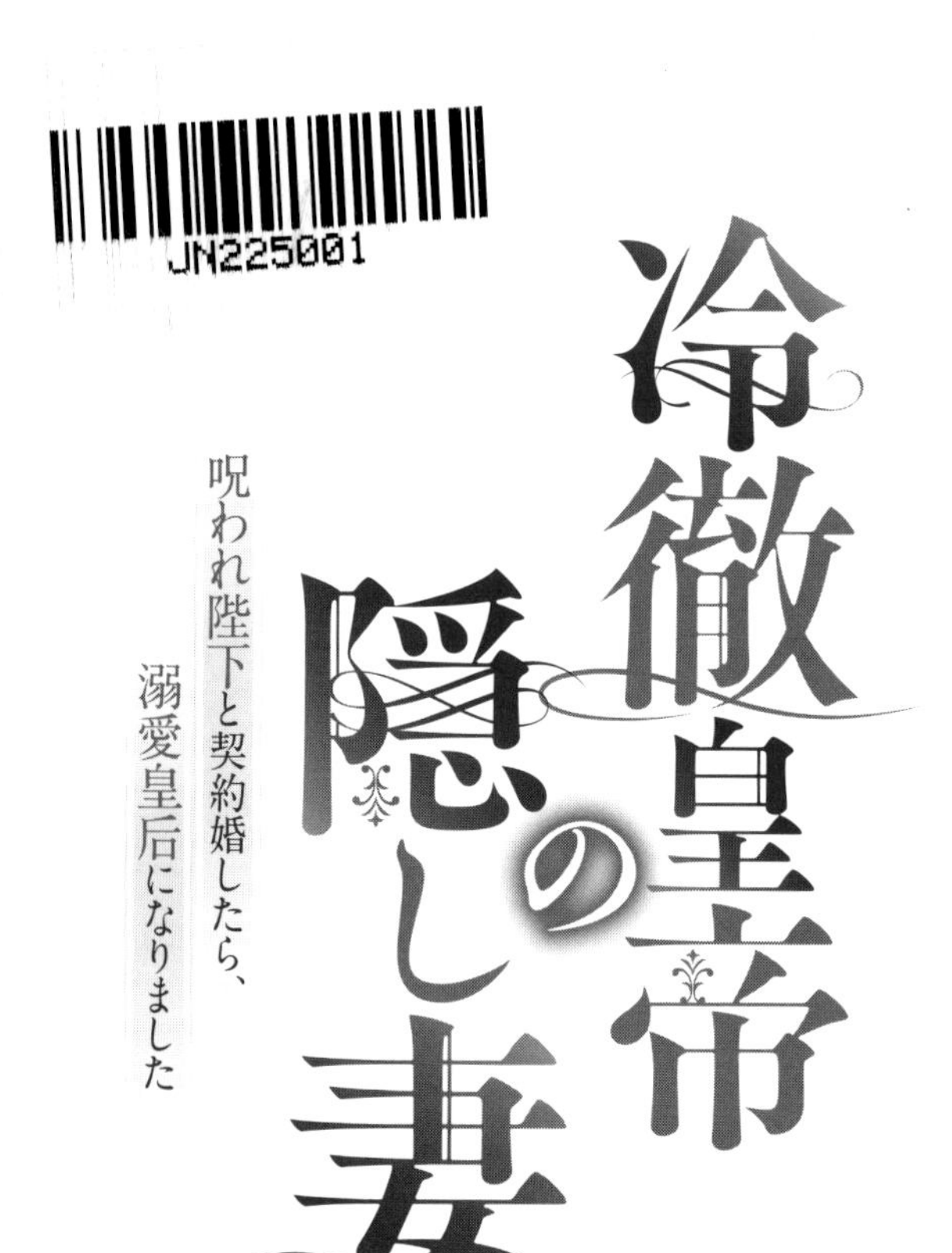


# 冷徹皇帝の隠し妻

## 呪われ陛下と契約婚したら、溺愛皇后になりました

杜来リノ

Illust. 炎かりよ

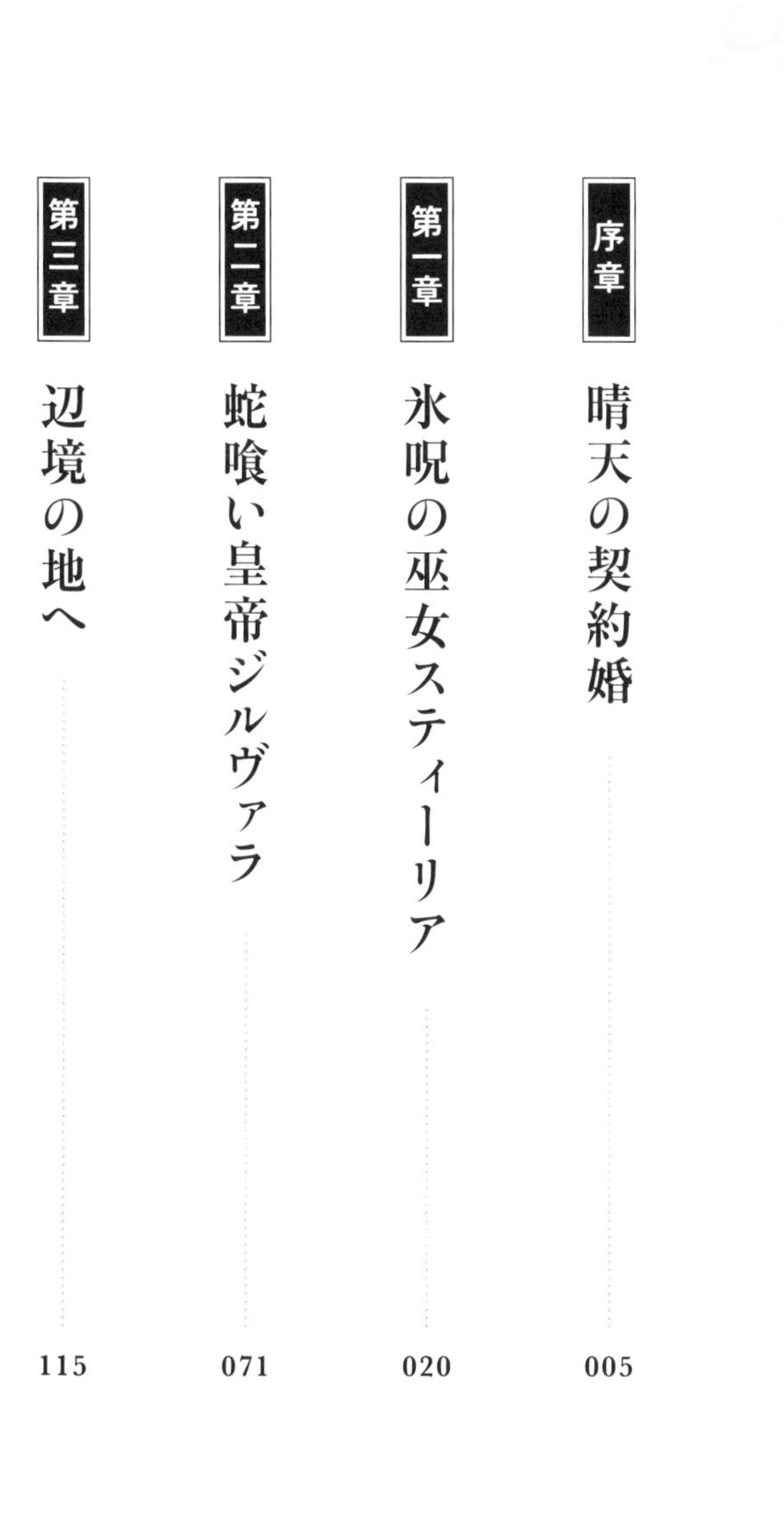

# 目次

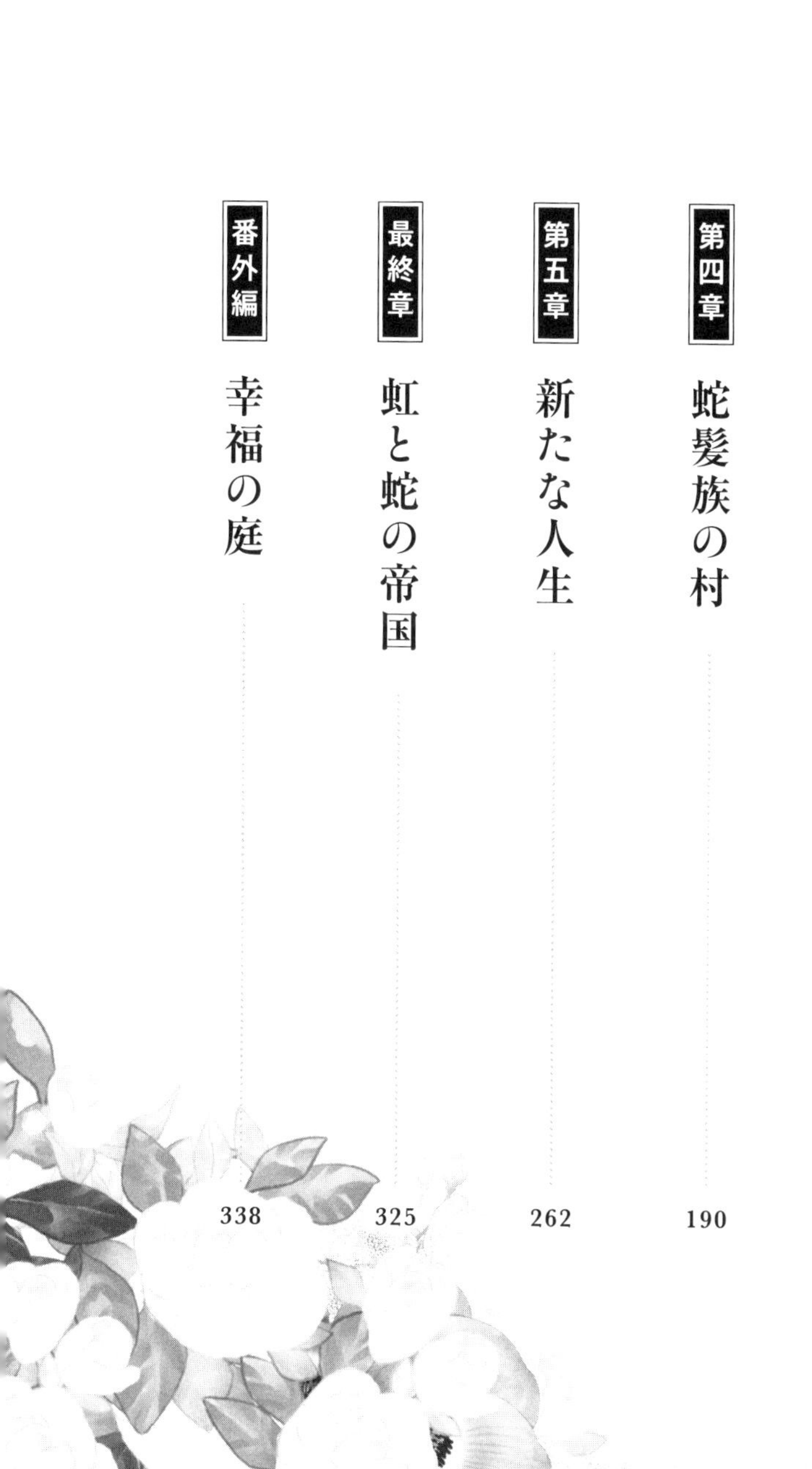

# 人物紹介

## スティーリア

23歳

神殿に仕える巫女。真面目で素直な
性格で探求心旺盛な一面も。
幼いころ街を彷徨っていたところを保護され、
その能力から【氷呪の巫女】と呼ばれる。
恩師や神殿への恩返しのために、
皇帝の呪いを解いてほしいという
依頼を引き受けるが、
その方法はとんでもないもので!?

## ジルヴァラ

28歳

【蛇喰い皇帝】と呼ばれる、
ドラウヴン帝国の若き皇帝。
12歳のとき、何者かに
【蛇しか食べられない】という
呪いをかけられた。
呪いを解くために結婚することになった
スティーリアに冷たく傲慢な
態度で接するが……。

## レリー&コラール

スティーリア付きの侍女。
ジルヴァラへの忠誠心が厚く、
当初はスティーリアに冷たく
接していたが、
スティーリアの人柄を知り、
打ち解けるようになった。

## ハルデニア

ドラウヴン帝国の
皇太后でジルヴァラの母。
息子の身を案じ、
スティーリアに解呪を
依頼する。

## ベンジーネ

スティーリアの師匠。
幼い彼女を保護し、
親代わりとして育てる。
呪いを燃やす能力を持ち
【祝炎(しゅくえん)の巫女】と
呼ばれている。

序章

# 晴天の契約婚

青く澄み切った空に、放たれた純白の鳩(はと)が飛んでいく。

鳴り響く鐘の音。民衆の歓声。

「そこでしばしお待ちください」

ひっそりと影のように控えている、介添えを務める侍女に言われるがまま、スティーリアはバルコニーの前で立ち止まった。沈黙の中、どこに視線をやっていいのかわからずなんとなく手に持つ花束を見つめる。

カスミソウに囲まれた、色とりどりの鬱金香(チューリップ)。

「この花束、すごく可愛(かわい)い。戻ったらリボンの色を変えていくつか作って売ろうかな」

しばらくブーケを眺め気持ちを落ち着かせたあと、今度は胸元を見つめる。

そこには虹色に光る小豆大の宝石が、銀の鎖の先で揺れていた。

見つめているうちに、せっかく落ち着いた胸の内になんともいえない気持ちが込み上げてくる。

次に、髪の左側につけている髪留めに触れた。

金剛石(ダイヤモンド)と真珠で作られた、雪の結晶を模した美しく繊細な髪留め。

中央部分には、鶉(うずら)の卵ほどの大きさをした宝石が埋め込まれている。

「……大丈夫。ここまで来たら、今さらじたばたしても仕方がないもの」

スティーリアは気を取り直し、今度は着ているドレスに目を向けた。

――大小さまざまなレースの小花がふんだんにあしらわれたウェディングドレス。

ここドラウヴン帝国の中でもっとも人気のあるデザイナーが作っただけあり、愛らしい作りでありながら決して子供っぽくはない。

気品あふれる華やかな雰囲気のドレスは国中の娘の憧れの的だ。そんなドレスに合わせ、髪も美しく整えてもらった。

スティーリアの髪はちょうど二の腕くらいまでの長さだが、今は左側に寄せた緩い三つ編みになっている。髪留めが大ぶりなため、他に飾りは一切ない。

だがスティーリアの胸の中には、流行の最先端のドレスを着ている喜びの気持ちなど欠片（かけら）もない。

（こんな高いドレスを着ることは一生なかっただろうし、いい経験をしたと思えばいいのかな）

緊張をごまかしたいのか、頭の中で独り言がぐるぐると回る。

「では、前にお進みください」

「は、はい」

侍女の言葉に小さく頷（うなず）きながら、慣れないヒールを履いた足を動かしなんとかバルコニーに進み出る。

そこにはすでに一人の男が立ち、スティーリアを待っていた。

――銀色の羽毛で作られた肩章を左肩につけ、黒の軍服をまとう長身に鍛え上げられた体軀（たいく）。風になびく漆黒の髪。歩み寄るスティーリアを見つめる目は冷たく、鏡のように煌（きら）めく銀の色をしている。

　男の名はジルヴァラ。ドラウヴン帝国を統べる若き皇帝。

「……祈りは捧(ささ)げ終わったか？」

「は、はい。つつがなく」

　皇帝ジルヴァラは無言のまま、近寄っていくスティーリアの胸元と髪留めの間で視線を往復させた。

「あの、なにか……？」

「別に。キミにはそのネックレスくらいの大きさで十分なのに、と思っただけだ」

　ネックレスの先にある、小指の先ほどの大きさをした宝石。見つめる銀の瞳が、冷たく細められていく。

「……そんなこと言われても、私がお願いしたわけじゃないのに」

　スティーリアは口の中でもごもごと不平を呟(つぶや)いた。

「なんだ。なにか言ったか？」

「い、いいえ、なにも申してはおりません」

　地獄耳の皇帝に背筋を跳ねさせながら、スティーリアは慌てて首を横に振った。

　ジルヴァラはそんなスティーリアの髪を一瞥(いちべつ)し、フン、と鼻を鳴らす。

「まったく、精霊王もなにを考えているのか。偽物の妻だというのに、母上よりも大きな石を与えるとは」

「……すみません」

皇帝の不機嫌そうな顔を前に、なにも悪いことはしていないのだがひとまず謝っておく。

動くたびに、虹色に煌めく美しい宝石。

真珠と金剛石に守られたそれは、婚姻の儀の場においてスティーリアの手の中に現れた。


お披露目式の一か月前。

城内の礼拝堂で婚姻の儀式を終えたあと、ジルヴァラはスティーリアに声をかけることもなくさっさと礼拝堂を出て行ってしまった。

一人残され、うろたえるスティーリアに向けて初老の司祭がゆっくりと手をかざす。

「え、あ、あの」

「大丈夫です。これから、代々皇后に与えられる虹涙石を授ける儀式を始めます」

「……儀式？」

婚姻の儀が終わったら、『皇后の証』である宝石を授かるとは聞いていた。

けれど説明されていたのはそこまでで、単純に石のはまった指輪かなにかを祝福の言葉とともにさっと渡されるのだと考えていた。

(ど、どうしよう。礼儀とか作法とか、なんにも聞いていないんだけど……)

スティーリアはおろおろとしながら、視線を左右に彷徨わせた。

だが、先ほどまでいた皇太后も宰相もいつの間にか姿を消し、この場には司祭とスティーリアの二人しかいない。

「お気を楽になさってください。これから私が精霊王に祈りを捧げます。そうすれば、貴女さまは加護を授かることができるでしょう」

司祭はスティーリアの心配を素早く察知してくれたのだろう。柔らかな笑みを向けてくれた。

「その、加護を授からないことって、あったりします……？」

「これまでの歴史でそのようなことは一度たりともございませんでした。どうぞご安心を」

「そ、そうですか」

——むしろ不安しかない。

ドラウヴン帝国で信仰されているのは、神ではなく精霊たちだ。古来より人間に関わり、さまざまな恩恵をもたらしてきた精霊を、この国はとても大切にしている。

当然スティーリアも、日々精霊たちに感謝を捧げる祈りを欠かしたことは一度もない。

だが神とは異なり、精霊はひどく気まぐれだと言われている。

特に人には言えないような悪さなどしたことはないが、精霊王が果たしてスティーリアに加護を与えてくれるのだろうか。

「では目を閉じ、胸の前で両手を組んでください」

「は、はい」

司祭の言葉に従い、スティーリアは胸の前で両手を組み、静かに目を閉じた。

「私がいいと言うまで、姿勢を崩さないようお願いします。精霊王が貴女さまの魂をご覧になり、石を授けてくださいますので」

スティーリアは目を閉じたまま頷く。

やがて、聞いたことのない文言が聞こえ始めた。司祭の穏やかな声で紡がれるそれが、祈りの言葉なのだろう。

祈りの声は段々と大きくなり、抑揚もまるで歌のように変化していく。

聞いているうちに、スティーリアの心の中から一切の不安が消し飛んでいた。

祈りが始まり、十分ほど経ったただろうか。安心しきって眠気すら覚え始めた次の瞬間、司祭の声が止まった。

「終わりました。どうぞ、お目を開けてください」

「あ、は、はい……」

静かに目を開けたスティーリアは、ふと両手の違和感に気づいた。

「ん？　なに？」

――手の中に、なにか硬い物がある。

「え？　なに、これ」

戸惑うスティーリアとは裏腹に、司祭は安堵の表情を浮かべていた。額には、玉のような汗が浮かんでいる。

「通常より時間がかかりましたが無事に加護を授かりましたね。どうぞ、両手を開いて確認してください」

スティーリアはおそるおそる両手を開いた。

「えぇっ!?」

いつの間にか、手の中に大きな虹色の宝石が現れている。

「嘘、なんで？　どういうこと？」

呆然とするスティーリアを気に留めることもなく、司祭は少し驚いたような眼差しで宝石を見つめている。

「これは非常に大きな虹涙石ですね。皇太后ハルデニアさまが皇后になられた時に授けられた虹涙石の倍近くはある」

「あ、そ、そうなんですね」

「では、虹涙石をこちらに」

宝石の大きさなどどうでもいい、と思いつつ、スティーリアは虹色の宝石を司祭に渡す。司祭は宝石を眺め再び目を見張ったあと、謎の頷きを繰り返しながら石を再び差し出してきた。

「え、あの、これはどうすれば」

反射的に受け取りながら、司祭に困惑の眼差しを向ける。

司祭は懐から手帳を取り出し、なにやらさらさらと書きつけていた。

「失礼、虹涙石の大きさはこうして記録しないといけませんので。そうですね、その大きさですと歴代の皇后陛下のようにネックレスにするのは難しいでしょう。ブローチか髪留めに加工するのが一番ですかな。その辺りは皇帝陛下や皇太后陛下とご相談いただければと思います」

「はい、わかりました」

そしてその〝虹涙石〟は髪留めになり、常にスティーリアの髪を飾ることになった。

その時のことを思い返していると、渋い顔の皇帝と目が合った。

「なんでしょうか」

「……別に、なんでもない」

ふいっと目を逸らす皇帝を見つめながら、スティーリアは内心で溜め息をついていた。

——皇太后よりも大きい宝石を持っている、というのがそんなに気に食わないのだろうか。だが、そこにスティーリアの意志があったわけではない以上、謝るのもなんだかおかしい気がする。

「まぁ、いい。行くぞ」

自分の中でなにかしらの折り合いをつけたのか、ジルヴァラは表情を無に戻しスティーリアに向かってゆっくりと手を伸ばしてきた。

スティーリアは目を瞬かせながら、おずおずと差し出された大きな手に自らの手を乗せる。

「……背筋を伸ばして腰を引くな。もう少し優雅に振舞えないのか」

「も、申し訳ございません」

頭上から聞こえた舌打ちに、スティーリアは竦みあがった。

皇帝からすれば自分など、がさつで礼儀知らずな生き物以外のなにものでもないだろう。

「キミの虹涙石が大きいのは、おそらくキミが特殊な力を持つ巫女だからだ。そこを勘違いしないようにしてくれ」

「はい、陛下」

(まだ言ってる……。宝石の大きさは私のせいじゃないんだから、いい加減にしてくれないかな)

表向きは従順に振舞いながら、内心で不満を呟く。と、握られていた手がいきなり強く引っ張られた。

「わ、ちょっといきなり……っ」

「静かに。もう少し前に出ろ」

どうやら、立ち位置を修正したかったらしい。

「あ、はい、このくらいですか？」

スティーリアは半歩前に出る。

「そうだな。よし、そこで止まれ。国民に向かって手を振るんだ」

「……ええと、ちょっと前に出すぎではないですか？」

かなり高い位置にいるとはいえ、眼下にひしめく民衆の姿はよく見える。誰かに顔を見られたらどうしよう、と気が気ではない。

「逆光になっているからキミの顔が国民に見えることはない。それに、民衆の関心は俺とその髪色に合わせた無駄に豪奢な流行りのドレスだ。どうせ中身はどうでもいいと思っている。だから心配するな」

「で、ですよね。承知いたしました」

――スティーリアの髪は虹色がかった真珠色。ドレスも髪に合わせ、純白ではなく光の加減で七色に煌めく真珠色で作られている。

完全にドレスと同化したスティーリアは、眼下に集まった群衆に向け、片手を軽く振ってみせた。

隣でジルヴァラも同じように手を振っている。ジルヴァラが身体の向きを変えながら手を振るたびに、割れんばかりの歓声が響き渡っていく。

「嬉(うれ)しそうな声……。皆さん、陛下のご結婚を本当に喜んでいらっしゃるのですね」

――ジルヴァラは現在二十八歳。

皇帝の立場にあるにもかかわらず、この年になるまで独り身でいる皇帝は珍しい。

本来なら妻はもとより、すでに子供の一人や二人いてもおかしくはないのだ。

「喜びもするだろうな。皇帝(おれ)がいなければ自分たちが困るのだから」

「そ、それだけでもないと思いますが……」

確かに次代の皇帝がいなければ国は成り立たない。けれど不在なら不在で別の人物が立つだろう。

ただ、そういうことではない。やはり古代から続いている〝皇族の血統〟は国民にとって大きな意味を持つものだ。

「そんなことはどうでもいい。頃合いだな。では、そろそろ倒れてくれ」

「はい、承知いたしまし……はい？」

突然くだされた思わぬ命令に、スティーリアは両目を瞬かせた。

「……理解力の低い女だな。皇后は皇帝の名代として慈善活動や軍への慰問を行ったりする。だがキミは俺と婚姻の契約を結んだだけなのだから、契約が切れればそこで結婚生活は終わりだ。したがって皇后(キミ)が病弱だということを今ここで見せつけておかないと、今後、皇后が公務をやらないことに説明がつかない」

「あ、な、なるほど」

スティーリアは本当の皇后ではない。とある理由により期間限定の契約を結んだ、言わば〝仮の皇后〟なのだ。したがって限られた人間以外の前に姿を現すことを許されていない。当然、公務に携わることもできないため、確かにその理由づけは必要になるだろう。

それなら、とスティーリアは急いで倒れる準備に入る。だが、着ている美しいウェディングドレスが目に入った。

ジルヴァラの住む『バルンステール城』は白翡翠（しろひすい）に琥珀（こはく）を埋め込んだ〝世界でもっとも美しい城〟と言われている。磨き抜かれた石床には埃（ほこり）一つ見当たらないが、繊細なレースや珍しい真珠色の生地で仕立てられたドレスで横たわるのは気が引ける。皇族の衣服はすべて国民の税金だ。できるだけ汚したくはない。

「早くしろ。いい加減手を振るのも疲れてきた」

苛立（いらだ）たし気な声。スティーリアはびくりと肩を震わせながら、おずおずと〝夫〟になった皇帝を見上げた。

「あの、陛下。ここで倒れたらドレスが汚れてしまうかもしれません。病弱を印象づけるだけなら、もっと他の方法があるのではないでしょうか」

「なるほど。ではその〝他の方法〟を言ってみろ」

ジルヴァラの無表情の中に、ほんの少しだけ好奇心が浮かぶ。

「そ、それはまだ、思いついていないですけれども……」

一瞬だけ浮かんだ表情は、即座に失望と怒りへと変わっていく。

「……興ざめだな。いいか？　他人の案を否定するなら、まず代替案を用意しろ。なにもないなら口を出すな」

そう言うと、ジルヴァラは手を振りながらいきなりスティーリアに足払いをかけた。

突然のことに反応ができないスティーリアは、悲鳴をあげることもできないまま身体を傾げ石床に向かって倒れ込んでいく。

「う、嘘でしょ……！」

一瞬にして近づいてくる石床。

倒れゆく〝皇后〟を目にしたであろう民衆の悲鳴が聞こえる。それにかぶせるように喉元まで悲鳴がせりあがったところで、大きな手がスティーリアの口を覆った。そして腰には長い腕がぐるりと回される。

「……悲鳴をあげるな。馬鹿かキミは」

「ふ、ふいまひぇん……」

城壁で下半身が隠れているせいで、ジルヴァラがスティーリアに足払いをかけたところはおそらく国民に見られていない。動揺から立ち直ったスティーリアは、思わずジルヴァラを睨みつけた。

確かに自分は契約皇后、期間限定の妻だ。愛のある結婚どころか本当の妻ではない以上、大切にしてもらえるなどとは欠片も考えていない。

けれど、この状況を望んだのは皇帝側なのだ。ジルヴァラとスティーリアは、言わば雇用関係にある。

それにもかかわらず、ここまで雑に扱われるとは思ってもいなかった。

「……なにか不満でも？」

ジルヴァラの凍りついた銀の眼差し。スティーリアの胸に、むくむくと怒りが込み上げてくる。

不満？　そんなの、あるに決まっているではないか。

うですよ!?

──私はあなたを助けるために、これから色々と尽力をするんです！　もう少し敬意をもって接してくださっても良くないですか!?　いいんですか、ここで帰っちゃっても？　困るのは陛下のほうですよ!?


「い、いいえ、不満なんて滅相もございません」

脳内のスティーリアは胸を張り、堂々と意見を物申している。だが現実のスティーリアは間髪入れずに非礼を詫びた。皇帝に逆らうことなどできるわけがない。

おまけに、このあとスティーリアは非常に重要な仕事を任されている。むしろそのために、今日のこの日があるのだ。ここで機嫌を損ねるなど、愚の骨頂でしかない。

「それはなによりだな」

ジルヴァラはスティーリアを軽々抱き上げたまま素っ気なく言い放ち、地上で騒ぐ国民に〝気を失った皇后〟をわざと見せつけるようにしながら向きを変え室内に戻っていく。

大人しく運搬されながら、スティーリアはジルヴァラの胸元を見つめた。発達した筋肉が、髪と同じ漆黒の軍服を盛り上げているのがよく見える。

(どうして、こんなに見事な体格なのかしら。栄養状態はどうなっているんだろう)

体格だけではない。皇帝という立場にありながら常に戦闘に身を置いているジルヴァラは、多少日に焼けてはいるが肌艶は悪くないし、やつれてもいない。

(蛇しか、食べられないはずなのに……)

——皇帝ジルヴァラは、重大な呪いにその身を侵されている。

その呪いは『蛇喰い』という。

水や酒、果汁など飲料物にはなんの制限もないが、彼は十二歳で呪いを受けてから今日にいたるまで、〝蛇〟しか食べることができていない。

ゆえにジルヴァラはこう呼ばれている。

『蛇喰い皇帝』と。

スティーリアはその呪いを解くための契約皇后。表には出せない〝隠し妻〟になったのだ。

# 第一章　氷呪の巫女スティーリア

Chapter 1

スティーリアは七歳で孤児になって以来、ずっと神殿で暮らしていた。

といっても、精霊信仰が盛んなこの国の神殿には神が祀られているわけではない。

神殿の主な仕事は精霊にまつわる地域の祭事を取り仕切ることだ。その他、敷地内で野菜や果物の栽培、酪農や養鶏も手がけ、収穫した小麦や果実で菓子やジャム、パンを作って売ったりもする。

働いているのは、身寄りのない者たちばかりで、スティーリアのように親を亡くした子供も神殿にはたくさん暮らしている。

似たような施設は国内にいくつか存在するが、〝神殿〟と名乗ることを許されているのはスティーリアが暮らす『ヴール神殿』を含め三か所しかない。他はすべて『精霊教会』と呼ばれている。

「あー、今日もいいお天気！」

スティーリアは毎朝五時に起き、精霊に感謝を捧げる祈りに必要な一杯の水を本殿裏の泉まで汲みに行く。

「おはよう、スティーリア」

いつもの硝子瓶に水を汲み、本殿の正面に向かって歩いていると、横から朗らかな声がかかった。

「あ、カンナ！　おはよう」

大きな籠を持つ娘が、満面の笑みで手を振っている。カンナも孤児仲間の一人で、年はスティーリアの二つ下。彼女の日課は、鶏たちの卵を収穫することだ。

明るい笑みを浮かべているカンナも妹のミカとともに神殿に保護された時は表情がまったくなく、一言も言葉を発しなかった。

隣国ヴァインシュトックとの国境付近で起こった紛争に巻き込まれ、目の前で両親を亡くしたのが原因だと知ったスティーリアは、ひたすらカンナに寄り添い励まし続けた。

カンナがはじめて発した言葉がスティーリアの名前だった時には嬉しさのあまり、声をあげて泣いてしまったものだ。

「……カンナとこうして朝一緒に歩くのも、今日で最後なのね」

「うん。そうだね。でも、ずっと友達だよ」

先日、神殿にカンナの伯父がやってきた。たまたま仕事で神殿のある皇都ヴリホデックスに来た時、町で卵を売っているカンナを見かけたらしい。

そして己の妹に瓜二つの容姿を見て血縁であることを確信し、子がいない自分たち夫婦のもとに是非、と引き取りを申し出てきたのだ。

「なんか、いいのかなって考えちゃう。私だけ、家族のところに……」

「いいに決まってるじゃない！　カンナが一生懸命生きてきたのを精霊が見ていてくれたのよ。だって、カンナが卵を売りに行ったのはあの日がはじめてだったでしょ？　よりにもよってその日に伯父さんが仕事でヴリホデックスに来るなんて、偶然とは思えない」

スティーリアは力強く頷きながら、カンナの背を優しく撫でた。

「ふふ、スティーリアがそう言ってくれるだけで嬉しい」

「大丈夫。遠く離れていても私たちは友達。……ううん、家族だよ」

カンナは今夜、迎えに来た伯父夫婦とともに旅立って行く。寂しいが、友が幸せになってくれるのであればこんなに嬉しいことはない。

「ありがとう。生きていくのが辛いくらい悲しいこともあったけど、神殿で暮らせて、スティーリアに出会えて幸せだった」

「私も、だよ。カンナ」

はにかんだように微笑む少女の顔を見つめながら、心の中が温かいなにかで満たされていくのを感じていた。


スティーリアは自らが孤児になった理由を知らない。

戦災孤児なのか親に捨てられてしまったのか。なぜかというと、そもそも自分についての記憶がまったくなかったからだ。

気がついた時には、道の端に一人で立ち尽くしていた。

見たこともない騒がしい場所。突然目の前に現れた光景に、ただただ呆然とすることしかできなかった。

「あらあら、可愛らしいお嬢さん、こんなところでなにをしているの？」

どのくらいの時間、そうして立っていたのだろうか。いきなり耳に飛び込んできた優しい声に、スティーリアは反射的に顔をあげた。

「こんにちは」

話しかけてきたのは、紅色の髪をした中年の女性。

「あ、こ、こんにちは……」

「うん、いい子ね」

女性は穏やかな笑みを浮かべながら、スティーリアを見下ろしている。女性の横では、髭面で熊のように見える大男が仏頂面で立っていた。

「ありがとう……えっと……」

女の人は優しそうだが、男の人は怖い。スティーリアは思わず、一歩後ろにさがった。

「大丈夫よ、怖がらないで。私はベンジーネ・ロット。このクマさんみたいな彼はロードボッシェ。私の護衛なの。見た目は怖いけど、とっても優しいのよ。見た目は怖いけど」

「……なんでわざわざ二回も言うんだよ」

ロードボッシェと呼ばれた熊男は苦々しげな顔をしている。その姿がなんとなく可愛らしくて、スティーリアはほんの少しだけ笑った。

「お嬢さん、市場街に来たのははじめて？　お父さんかお母さんと一緒に来たのかしら、もしかしてはぐれちゃった？　あなたの髪はとても綺麗な真珠色ね。お父さんとお母さんも、あなたと同じ色？　教えて、探してあげる」

「おとうさんと、おかあさん……？」

その言葉の意味はもちろんわかる。けれど、どう答えればいいのかわからない。返事に困り視線を左右に泳がせる。次第に、周囲の景色がはっきりと見え始めた。

――大勢の人々が行き交い、道端には食べ物を売っている店がたくさん並んでいる。

串に刺した肉へ塩胡椒を振り、立ち昇る炎でもくもくと煙を立てながらこんがりと焼いている店。

色とりどりの果物の砂糖漬けを瓶に詰めて売っている店に、薄く丸いパンケーキを手際よく焼いている店。

「すごい、お店がいっぱいある……」

砂糖漬けの果物を売っている店先では、スティーリアよりも年下に見える小さな男の子が、隣に立つ母親と思しき女性に砂糖でキラキラと光る黄色い果物をねだっている。

母親は子供と手をつないだまま、わずかに考える素振りをしながら後方を振り返った。

数秒ののち、母子に駆け寄って来る父親らしい男性。少年は無事に砂糖漬けを買ってもらい、大きな葉っぱの皿に載せられたそれを嬉しそうに舐めている。

それは実に微笑ましい光景。

「……あれ？」

そこでようやく、スティーリアは自らが置かれている状況がおかしいことに気づいた。

先ほども訊かれたことだが、自分の〝お父さんとお母さん〟は一体どこにいるのだろう。

「お嬢さん、お名前は？」

「え、な、名前？」

「そうよ、なんていうの？」

スティーリアは口をパクパクと動かした。そして思わず口元を押さえる。どうしよう。わからない。自分の名前がなんなのか、まったく思い出すことができない。

「あ、えと、えっと……」

うろたえるスティーリアを見下ろしたまま、熊男が大きな溜め息をつく。

「なぁ、ベンジーネ。これは憲兵に届けたほうがいいんじゃないか？　この子はどうやら記憶喪失みたいだし、かといって例の子供でもない。なんせ髪が真珠色だからな」

――〝例の子供〟とはなんだろう。

熊男の言葉に、スティーリアは身体を強張らせた。自分の名前がわからずとも〝憲兵〟はわかる。悪い人を捕まえる仕事をしている大人のことだ。

ということは、スティーリアは捕まってしまうのだろうか。なぜなのだろう。ここに一人ぼっちで立っていて、ただ名前が思い出せないだけなのに。

「ちょっと待って、ロードボッシェ。この子、銀鎖のネックレスをしてる。でも左側の七つだけ金の輪でつながっているわ。それに見て、この宝石。金剛石よ」

「お、〝七星の祝い〟か？　それなら少なくとも年齢と名前はわかるな」

女性がゆっくりと手を下げ、スティーリアの胸元を指差す。スティーリアは導かれるように胸元に目を向けた。

「わぁ、綺麗……」

スティーリアは歓声をあげた。自分が美しいネックレスをしていることに、今はじめて気づいたのだ。細い銀の鎖の先には、キラキラと光る透明の石がついている。

「お嬢さん、ちょっと後ろを向いてくれる？　この金具のところにあなたの名前が彫ってあるはずなの」

「うん、わかった」

大人しく後ろを向いたスティーリアの首筋に、温かな指が触れた。指はすぐに離れ、スティーリアはまた元通りに前を向く。

「ありがとう。あなたのお名前がわかったわ。こんにちは、スティーリア」

「スティー、リア？」

「ええ、そう。あなたはスティーリア。最近七歳になった女の子よ」

スティーリアは首を傾(かし)げた。名前も思い出せないのだから自分の年などわかるはずがない。それなのに、どうして〝スティーリア〟が七歳だとわかったのだろうか。

「あの、どうしてスティーリアは七歳なの？」

ベンジーネはネックレスの鎖を指で掬(すく)いあげた。

「ほら、あなたのネックレス。鎖は銀色だけど、片方だけ一部金色になっている部分があるでしょ？　これは女の子が七歳になった時に、ご両親が贈るものなの」

「……でも、八歳かもしれないじゃない。スティーリアはずっと一人ぼっちで、ずっとネックレスをつけていたのかも」

しょんぼりと項垂(うなだ)れるスティーリアを優しく見つめながら、ベンジーネは首を横に振った。

「賢いのね、スティーリア。でもあなたは七歳よ。ネックレスがまだとっても新しいもの」

「そっか。それなら七歳なんだね」

「ええ。ついでに言うと、男の子の場合は〝六陽(ろくよう)の祝い〟っていうの」

――二人で顔を見合わせ笑い合ったその時、一陣の風が吹いた。風にあおられたスティーリアは大きくよろめく。だが倒れる前に、熊男が巨体に似つかわしくない素早い動きでスティーリアを支えてくれた。

「大丈夫か？」

「うん、ありがとう、おじさん」

「……おじさん。そっか、おじさん、か」

熊男はがっくりと肩を落としている。

おじさんをおじさんと言っただけなのだが、なにがいけなかったのだろう。

「ちょっと、なに傷ついているの。下手したらあなた、スティーリアのご両親より年上かもしれないのよ？」

首を傾げるスティーリアの前で、ベンジーネが熊男の脇腹を肘で突いた。

「おじさんは熊さんみたいで強そうなのに、ベンジーネさんには弱いんだね」

ようやく熊男ロードボッシェに対する恐怖感が消え、スティーリアはいまだ身体を支えてくれている男に笑顔を向ける。

ロードボッシェは戸惑ったような顔をしながらも、大きな手でスティーリアの頭を撫でてくれた。

「いいか、スティーリア。これから憲兵のところに連れて行くが、怖がらなくてもいい。彼らはご両親がお迎えに来るまでスティーリアを保護……は難しい言葉だな、えぇと、そう、守ってくれる人たちだから」

「わかった」

スティーリアは素直に頷いた。この大人二人は信用できる、と本能的に悟ったからだ。彼らが勧めてくれるなら、そうしたほうがいいに決まっている。

「……いいえ。この子は神殿に連れて帰ります」

憲兵のところに連れて行かれる気満々だったスティーリアは、ベンジーネの思わぬ言葉に目を丸くした。

「え？　いや、だってこの子の名前はドラウヴンの響きじゃないし、親が探していたらどうするんだよ」

ロードボッシェの問いには答えず、ベンジーネは眉間に皺を寄せスティーリアの足下をじっと見ている。その真剣な眼差しに気圧されながら、スティーリアはそっと視線を下ろした。

――泥と埃で薄汚れた青い靴。靴の下からは、青く細い二本の長い紐のようなものが覗いていた。履いている靴は紐靴ではないが、靴裏のどこかが擦り切れて剝がれ落ちてしまったのだろう。

「……っ」

今さらながら自分自身をよく見ると、着ているワンピースも汚れている。汚い子だと思われたのかもしれない。ベンジーネもロードボッシェも、汚れ一つない清潔な服を着ている。

それと比べて、みすぼらしい自分が、恥ずかしくなってきた。

スティーリアは顔が熱くなるのを感じながら、もじもじとワンピースの両端をいじる。

「よく聞いて、スティーリア。あなたのご両親はすぐには、いえ、ずっと迎えに来られない状況になっていると思うの。だから、私たちと一緒に来ない？」

そう言うと、ベンジーネは片方の手を差し出してきた。スティーリアはその手を取るべきか否か、しばし迷い考える。

彼女らを信じていないのではない。子供ながらに、汚れた自分が一緒にいたら迷惑ではないかと考えたからだ。

「遠慮しないでいいの。ね？　行きましょう？」

優しく促され、スティーリアは勇気を出してベンジーネの柔らかな手をつかんだ。

「仕方ない。よし、帰るか」

そう言うと、ロードボッシェはスティーリアを片手で軽々と抱き上げた。

「あの、どこへ行くの？」

ベンジーネは町の向こうを指差した。

「私たちが暮らすヴール神殿よ。市場街を抜けて、森に添って歩いたずっと奥にあるの」

「神殿で焼いているパンは絶品だからな、着いたら一緒に食べようぜ」

そういえば、お腹(なか)が空(す)いているような気がする。

「本当？　嬉しいな」

――神殿に行けばご飯が食べられる。

一安心したところで、スティーリアはひそかに気になっていたことを口にした。

「ねぇ、おじさん。さっき言ってた〝例の子供〟ってなに？」

先ほどロードボッシェはスティーリアのことを〝例の子供〟ではない、と言っていた。

なぜだかわからないが、それがなんとも気にかかる。

「あぁ、なんか皇太子殿下に呪いをかけた疑いのある蛇髪族(じゃはつぞく)の子供を探してるんだってよ。神殿(うち)で匿ってんじゃねぇかって、朝っぱらから言いがかりをつけられてうんざりしていたんだよな」

「〝じゃはつぞく〟って、なに？」

「呪術師……えーっと、悪い魔法が使えて、髪の一部が蛇になってるっていう噂のある連中。ただ二か月前、戦闘に巻き込まれてほとんどが死んだって聞いたけどな。そういえばスティーリア、一人で突っ立ってる時に青い髪の女の子を見かけなかったか？」

スティーリアは少し考え、そしてすぐに首を振った。

「ううん、見てないと思う。ごめんなさい」

「そうか、なら仕方がないな」

横を歩くベンジーネが、ロードボッシェの腕を軽く叩いた。

「謝らなくていいのよ、見かけなくて良かったの。ロードボッシェ、余計なことを言わないで。あなた、子供に子供を密告させるつもり？」

「いや、俺は別にそんなつもりじゃ……」

ロードボッシェは巨体を縮めてしょんぼりとしている。

「それと、一つ間違いがある。蛇髪族は〝悪い魔法使い〟ではないの。見た目が少し変わっているのと高い魔力を持っているせいでなんとなく怖れの対象にはなっているけど、誇り高く高潔な一族よ」

「ふぅん。ベンジーネは〝じゃはつぞく〟の人を知っているの？」

「私が子供の頃に通っていた学校の先生が蛇髪族だったの。とっても素晴らしい先生だった」

ベンジーネはロードボッシェの肩に座るスティーリアを見上げ、柔らかく微笑んでいる。

その顔を見た瞬間、スティーリアは悟った。信じたくなくて口にはしなかったが、どこかでわかっていたのかもしれない。

自分はもう二度と〝お父さんとお母さん〟に会うことはできないのだと。

それが『祝炎の巫女』ベンジーネとの出会いだった。

そうしてヴール神殿で暮らし始めたスティーリアだったが、最初はなかなか慣れることができなかった。周りの大人たちは優しかったし、スティーリアと同じく神殿で暮らす身寄りのない子供たちとも仲良くすごすことができた。

自分は〝親に捨てられたかもしれないかわいそうな一人ぼっちの子供〟という考えがなかなか頭から離れなかったからかもしれない。

夜もほとんど眠れず、外に出てはずっと星空を眺めて過ごす日々。

そんなスティーリアを見かねたのか、ベンジーネが専用の仕事を与えてくれた。

「スティーリア。朝一番で、裏の泉に水を汲みに行ってくれないかしら。新鮮な朝のお水は、感謝の祈りを捧げる時に必ず必要なの。だから、しっかり頼むわ」

「……うん、わかった」

「とっても大事なお仕事よ？　五時に起きてもらわないといけないから、夜はしっかり眠って欲しいの。できる？」

「大丈夫、できる！」

——仕事を与えられると、責任感が出てくる。

ベンジーネの言いつけどおり、朝早く起きて泉に行くためにスティーリアは頑張って早く眠るようになった。

もちろん、仕事はそれだけではない。スティーリアは最近神殿にやってきた幼い孤児の姉妹、カンナとミカとともにベンジーネの身の回りの世話をしていた。

といっても、ベンジーネは当時まだ五十三歳。

介助が必要な身体状況でもなく、スティーリアよりも年少のカンナとミカは食事やお茶の用意、スティーリアはベンジーネ宛ての手紙を仕分けし、ロードボッシェに渡す仕事をしていた。

毎日のようにベンジーネへ手紙が届くのは、彼女が特別な力を持っているからだ。

それは祝福の炎を生み出し悪(あ)しき力、すなわち呪いを祓(はら)う能力。

こういった力を持つ者は、女性の場合は〝巫女〟、男性の場合は〝神官〟と呼ばれる。

巫女や神官を擁している施設のみ〝神殿〟と名乗ることができるのだ。だが特殊能力を持つ者は数多く存在するわけではない。

今、ドラウヴン帝国に存在する巫女や神官は全部で五人ほどいる。だが呪いを祓う能力を持っているのはベンジーネ一人だけだ。

だから呪い関連の依頼はすべて、ヴール神殿に集中する。依頼や相談の手紙だけではなく、直接神殿にやってくる依頼人もいる。

おまけに呪装具なども持ち込まれるため、ベンジーネは休む暇もなく働いている。

少しでもベンジーネの力になりたい、とスティーリアは空いた時間を見つけては厨房(ちゅうぼう)に行き、魚の塩漬けや干し葡萄などの保存食やパンを作る練習もしていた。

その努力は実り、パン作りの腕前は格段に上達した。半年経つ頃には神殿警備の兵士たちに自信を持って手作りのパンを配るようにもなったくらいだ。

「ごめんね、みんな。ちょっと遅くなっちゃった。お腹空いた？」

「お、待っていたぜ、スティーリア」

気のいい警備兵たちは、幼いスティーリアをとても可愛がってくれる。

「パン、すごく上手にできたの。いっぱいあるからお家に持って帰ってもいいよ」

スティーリアは大きな籠を持ちあげてみせた。

——自家製の干し葡萄がこれでもかと入ったパンに、必要な分だけ切って食べる、生姜と蜂蜜をたっぷり使った長方形のライ麦パン。スティーリアが得意なのは葡萄パンのほうだ。

いずれも神殿に伝わるレシピを忠実に再現して作っている。

ロードボッシエが言っていたように、神殿のパンはとても美味しかった。だがなによりも、見た目が本当に可愛らしい。

普通のパン屋では丸く作られていることが多い葡萄パンだが、神殿製のパンは花壇で咲いているチューリップの形をしている。その先端が少し焦げた部分を齧るのが、スティーリアは大好きなのだ。

「ありがとうな、そうさせてもらうよ。そうそう、警備交代の時期になったから明後日から俺らはバルンステール城に戻って皇太子殿下の私室警備に配属されるんだ。次に来る連中にもお前のパン、食わせてやってくれ」

兵士は城がある方角を見つめながら、パンを頬張っている。

「え、そうなんだ……。みんな、お城に行っちゃうのね……」

せっかく仲良くなったのに、としょんぼりするスティーリアをよそに、兵士は別の警備兵と話を始めた。

「あーあ、どうせ警備に就くならジルヴァラ殿下が良かったよ。頭がいいし朗らかで、太陽みたいな皇子だもんな」

「ヘルト殿下は陰湿だし、人としてちょっとアレだもんなぁ。あ、スティーリア、こっちにもパンくれよ」

「まったく、ついてないよなぁ。おーい、俺にも」

次々と手を出してくる兵士たちにパンを配りながら、スティーリアはさりげなく会話に聞き耳を立てる。

「でも殿下に呪いをかけるなんて、いくら子供といっても許せなくないか？　蛇髪族のやつ」

「馬鹿、なに言ってんだよ。あれは殿下の側近が勘違いしただけだって、ジルヴァラ殿下ご自身が正式に否定されていただろ？」

「そうなの!?　ま、そうか、そうだよな。いくら魔力が高くたって、いたいけな子供が呪いなんかかけるわけがないもんな」

——では〝例の子供〟とやらは存在しないのか。スティーリアはほっと胸を撫で下ろした。

ロードボッシェに「見かけなかったか」と訊かれた時から、ずっと気になっていたのだ。

なにも悪いことをしていないのに、大人たちから叱られるなんてその子がかわいそうすぎる。

「みんな、チーズの切れ端も食べる？　昨日、牧場へチーズを買いに行った時にたくさんもらったの」

　スティーリアはパンを食べる警備兵たちの間を縫うようにして歩きながら、切り落としのチーズを配っていく。兵士たちは腹が満たされ気が緩んだのか、次第に色々な噂話を口にし始めた。

「それにしても、ひどい話だよな。ジルヴァラ殿下は被害者なのに〝皇太子が呪いにかかるなどみっともない〟って廃太子にされたあげく、解呪もさせずに辺境のアイスベーアへ追放だぞ？　十二歳の子供に、ひどくねぇか？」

「婚約者のご令嬢にも呪いのせいで婚約破棄されたんだって？　あんなに仲睦まじかったのになぁ。皇后陛下も離縁されて先日ご実家に帰された。あんな慈悲深いお方に、なんであんなひどいことができるんだろうな」

「呪いにかかるような息子を産んだから、ってか？　意味わかんねぇよ。なんでジルヴァラ殿下だけこんな目に……」

　──少し話が難しい。

　今一つ彼らが口にしている内容がわからず、スティーリアはチーズを手渡した兵士に訊いてみた。

「おうじさま、呪われているんだよね。その呪いって、どんな呪い？」

「どんな呪いか、までは知らないよ。まぁ、細かいことが一般に発表されることはないだろうから詳しくはわからないままじゃないかな」

「そうなんだ……。おうじさま、かわいそうだね……」

　そういえば、とスティーリアは何日か前の出来事を思い出した。緊急の呼び出しでバルンステール城に出向いたベンジーネが、困惑した顔で戻ってきたことがあったのだ。

『お帰りなさい、ベンジーネ。早かったね』

『ただいま、スティーリア。うん、用事がなくなっちゃったからね』

遅くなる、と言って出て行ったベンジーネの早い帰りに、スティーリアは嬉しくなった。だが、ベンジーネの笑顔はどことなく暗い。

『……皇太子殿下が呪われたなんて噂が市井に漏れている時点で、すでになにかがおかしいわ。きっと、数日ののちには〝本来は伏せられるべき〟であるはずの呪いの詳細がわかるはずよ』

ベンジーネは感情の窺(うかが)い知れない眼差しを、城のある方角へ向けていた。

——そしてベンジーネの予想どおり、長子にもかかわらず〝第二皇子〟とされたジルヴァラにかけられた呪いの詳細は、新しく正妃になった元側妃のマリーから全国民に向けて発表されることになる。


そしてスティーリアが十五歳になったある日。

ベンジーネはいつものように神殿の奥で持ち込まれた呪装具に手をかざし、呪いの〝心臓部〟を探しそれを祝炎で燃やすという作業をしている。

スティーリアは呪いが燃え尽きた装具を磨き、待合室で待つ依頼人に届けるための準備をしていた。

だがその時、表で警備をしていたはずの兵士が血相を変えて石の廊下を走ってくる。

「スティーリア、ベンジーネは!?」

「え、奥で解呪をしているけど。……どうしたの？」

「洞窟調査の役人が呪いに触れちまったんだよ！　早くベンジーネを呼んでくれ！」

尋常ではない様子に、スティーリアの背に冷たい汗が流れる。しかしベンジーネを呼ぶことはできない。呪いを燃やしている最中、ベンジーネはずっと金と青の揺らめく祝福の炎に包まれている。

そこに途中で干渉しようものなら、最悪ベンジーネ自身が燃え尽きてしまう。

「無理よ、今は呼べないの。もう少しだけ待ってくれない？」

「待てねぇって！　おい、こっちだ！」

兵士は己の背後に向かって手招きをしている。被害にあった役人を直接連れてきたのだろう。

スティーリアとて呪われた役人を心配する気持ちはもちろんある。しかしベンジーネを危険に晒すわけにはいかない。

「……ごめんなさい。ここを通すわけにいかないわ」

苦渋の決断をくだしたスティーリアの前に、件の役人が運ばれてきた。一目見たスティーリアは思わず口元を押さえながら、両目を大きく見開いた。

「こ、これは、〝物質変化〟の呪い……！」

兵士は頷く。

「だと思う。この人の同僚はもっと早く神殿に連れてきたかったらしいが、上の連中が放っておけと言ったらしい。その中の一人がなんとか隙を見計らって抜け出して、こうしてここまで担いできたんだ」

――運び込まれた男は苦しそうに呻き声をあげていた。その右半身は、眩い金色に輝いている。

人体を様々な物体に変えるこの呪いは、花崗岩や鉄鉱石に変化することが多かったことからずっと〝石化の呪い〟と呼ばれていた。

しかし近年は黄金や銀、宝石に変わることも多々あるせいで〝物質変化〟と名称が変わった強力な呪いだ。

「放っておけ？　本当にそう言ったの？」

スティーリアは横たわる男に駆け寄った。〝物質変化〟の呪いは単に身体が異物に変わるだけではない。ひどい苦痛を伴う。にもかかわらず、上司は放置しようとしたという。

それはおそらく、彼が変化しようとしているのが貴重で高価な〝黄金〟だからだ。

「そんなの、許せない……！」

苦しむ部下を前に、黄金を使った金儲けのことでも考えていたのだろうか。それはあまりにもひどすぎる。

「少し待っていて、ベンジーネを呼べないことは変わらないんだけど、この人のことを伝えてくるから！」

スティーリアは踵を返し、奥の間に走った。扉の前には、ロードボッシェが立っている。

「どうした、スティーリア。騒がしいが、なんかあったのか？」

「お願い、ベンジーネに伝えて！　今の解呪が終わったらすぐに来て欲しいの、物質変化の呪いに侵された人が来てるって！」

ロードボッシェは目を剝いた。

「物質変化の呪い!?　それ、本当か？」

「うん、もう半身が変化しているの！　じゃあベンジーネに伝えてね、私はその人のところに戻るから！」

それだけ叫ぶと、スティーリアは再び走って役人のもとに戻った。

状況は伝えた。あとは終わり次第、急ぎ来てくれるはずだ。

「すぐにベンジーネが来てくれるから、もう少しだけ頑張って！」

スティーリアは苦しむ男の身体を必死になってさすった。男は動く片目をスティーリアに向け、まるで頷くように目を細めている。

「大丈夫、大丈夫だからもう少し頑張ってね。家族のもとへ、絶対に帰れるから……！」

スティーリアは目をぎゅっと閉じ、黄金と人体の狭間に手を置きひたすら励まし続けた。

――一体、どれくらいの時間が経ったのだろう。

「スティーリア！」

待ち望んでいた声がようやく聞こえ、スティーリアは慌てて役人の顔を見た。

役人は目を閉じ、ぴくりとも動かない。絶え間なく聞こえていた苦しそうな声も、いつの間にか聞こえなくなっている。

「やだ、どうしよう、しっかりして――」

そこでスティーリアは気づいた。進行性の呪いのはずなのに、男の状態は先ほどとまったく変わっていない。

「え、え？　どういうこと？」

「スティーリア、そこをどいて」

駆けつけてきたベンジーネが、役人の男を金と青の炎で包み込んでいく。瞬く間に元の身体を取り戻していく男の横で、スティーリアは震える己の両手を見つめていた。

その後、男を運び込んだ兵士の証言により、スティーリアに預けられてからは呪いの進行が止まっていたことが証明された。

それからいくつか軽い呪いにかかった人や物で試した結果、スティーリアはベンジーネとは逆の力、つまりは〝呪いを凍らせる〟力があることがわかった。

ベンジーネにより『氷呪（ひょうじゅ）』と命名されたその能力は、祝炎とは異なり〝呪いの芯〟の部分は残ったままだが呪いの発動、進行を抑えることができる。

しかし同時に不完全な能力であることもわかった。呪いの力が強すぎると一時的に凍ったとしても溶け出してしまう、つまりは再発することがあったのだ。

それからは、スティーリアも解呪の仕事を請け負うようになった。祝炎ほど確実性はないものの、〝解凍〟された例はほんのわずかしかない。巫女の力は年齢を重ねると衰えてくるため、ベンジーネの負担を少しでも減らすためにスティーリアは懸命に頑張った。

――そこからさらに五年。

帝国全土を未曽有（みぞう）の流行（はや）り病が襲った。

激しい頭痛と咳、赤黒い血痰。致死率の高いその病は、両手足の指先がまるで銀砂をまぶしたかのようにキラキラと光る特徴がある。

その病原菌は『黒銀砂鳥』という渡り鳥が保有しているが、本体の鳥が死ぬと菌も同時に死ぬ。つまるところ、生きたまま腹を裂いたりしない限りは病原菌がまき散らされるわけがないのだ。皇太子になったものの大した功績もあげていないヘルトの別荘が黒銀砂鳥の集まる森の近くにあるが、その関連性はいまだにわかっていない。

なぜなら、本人に問いただすことができなくなってしまったからだ。

爆発的に広がった病は皇帝ウェーゼル、皇后マリー、皇太子ヘルトの命を次々に奪っていった。その勢いはすさまじく、スティーリアの周辺からも親しい人が何人も消えた。

料理のほとんどを教わった厨房長。皇太子ヘルトの護衛になったものの、再び神殿の警備に就くことになりそのまま専属になったパン好きな警備兵。一緒にベンジーネのお世話をしていたカンナとミカ姉妹のうち、十六歳だった妹のミカ。

――そして父親のような存在だった、大好きなロードボッシェ。

病は短期間で暴風雨のように荒れ狂ったが、菌の寿命が尽きたのか半年もするとぱったりと病人は減った。国は大混乱に陥ったものの、それでもなんとか荒れずに済んだのは〝皇帝〟がいたからだ。

第二皇子ジルヴァラが追いやられた北方の地アイスベーアは、帝国を縦断する巨大なフリンデッル湖と切り立った岩山の向こう側にあり、そこまでは病原菌も広がらなかったらしい。

そしてジルヴァラは皇都ヴリホデックスに戻り、正式に皇帝となった。

そこからさらに三年の月日が経った。

ある日の朝、いつものようにスティーリアが清めの水を汲んで戻る途中、鋼鉄製の馬車が神殿の敷地内に入ってくるのが見えた。馬車は正面階段に横づけされ、神殿警備の兵士たちが駆け寄り一斉に敬礼をしている。

やがて馬車の扉が開き、一人の中年男が降りてきた。身なりの良いこの男の顔は、スティーリアも知っている。

——帝国宰相ロット・メーディセイン。

なぜ宰相の顔を知っているかというと、皇帝ジルヴァラは魔獣や村を荒らす盗賊の討伐のために国中を飛び回り、ほとんど皇都にはいないからだ。

年末年始の祝賀行事にも不在で、それらの対応は宰相や大臣、そして実家から呼び戻され再び皇籍に入ったジルヴァラの生母である皇太后ハルデニアが行っている。むしろ国民には、彼らの知名度のほうが高い。スティーリアも新年の祝賀パレードを見に行き、メーディセインが投げたチョコレート菓子を運よく手に入れたことがある。

それにしても、こんな朝早くから帝国宰相が一体なにをしに来たのだろう。不思議に思っていたその時、神殿の奥からベンジーネが現れた。いつも穏やかに笑んでいるその顔は、どこか強張りを見せている。

「メーディセイン閣下。このような早朝から、なんのご用でしょう？」

「これは祝炎の巫女殿。貴女さまにお願いがございます。どうか、陛下の呪いを解いていただけないでしょうか」

　スティーリアは首を傾げた。皇帝ジルヴァラが呪われているのは国民の誰もが知っていることではある。だが皇帝は二十五歳で即位し現在は二十八歳。

　辺境の地へ追いやられていた時ならともかく、皇都に戻ってきたのは三年も前なのになぜ今になって解呪を希望するのだろう。

「以前は私を追い返しておいて、今さらですか」

「その節は大変失礼をいたしました。ですが、あの依頼破棄はマリー妃が勝手に――」

「私に解呪を依頼したことで、当時の皇后ハルデニアさまは離縁された。今度はどなたが飛ばされてしまうのでしょうか？」

　帝国宰相にも怯むことのない、ベンジーネの冷たい声。

「巫女さま、そうおっしゃらずに……」

　今にも泣き出しそうな情けない声。

　さすがに気の毒に思ったのか、ベンジーネは渋々と頷いた。

「……呪いというものは解呪までに時間がかかればかかるほど魂に根づいてしまうものです。解くことができるかどうかはわかりませんが、それでもよろしければ」

「神殿には巫女がお二人いらっしゃるではないですか！　ともかく、まずは陛下にお会いしていただきたい」

「いいえ、私一人で行きます。あの子は未熟ですから」

ベンジーネの言葉を聞き、スティーリアはひそかにむくれる。確かにベンジーネには遠く及ばないが、それでも自分なりに役に立っていると思っていたのに。

「どうかお二人でお越しいただきたい！　お願いいたします！」

ゼンマイ仕掛けの水飲み鳥人形のように、腰を綺麗に曲げて頭を下げる帝国の重鎮。

さすがのベンジーネもそれ以上なにも言えなくなったのか、額に手をあて大きく溜め息をついていた。

「仕方がないですね。では、朝の祈りを捧げてきますので少々お待ちください。……スティーリア、いらっしゃい」

「あ、うん、はい」

スティーリアは水の入った硝子瓶を抱えたまま、ベンジーネのもとに駆け寄った。宰相メーディセインは安堵の表情を浮かべたまま、馬車の中へと消えていく。

「ねぇ、不思議じゃない？　なんで今さら呪いを解こうって話になったんだろう」

ベンジーネと並んで歩きながら、スティーリアは小さな声で呟いた。

「……そろそろお世継ぎを、とでも考えているんでしょうね。貴族令嬢たちの中では蛇と陛下が同一の存在になっているらしいから、婚約者のなり手がないらしいわ」

「同一の存在って？」

「陛下の舌が二股に割れているとか、男性器が二つあるとか、そういう噂が流れているのよ」

スティーリアは小さく溜め息をついた。さすがにそれは、少しひどいのではないだろうか。

「皇帝陛下は蛇を食べるだけで、蛇そのものではないのにね。大体、蛇は綺麗な生き物だと思うけど。それに陛下がご令嬢がたに嫌われているのって、単に性格が悪いとかじゃないの？」

「……スティーリア、もっと言葉を濁しなさい」

そう言いつつ、ベンジーネは笑いをこらえるように口元を押さえている。

「まぁ、なんにせよベンジーネなら呪いを解くことができるよね。落ち着いたら私、皇后陛下をお披露目する祝賀行事でも見に行こうかな」

――呑気に笑うスティーリアはこの時、知る由もなかった。

その祝賀行事に、自らが皇后として出席する羽目になることを。


「遠くから見ても綺麗だけど、近くからだともっと素敵に見える！」

バルンステール城に到着したスティーリアは、城を見上げ歓声をあげた。前々から美しい城だとは思っていたが、遠くから眺めていた時とは比べ物にならない。

「この城は古代の名建築家ジェライ・コフィーの最高傑作ですからな。硬い白翡翠にどうやって琥珀を埋め込んだのか、その方法は歴史書にも残っていないしそもそも間取り図すらも存在しない。ゆえに、この美しい城は二つと存在しない貴重な建築物なのですよ」

その後も続く宰相メーディセインの自慢話を聞きながら、スティーリアたちは城内を歩く。

長い回廊には、帝国軍人であることを示す『鴫と蔓葡萄』の紋章をつけた護衛兵が等間隔で配置されており非常に物々しい雰囲気になっている。

怖くなったスティーリアは顔を伏せ、小柄なベンジーネの陰に隠れるようにして歩いた。

やがて、黄金の取っ手が付いた大きな扉の前でメーディセインが足を止めた。

「巫女さま。こちらは謁見の間でございます。中で陛下がお待ちになっていらっしゃいますので、どうかよろしくお願いいいたします」

「……善処します」

ベンジーネは一貫して素っ気ない。

宰相はそんな態度にも慣れたのか、気にすることなく扉に顔を向けた。

「陛下、メーディセインでございます。神殿より祝炎の巫女と氷呪の巫女をお連れいたしました」

メーディセインがよく通る声で告げると同時に、扉が内側から静かに開いていく。

「入室を許可されましたので、中へお入りください」

ベンジーネは無言で頷き、メーディセインの横をすり抜け室内に入っていく。スティーリアも急いでそのあとに続いた。

「わ、あ……っ」

毛足の長い絨毯が足首に絡まる。慣れていないせいで、非常に歩きにくい。

「ベンジーネ、ちょっと待って――」

「……うるさいな」

凍てついた声が室内に響く。同時に、窓際に立つ長身の男がこちらを振り返った。

――上着の前を開けた漆黒の軍服。気崩しているにもかかわらず、中に着ている白いシャツには皺の一つも見当たらない。緩やかにうねる長めの黒髪に、鏡のような銀色の瞳。

顔立ちは目を見張るほど整っている。銀の瞳に正面から見つめられ、スティーリアは思わず息を呑んだ。

銀色の目が美しかったからではない。

その目が、底知れぬ暗さを孕んでいたからだ。

「皇帝陛下。ベンジーネ・ロットと孫のスティーリア・ロットでございます」

スティーリアはベンジーネの養子になっているが、対外的には不自然にならないよう〝孫〟と紹介される。

「ようこそ、バルンステール城へ」

皇帝ジルヴァラは、気だるげに黒髪をかきあげた。

「キミたちが俺の呪いを解くという巫女か。母上にも困ったものだな。俺は呪いなんかどうでもいいと言ったはずなのに、まさかわざわざ多忙なメーディセインを使いに出すほど本気だったとは」

こちらに向けられる視線は、思わず竦んでしまうほど冷たい。

とても歓迎されているとは思えない様子に、スティーリアは隣のベンジーネにちらりと視線を送った。

「まったく、面倒なことね」

ベンジーネは呆れたように呟きながら、皇帝を見上げた。

「陛下は解呪をお望みではないのですね。それでしたら、そのようにきちんと皇太后さまや宰相閣下にお話をしておいていただかないと困ります。我々とて暇ではないのですよ」

「ちょ、ちょっと、ベンジーネ！」

似たようなことならスティーリアだって思っていた。だが、それを直接口にするわけにはいかないことくらいわかる。

「気を悪くしたのならすまなかった」

意外なことに、ジルヴァラはあっさりと謝ってきた。スティーリアは少し驚く。

「……どうでもいいと思っていることに変わりはないが、母上がそこまで本気なら俺も本気で解呪に取り組まなければならないとは思う。そこで、いくつか訊きたいことがあるんだが」

「どうぞ、なんなりとお訊きください」

一礼をしながら、ベンジーネが応える。

「まず、俺の呪いは解けるのか？」

「それはまだわかりません。呪いの程度を診てみませんと」

「時間はどの程度かかる？」

「それも診てみないことには」

——ジルヴァラは色々と質問をしてくる。

だが、それらの問いに対してベンジーネはすべて「まず呪いを診てから」と返す。

スティーリアは二人のやり取りを聞きながら、内心で首を傾げていた。

ベンジーネの言う通り、先ほどからジルヴァラは呪いの程度がわからないことには答えようがないことばかり訊いている。

（いつまでも無駄な質問してないで、さっさとベンジーネに診断してもらえばいいのに……）

やきもきするスティーリアの前で、ようやくジルヴァラの質問が止まった。

「では、陛下。まず——」

「あぁ、最後にもう一つだけいいか？」

ジルヴァラは片手を伸ばしベンジーネの言葉を遮った。さすがにベンジーネも訝しげな顔をしている。

「……俺の呪いを解いたら、呪いをかけた者はどうなる？」

「どうなる、とは？」

「呪いが術者に跳ね返ることはあるのか、と訊いている」

「いえ、私は呪いを返すことはできませんので特になにも起こらないかと。……ひょっとしてその者に報いを、お望みでしたでしょうか？」

眉をひそめるベンジーネに向け、皇帝ジルヴァラは首を横に振った。

「いいや、少し興味があっただけだ。では、呪いを診てもらおうか」

（……？）

スティーリアは皇帝の顔をじっと見つめた。

――なぜだろう。〝少し興味があっただけ〟と言った割には、皇帝はどこか安堵しているように見える。それに、なんとなく感じた。

皇帝は、この質問こそが真に訊きたかったことだったのではないか、と。

「なんだ」

視線に気づいたのか、ジルヴァラが胡乱な眼差しを向けてきた。

「え!? い、いえ、なんでもございません」

ちょっと余計なことを考えてしまったが他意はない。スティーリアは慌てて視線を伏せる。

ジルヴァラは舌打ちをしながら、こちらに歩み寄ってくる。

「では、呪いを拝見いたします。陛下、そちらの長椅子に腰をかけていただいてもよろしいでしょうか」

ジルヴァラは足を止め、上着を脱いで通り過ぎかけた長椅子の背に放り投げた。

「それで？　俺はどうすれば？」

椅子に座り、長い足を組みながら黒髪をかきあげる姿は動く絵画のように優美で、とても普段から戦いに明け暮れているようには見えない。

「そのままで。……御身に触れてもよろしいですか？」

「どうぞ。好きにしてくれ」

ベンジーネはひざまずき、指先を伸ばし皇帝の喉に触れた。次いで身体の中心に触れる。

指は喉と鳩尾（みぞおち）の間を三度ほど往復し、やがてベンジーネはゆっくりと頷いた。

「呪いの根は胃の腑（ふ）にあります。他の臓器からは一切なにも感じません。陛下、ちなみに蛇以外をお召し上がりになった場合はどのような状態に？」

その質問にジルヴァラはわずかに顔をしかめた。

「食べ物を飲みこんだ瞬間、猛烈に気分が悪くなり吐いてしまう。そのあとはしばらくの間、全身が痺（しび）れたままだ。子供の頃は発熱もしたが今はどうだろうな。もうずっと蛇以外を食べていないからわからない」

ベンジーネは指を引っ込め、立ち上がると一歩後ろに下がった。スティーリアは喉をごくりと上下させる。

「もうわかったのか？」

「はい」

「診断結果は？」

「申し訳ございません、陛下。この呪いは強すぎます。残念ですが、私どもにできることはなに一つないと存じます」

残念な結果に、スティーリアはがっくりと肩を落とした。

別に皇帝の呪いがどうなろうと知ったことではないが、ベンジーネの腕前を見せつけてこの微妙に嫌な感じの皇帝に感謝させたい、と思っていたのだ。

「そ、そんな、それでは困ります！」

戸口付近に控えていたメーディセインが慌てふためき駆け寄ってくる。彼の存在を、すっかり忘れてしまっていた。

「そうか、呪いは解けないのか。それでは仕方がないな」

ジルヴァラはまるで他人事のように言いながら、肩を竦め長椅子から立ち上がった。だが立ち去るわけでもなく、射抜くような眼差しでベンジーネを見下ろしている。

「……仕方がないが、隠しごとをされるのは気にいらない」

「隠しごと、とは？」

皇帝と養母の間に漂う剣呑な空気に、スティーリアは息を呑む。

「〝できることはなに一つない〟と言ったな。だがそれは嘘だろう。俺に隠しごとをしたままこの城を出られるとでも思うのか？　貴女だけならともかく、そこのぼんやりした顔の孫娘も帰れないぞ？」

「ぼんやりした顔……」

スティーリアは口元を引き攣らせた。別に〝自分は美人〟だと思っていたわけではないが、目の前で悪口を言われるとそれなりに傷つく。

「……さすがの慧眼でございますね。おっしゃるとおり方法がないわけではございません。ただ、陛下は良しとされないだろうと判断したまでです」

「俺の考えを勝手に判断されると困るな。で、その方法とは？」

ベンジーネはフーッと、長い溜め息をついた。

「私の力で呪いを燃やすことは可能です。ですが、この呪いは強すぎる。全力を出すと、祝福の炎は陛下ごと燃やしてしまうでしょう。逆にこの子の力は呪いを凍りつかせることができる。もちろん、今すぐには無理ですが毎日ゆっくりと互いの魔力を馴染ませながら身体の内側から凍りつかせていけば、あるいは」

「え、私!?」

思わず大声をあげたスティーリアに対し、ジルヴァラは軽く片眉を上げる。

「……毎日魔力を馴染ませる。身体の内側から、か。なるほど」

ジルヴァラは得心したような顔で頷いている。

「ね、ねぇ、ベンジーネ。どういうこと？」

スティーリアはベンジーネの袖を引っ張った。皇帝はあっさり理解したようだが、自分にはちっとも意味がわからない。

「俺がキミを連日に渡って抱けばいい、ということだろう」

「抱……っ!?」

音を立てる勢いで後ずさるスティーリアを、ジルヴァラの凍った銀の視線が射抜く。

「なにを驚くことがある？　魔力というのは体内を循環する目に見えない血液のようなものだ。互いのそれを、身体の内側から馴染ませるというのであれば容易に考えつくだろう」

ジルヴァラは小馬鹿にしたように嘲笑った。

「キミは巫女なのだろう？　呪いを凍らせるという特殊な力があるからこそ巫女を名乗っているのだろうが、その力の源である魔力について真摯に学ぼうと思ったことは？　持って生まれた力に胡坐をかいているだけなのか？」

——魔力についてなら少しはわかる。魔法専門の学校に通ったわけではないから詳しいところまでは知らないが、ベンジーネから色々と教わったし神殿内にある図書室で自分なりに勉強もした。

落ち着いて考えれば、魔力を馴染ませる行為が性的接触であるという考えには思い至ったはずだ。

そう言い返したいのに、気持ちがたかぶり言葉が上手く出てこない。すでに涙目のスティーリアに向けて、ジルヴァラはなおも言い続ける。

「確かに俺にとっては不満しかない。大して美しくもない上に、向上心もなく日々ぼんやりと暮らしているだけの無知で無能で貧相な身体の女を抱かなければ呪いが解けないというのだから」

「ひ、ひどすぎる……！」

皇帝の口から次々と流れるように出てくる悪口に絶句していたスティーリアだったが、さすがにここまで言われて黙ってなどいられない。

「私、確かに美人じゃないしあんまり物事を知らなかったりしますけど、毎日一生懸命生きています！　ぼんやりとなんか、過ごしていません！」

「国民はみな一生懸命生きている。俺だってそうだ。キミだけじゃない」

懸命の反論は、あっさりと一蹴された。

「そ、そうかもしれませんけど、そういうことじゃなくて」

「ともかく、母上には俺から説明する。呪いを解く方法がなくはないが、それは非常に困難だと。理由はキミの名誉のために適当に濁しておいてあげよう」

フン、と鼻で笑われ、スティーリアはぎりぎりと奥歯を噛み締める。

「……陛下」

これまで一言も発さず黙っていたベンジーネが、スティーリアとジルヴァラの間にするりと割って入ってきた。

「もう、よろしいでしょうか。我々巫女がお力になれないこと、誠に申し訳ございません。では、私どもはこれで失礼いたします」

ベンジーネは素っ気なく言いながら、スティーリアの腕を引っ張る。

スティーリアは不満そうに養母を見つめた。

「なによ、ベンジーネったら。ちょっとくらい言い返してくれてもいいじゃない……」

「放っておきなさい。気にすることないわ、ここには来ることはもう二度とないから。さ、帰るわよ」

納得がいかないまま、ベンジーネに半ば引きずられるようにして歩く。

こうしてスティーリアは、人生ではじめて訪れた皇帝の居城をあとにした。


再び神殿に来客があったのは、その数日後のこと。

「えぇと、パンはこのくらいでいいかな。あとはコケモモのジャムとオレンジピールを詰めて……」

その時、スティーリアは先日神殿から旅立っていった親友カンナに送るパンとジャムを箱詰めする作業をすべく、厨房にいた。

「スティーリア！　スティーリア、どこだ！」

送りたい物をすべて詰め終え、箱を閉じていたところでスティーリアの名前を呼ぶ声が聞こえた。

「ん？　なに？」

切羽詰まった声は、なおもスティーリアの名前を呼んでいる。

聞こえるのは、神殿専属の警備兵の声。自分が氷呪の力を自覚した日にも、似たようなことがあった。これはなんだか、嫌な予感がする。

スティーリアは厨房にいた料理人たちと顔を見合わせながら、大声で自らの所在を知らせた。

「ここにいるよー！　厨房ー！」

「スティーリア！　大変だ！」

スティーリアを探していた警備兵はすぐ近くにいたのだろう。声をあげて三秒も経たないうちに、厨房へ飛び込んできた。

言い知れぬ不安に包まれながら、スティーリアは走ってきた警備兵にひとまず水を差しだした。

「はい、お水。ねぇ、どうしたの？」

「あぁ、ありがとよ」

警備兵は水をがぶがぶと飲み、口元を腕でぐいっと拭った。

「それが、大変なんだ！　いらしてる、いらしてるんだよ！」

「大変なのはもうわかったから。それで、いらしてるって誰が？」

「皇太后さまが！」

「ふぅん、皇太后さまがいらしてるの。……え、皇太后さま!?」

――皇太后ハルデニア。

言わずと知れた、皇帝ジルヴァラの実母。

離縁され実家に戻っていたが、ジルヴァラが皇帝に即位すると同時に皇太后の座へ返り咲いた。

息子(ジルヴァラ)と同じ美しい黒髪に高価な翠玉(エメラルド)ですら見劣りすると言われる、澄んだ美しい緑の瞳。

宰相ロット・メーディセインとともに、不在がちな皇帝の代わりに公務のほとんどを担っている皇太后は聡明で気品にあふれ、皇后であった時から国民の人気は非常に高かったという。

もちろん、今でもそれは変わらない。

「な、なんで!?　なんで皇太后さまが神殿に!?」

まさか、皇帝の解呪を頼みに来たのだろうか。

「……ううん、それはないはず」

スティーリアのことは皇帝が自ら拒否をしていたし、ベンジーネだと命の保証ができないと説明してある。

それは皇太后も知っているはずだ。では、一体なにをしに来たのだろう。

「ねぇ、皇太后さまはどちらにいらっしゃるの？」

「応接室にご案内しておいた」

「そっか。じゃあベンジーネが留守だって伝えておいてよ。なんの用があるにしろ、ベンジーネがいないのに勝手にあれこれ決めるわけにもいかないし」

――ベンジーネは今、神殿にいない。

隣町の建築現場で呪われた遺跡が見つかり、その解呪をするために朝から出かけていったのだ。帰って来るのは早くとも明日以降になるだろうと聞いている。

「それが、お前に用があるとおっしゃっているんだ」

「え、私!?」

「あぁ。〝氷呪の巫女さまはいらっしゃいますか〟って言われたから」

ますますわけがわからない。ここはもう、直接訊くしかないだろう。

「わかった。じゃあ、これから応接室に行くわ」

スティーリアは友への荷物を仲間に預け、応接室へ急いだ。

嫌な予感が、胸の中でどんどん膨れ上がっていくのがわかった。

応接室の前には、白銀と黒革で作られた軽鎧(けいがい)を身に着けた近衛騎士が槍(やり)を持って立っている。

　スティーリアの姿を確認した途端、近衛騎士はすっと扉の前から移動した。

　近衛騎士にぺこりと一礼し、大きく深呼吸をしながら扉を静かにノックする。

「皇太后陛下。私が氷呪の巫女、スティーリア・ロットでございます。大変お待たせいたしまして誠に申し訳ございません」

「どうぞ、お入りください」

　中から、涼やかな声が聞こえた。スティーリアは扉を開け、おそるおそる室内へと足を踏み入れる。

「氷呪の巫女さま、突然押しかけてしまい、わたくしこそ失礼いたしました。わたくし、ハルデニアと申します」

　皇太后ハルデニアは、優雅な仕草でソファーから立ち上がった。

　さらりと揺れる、水色のドレス。

　腰のあたりまである長い黒髪を緩く結い上げ、穏やかな笑みを浮かべながらこちらを見つめる皇太后は、こうやって近くで見ると怯んでしまいそうなほど美しい。

「はい。あの、もちろん、皇太后陛下のことは存じております」

　緊張で声が震える。

　それが皇太后と至近距離で話をしているからなのか、これから言われる〝なにか〟を恐れているせいなのか、そこまではわからない。

「本日は、氷呪の巫女さまにお願いがあって参りましたの」

「その前に、一つ訊いてもよろしいですか？　どうぞ、そちらにおかけください」

スティーリアは皇太后に着席を促し、自らも向かい側に座る。

「えぇと、皇太后陛下。それはもしかして、皇帝陛下の呪いを解いて欲しい、とかでしょうか」

どうか違うと言って欲しい。

祈るように見つめるスティーリアの前で、皇太后はゆっくりと首を縦に振った。

「お話が早くて助かりましたわ、巫女さま。おっしゃる通りです。どうか息子を、ジルヴァラをお救いいただけないでしょうか……！」

「いえ、そうしたいのはやまやま……というわけでもないのですけど、とにかくそちらの件に関しましては陛下御自身のご意思によって解呪はしない、というお話になっていたかと思います」

『母上には俺が説明する』

皇帝は確かにそう言っていた。

だが皇太后がこうして訪ねてきたということは、まだ話をしていないのかもしれない。

「あの、もしかして陛下から事情をお聞きになっていらっしゃらないのですか……？」

スティーリアはおずおずと訊く。

「……いいえ。ジルヴァラから聞いております。色々と不都合が生じそうだから解呪はしないことにした、と」

「そ、そうですか。それでしたら――」

皇太后はほっそりとした右手を上げ、スティーリアの言葉を遮った。

「わたくしに対するジルヴァラの説明は不十分なものでした。〝不都合〟の部分について何度訊いても言わないものですから、わたくしも納得がいかなくて。ですから、その場にいたというメーディセインに詳しい事情を聞きましたの」

スティーリアは思わず額を押さえた。

そもそも、呪いを解きたいと切に願っていたのは皇太后なのだ。その皇太后に対して〝色々と不都合が生じるから〟という雑な説明で済ませようとしたのであれば、彼女が納得できないのもよくわかる。

「あれ、でも宰相閣下からは正確な話をお聞きになったのですよね？　その、呪いを凍らせる方法とか陛下がなぜそれを拒まれたのか、とか……」

「えぇ、聞きました。ごめんなさい、巫女さま。息子が失礼なことを」

「い、いえ、まぁ、顔とか体形は好みがありますからね。それは仕方がないです」

――こういうことを本人に言わせないで欲しい。

そう思いながら、スティーリアはどうしたものかと頭を必死で回転させた。

皇太后の気持ちはわかるが、実際に行動しなければならないのは皇帝なのだ。嫌だというものを、無理強いするのもどうかと思う。

「……皇太后陛下、私が申し上げるのもなんですが、この件に関しましては皇帝陛下ともう一度しっかり話し合いをされてはいかがでしょうか」

皇太后はしょんぼりとうつむいている。

そんな姿を見ていると胸が痛まないでもない。ただスティーリアとしても、ベンジーネ不在の状況でこんな大事なことを一人で決められない、という思いがある。

だが、そこで予想外のことが起きた。

皇太后ハルデニアがいきなり立ち上がり、スティーリアの足下にひざまずいたのだ。

「巫女さま、お願い、お願いです！　ジルヴァラは十六年もあの恐ろしい呪いにその身を侵されているのです！　あの子は私が後継ぎを求めるあまりにしつこく解呪するように言っているのだと思っているようですが、そうではありません！」

「やだ、ちょっと、皇太后陛下！」

突然のことに大混乱しながら、スティーリアは救いを求めて近衛騎士に視線を向けた。

だが近衛騎士はスティーリア以上にうろたえているようで、おろおろとしながら無意味に皇太后の周囲をぐるぐる回っている。

一国民にひざまずいたばかりか、あまつさえ頭を下げる皇太后を止めなければと思いつつも高貴な身に触れてもいいものかどうか迷っているのだろう。

「なぜ、ジルヴァラが皇帝という立場にもかかわらず第二皇子だった時と変わらず辺境の地に身を置き魔獣や賊の討伐に明け暮れていると思いますか!?」

「え……っと、それは……」

確かに、よくよく考えたら他国の王や女王、皇帝が自ら戦場に立っているという話は聞いたことがない。おまけに庶民は皇帝の姿を目にする機会も少ないため、スティーリアも祝賀行事に皇帝がいないことに対してさほど違和感を覚えたことはなかった。

「ジルヴァラは十二歳で氷と岩の大地に追いやられ、生涯目にすることなどなかっただろう魔獣と対峙し、命をすり減らしながら懸命に生きてきました。でも皇都には、バルンステール城には魔獣なんていない。近衛が耐えず周囲に控え、危険などありはしない安全な場所。でも、そこでぬくぬくと暮らしてはいられない。いえ、暮らすわけにはいかない」

ハルデニアはゆっくりと顔を上げた。

「あの子はきっとこう思っている。それまでの自分を、裏切ることになってしまう、と」

――真っ直ぐに顔を上げた皇太后と正面から向き合ったスティーリアは、そこでようやく気づいた。


皇太后ハルデニアの端正な美貌に色濃く滲む、苦悩の色を。

エメラルドの両目の下にくっきりと浮かんでいる、影色の隈を。

ずっと「わたくし」と言っていたのに、先ほどは「私」と口にしたことを。

「……ここには帝国皇太后としてではなく、母としていらしていたのですね」

スティーリアの呟きが聞こえたのか、ハルデニアはこくりと頷いた。

「今のジルヴァラは二つの呪いにかかっているようなものです。ですから、どうしても解呪してあげたい。私の望みは、ただそれだけ」

ハルデニアの言葉は、スティーリアの胸に深く突き刺さった。

「……わかりました。私の力は呪いを凍らせるだけですが、皇帝陛下のために尽力させていただきます」

「本当ですか!? 巫女さま、ありがとうございます!」

ハルデニアは涙をこぼしながら、スティーリアの両手を包むように握った。

ベンジーネがいないのに勝手に決めて良かったのだろうか、という不安は拭い去れない。それに、スティーリアは文字通り身体を張って解呪することになる。

「ジルヴァラは私が必ず説得いたします。もちろん、お礼もいたします」

「いえ、依頼料は一定料金になっておりまして、人体の解呪は一律金貨二枚になっております。私の場合、呪いが溶けてしまったら全額返金することになっています」

「……え、金貨、二枚？」

ハルデニアはきょとんとした顔をしている。

「あ、はい、すみません」

金貨二枚は決して安くはないが、目が飛び出るほど高額でもない。

皇族であれば痛くもかゆくもない金額だと思うが、ひょっとして無料で引き受けなくてはいけなかったのだろうか。

「い、いいえ、国民として皇帝陛下をお助けするのは当然ですから金貨は必要ない……あ、でもやっぱりベンジーネに確認しないことには――」

「お安すぎますわ！　そんな金額では巫女さまに感謝をお伝えすることなど到底できません！　わかりました。わたくしからは金貨を二百枚、ご用意させていただきます」

「に、二百枚!?」

――金貨二百枚。神殿の収入で計算すると、およそ十年分に相当する。

「いえ、これだけでは足りませんわね。そうだわ、わたくしが使っていた別邸を贈らせていただきます。これでいかがでしょうか」

――そしてまさかの追加報酬。皇太后の別邸を見たことはないが、とんでもなく大きな屋敷に違いない。

「い、いいえ！　そんな、そこまでしていただかなくても……！」

ハルデニアは優雅に微笑んだ。

「これでも足りないくらいだと思っておりますのよ。巫女さまにはこれから色々と不自由もおかけいたしますので」

「……不自由？」

今回の特殊な解呪を引き受けた以上、愛し合っているわけでもない相手に身体を差し出さなくてはならないことは理解できている。

「皇太后陛下、その、不自由とおっしゃいますと？」

「巫女さまには、皇帝と正式な婚姻を結んでいただかないといけませんの。ですからお側には常に侍女を二名ほど置かせていただきます。行動範囲も制限させていただかないといけませんし、少々窮屈な生活にはなってしまうかと……」

スティーリアは頷きかけた首を寸前で止めた。

「……ん？　正式な婚姻とは？　結婚したふりをするだけ、ではないのですか？」

「いいえ。城内の大聖堂にて婚姻の儀を執り行い、そののち国民に披露いたします。ただし、皇后として振舞うのは皇帝の呪いが解けるまでの期間限定と思っていただいて結構ですわ」

期間限定の婚姻。つまりは、契約結婚。

「あの、期間限定ならばわざわざ結婚式をしなくてもいいのでは？」

しかも、国民にお披露目される意味がまったくわからない。

「……これは皇族しか知らないことなのですが、直系皇族は精霊の加護を受けています。その直系と身体を重ねるには婚姻の儀にて精霊の加護を受けなければならない。側妃になった者も同じ儀式をします。皇后ではないので、その場合は〝婚姻の儀〟という名称ではありませんが」

――一度、側妃に皇后の座を奪われた経験があるからだろうか。

皇太后の笑みに今までとはまったく違う黒さを感じ、スティーリアはひそかに身震いをする。

「では、その〝側妃さま用の儀式〟をしていただくのはどうでしょうか。そうすれば、国民の皆さんの前に出てくる必要もないですし」

ハルデニアは気まずそうに目を伏せた。

「本来は、その予定でしたの。ひそかに儀式をしたのち、巫女さまは堂々とお城に住んでいただき、然るべき時が来たら呪いは巫女さまの祈りによって無事に解けた、と発表するつもりでした。ですが、わたくしがメーディセインに問い詰めたりして騒いでしまったせいで一部の貴族が巫女さまの〝氷呪〟のお力に探りを入れ始めているのです。ですから万が一を考えて巫女さまの御身をお守りせねばと思いまして」

「ちょ、ちょっと待ってください。まったく話がわからないです！」

――わかっているのは、あまり良い話ではない、ということだけだ。

スティーリアは両手を強く握り締めた。口の中が、緊張でカラカラに渇いている。

「……巫女さまには、〝帝国皇后〟と〝氷呪の巫女〟の一人二役をお願いしたいのです」

「一人二役!?　ど、それ、どういう」

〝どういうことですか〟と訊きたいのに、混乱のあまり舌が上手く回らない。

「順を追ってご説明いたしますね。まず、城に〝氷呪の巫女〟としていらしていただきます。城内の一角にお部屋を用意し、そこで日々皇帝のために祈りを捧げていただく、という話になっています」

「は、はい……」

なんとか、返事をすることはできた。

「国民へのお披露目は一か月後を予定しています。〝蛇喰い〟は強い呪いゆえに巫女さまが部屋におこもりになり、じっくりと祈りを捧げてくださっている、としたその裏で我々は〝皇帝ジルヴァラの妻に相応しい令嬢〟を見つけた、と婚約発表をします。もちろん、この〝令嬢〟とは巫女さまのことですわ」

「……いえ、あの、ですから、そうする意味が」

「このご令嬢は非常に病弱で公務はほとんどできない、とします。そうすれば、人前に出なくて済みますから。か弱い妻を皇帝が溺愛し、まるで世俗から隠すように大切にしている、とすれば問題ないでしょう。……そして、ひとまず正式に婚姻していただく理由なのですが」

——ようやく、本題になった。

スティーリアは無意識に止めていた息を、ふぅっと吐き出す。

「〝氷呪の巫女〟の安全は守られます。ですが〝皇后〟に関しては油断ができません。自分の娘を皇帝に嫁がせたい、と考えている貴族は少なくはない。呪いを解くために我々が動いている今、なおさらでしょう」

「え、それって、つまり」

「暗殺の危険ですわ」

あっさりと言われ、スティーリアはがっくりと肩を落とした。

「そ、そんなぁ……」

皇帝の呪いに対抗できるのが自分しかいないのなら、多少の不自由を飲みこんでもなんとか力になりたいと思った。

ただそれだけなのに、まさか暗殺される危険が浮上していたなんて。

急速に押し寄せる後悔。両の膝が、がくがくと震え始める。やはりベンジーネに話を通さないまま解呪を引き受けたりするのではなかった。

「ご安心ください。そのための、正式な婚姻なのですから」

スティーリアは無言でハルデニアの顔をじっと見つめた。

「皇后のみ、婚姻の儀が終わったあと精霊王の祝福を与えられます。その時に皇后の証である〝虹涙石〟という宝石を授かるのですが、わたくしはこの宝石の加護に希望を託しています。巫女さまを確実に、そして無事に神殿へお返しするには、もうこの方法しかありません」

「その宝石を身に着けていれば、安心ということですか？」

頷く皇太后を確認したあと、スティーリアはこめかみを押さえながら考えをまとめた。

「えぇと、まず、皇帝陛下を救うには〝あの方法〟しかない。それには加護を得なければいけなくて、でも〝氷呪〟のやり方が万が一ばれたら平民の分際で、って貴族の皆さまが怒る。仮に氷呪がばれなくても今度は〝皇后候補〟の令嬢が狙われる。どちらを狙ったとしても結局は私なので消されるかもしれない。呪いが完全凍結する前に私が消されたら陛下が困る」

「……えぇ、そうです」

ハルデニアの肯定を受け、スティーリアはその先を続ける。

「それを防ぐために、精霊王の祝福を得て虹涙石を手に入れる。でもそれは基本的に皇后専用のものだから、私が一人二役をやることにより〝巫女〟と〝いきなり現れた婚約者〟の両方から均等に目を逸(そ)らさせるようにする」

「どちらかと言えば、〝均等に周囲の目を引く〟のほうがより正確でしょうか」

スティーリアは少し眉をひそめた。

「……それでしたら〝令嬢の登場〟を結婚式ぎりぎり、なんなら当日くらいにしておいたほうが良いのではないですか？　だって、婚約発表なんてしたら婚姻の儀で虹涙石をもらう前に消されるかもしれないじゃないですか」

ハルデニアは驚いたように両目を見張った。

「はい、わたくしどももそれは考えておりました。ですから、婚姻の儀は先にこっそりやってしまいます。一か月後に執り行う婚姻の儀は、見せかけだけのものですわ。それと、正式な皇后候補はわたくしの遠縁から探させています。すべてが終わったら、その者と入れ替わっていただきます」

「な、なるほど」

それなら、なんとかなるかもしれない。

まず虹涙石が皇后の証というなら、周囲は宝石(それ)を持っている人物が皇后だと認識する。

肝心なのは〝宝石〟ではなくそれを着けている〝皇后〟。

ということは、お披露目の時に顔がはっきりわからないくらいの変装さえしていれば、皇后が途中で入れ替わったことに国民はまず気づかないだろう。

「わかりました。では皇太后陛下、私はベンジーネが戻り次第すぐお城に向かわせていただきます」

ベンジーネはひょっとしたら多少怒るかもしれないが、きちんと説明すればきっと理解してくれるはずだ。

「それなのですが巫女さま。大変申し訳ございませんが、できればこのままわたくしとバルンステール城にいらしていただけると助かります」

「え、今からってことですか？　それは、ちょっと困ります」

スティーリアは首をぶんぶんと振った。

ただでさえ大事なことを勝手に決めてしまったのだ。それにもかかわらず、ベンジーネになにも説明しないまま城に行くことなんてできない。

それに、呪いを完全凍結させるまでどのくらいの日数がかかるのかどうか、現時点では不明なのだ。

「神殿にはいつ戻って来られるかわかりませんし、その間は私の養母である祝炎の巫女ベンジーネが一人で解呪をしなければいけません。依頼を少し減らすなどの相談もしておきたいので、どうかお待ちいただけないでしょうか。数日中には帰って来ると思いますので」

「お気持ちはわかりますが、こちらも色々と準備があるのです。あとで使いの者を神殿に寄こしますし、落ち着いたら巫女さまご自身でお手紙を書いていただければ。その辺りの自由は保障させていただきますので」

ハルデニアは立ち上がり、またもや深々と頭を下げた。

「待ってください、わかりました。わかりましたので……！」

さすがに、皇太后に二度も頭を下げさせ、その上で要望を通すことは難しい。

ベンジーネに連絡を入れてくれるというし、あとから手紙を書かせてくれるのであればそれで良しとするべきだろう。

「あの、自分の荷物を少し持ってきてもいいですか？　神殿のお姉さまがたが作ってくれた化粧水とか、お気に入りのものがあるので」

「そういったものはすべてこちらでご用意いたします。巫女さまは御身お一つでいらしてください」

皇太后の、優雅な微笑み。

張りついたような表情(それ)は、婚姻の儀について側妃との差異を説明していた時と同じ笑顔(もの)。

――これは、〝お願い〟ではない。〝命令〟だ。

「……すぐ、行きます」

スティーリアは冷や汗を流しながら、懸命に愛想笑いを浮かべた。

# 第二章 蛇喰い皇帝ジルヴァラ

「あー、疲れた」

真っ白な湯気に包まれた浴室の中。スティーリアは湯船の中で両の手足を思い切り伸ばした。

「……それにしても本当に豪華なお風呂。なんだか、自分が美術館の展示物になった気分だわ」

皇帝が使用する風呂だ。さぞかし豪華なのだろうと思ってはいたが、実際に目の当たりにすると いかに己の想像力が乏しいのかよくわかった。

――浴室全体に城の外壁と同じ白翡翠が敷き詰められ、浴槽にあたる部分は深くなっており、良い香りのする湯がたっぷりと張られている。

壁面と、滑り止めのために浴槽の底面に刻まれているのは国旗にも描かれている蔓葡萄。壁面の蔓葡萄には金箔が流し込んであり、湯気越しに見るそれは幻想的なまでに美しい。

「比べるものじゃないけど、こうやって見るとやっぱり皇族が住んでいる場所なんだなぁって実感するよね」

スティーリアの暮らすヴール神殿にも大浴場はあった。

はるか昔、神殿の増築工事をしていた時に偶然、温泉が湧き出したらしい。

しかし木板を張りつけた簡素な浴槽を満たすお湯は薄茶色に濁り、風呂から出る時には必ずシャワーを浴びなければ混じる砂粒で身体がざらついてしまう。

それでも小さな子供たちのはしゃぎ声や楽しそうな笑い声が響く中で、一仕事終えた仲間たちとともに入る風呂はとても楽しかった。

「早く神殿に帰りたいな……。まだお昼過ぎなのにのんびりお風呂なんて、考えられないくらい優雅だけどこれからの事を考えたら気が重い……」

透明な湯をすくってはこぼしながら、スティーリアはちらっと浴室の片隅に視線を走らせる。

そこには侍女が二人、ふわふわのタオルを持って静かに控えていた。


国民へのお披露目を済ませ〝疲れて気を失ってしまった病弱な皇后〟を演じたあと、スティーリアは抱き上げられたままどこかの部屋に連れて行かれた。

そして部屋の中央に置いてある長椅子の上へ、無造作に放り投げられた。

「これから彼女を風呂に入れて、身体を完璧に磨きあげておいてくれ」

「承知いたしました」

「わっ！　なに!?」

いきなり聞こえた声に、スティーリアは長椅子の上で飛び上がる。

すると真横から、音もなく二人の侍女が現れた。

「はじめまして、氷呪の巫女さま。レリーでございます。これから、巫女さまの身の回りのお世話をさせていただきます」

「コラールでございます。巫女さま、どうぞよろしくお願いいたします」

紺色のクラシカルなワンピースタイプの侍女服。真っ白なエプロンにヘッドドレス。

レリーと名乗った侍女は橙色の髪をポニーテールに結び、コラールと名乗った侍女は珊瑚色の髪を肩で短く切っている。

二人とも、スティーリアよりもほんの少し年上、といった感じだろうか。

「はい、あの、スティーリア・ロットです。こちらこそ、よろしくお願いします……」

侍女たちは軽く頭を下げるも、その顔に笑顔は一切見られない。

侍女といっても、皇族の側仕えということであればおそらく、スティーリアより身分は上なのだろう。色々と事情があっての契約結婚なのだが、彼女らはそれが気に入らないのかもしれない。

「あの、こんな時間からお風呂に入るんですか？　まだ十四時過ぎですけど」

ジルヴァラは呆れたような顔で舌打ちをした。

「呪いを解くには回数をこなす必要があるのだろう？　俺たちはそのための契約婚なのだから、わざわざ夜まで待って〝初夜〟を演出する必要などない。わかったらさっさと動いてくれると助かるな」

それだけ言い放ち、〝夫〟になった皇帝ジルヴァラはさっさと部屋を出て行ってしまった。

「え、ちょ、ちょっと……！」

――あまりにも扱いが雑すぎる。

戸惑うスティーリアの両腕を侍女二人が左右からつかむ。

「巫女さま、失礼いたします」

スティーリアはまるで操り人形のように長椅子から立たされた。

「それでは、ドレスをお脱がせいたします」

「髪留めはそのままで。ネックレスは外しますね」

侍女たちによって手際よく、ウェディングドレスが脱がされていく。目を白黒させているうちにレースの下着も取り払われ、あっという間に裸にされた。

「ま、待ってください！　私、裸のままで移動するんですか!?」

侍女はとんでもない、というように首を振った。

「まさか。あちらに百合（ゆり）の花が描いてある扉がありますでしょう？　あの扉の向こうから、廊下に出ることなく浴室へ向かえます」

「このお部屋は、皇后陛下がお使いになる部屋でございます。ですので、防犯面を重視し浴室や寝室へは廊下へ出なくとも行ける作りになっているのですよ」

スティーリアは柔らかな肌触りの純白の布にくるまれ、侍女たちに支えられながら開かれた扉に足を踏み入れた。

浴室についてからは、二人の手により手際よく全身を洗われた。

大勢と風呂に入る生活をしていたおかげで他人に裸を見られることに対して抵抗はなかったが、洗われるなどはじめてのことだ。

だが抵抗は時間の無駄だと諦めた。

そのあとは、自分を〝野菜になった〟と思い込むことにより、羞恥の時間になんとか耐えることができた。

そして今ようやく、こうしてのんびりと湯船に浸かっている。

「まさかお風呂にまで髪留めをつけてなきゃいけないなんて……。可愛いけど、ちょっと邪魔よね」

スティーリアは左側を留めている雪華を指でつつく。

髪を洗う間は髪留めを握らされ、洗い終わると乾かしてもいない髪に再び髪留めをつけられた。

虹涙石を常に身に着けていなければならない、という命令だから仕方がないが、すでにあまり意味を成していない気がする。

「だってレリーさんとコラールさんが殺し屋だったら？　虹涙石を外した瞬間にグサッ！　ってこともあるわけじゃない。まぁ、陛下の近くにいる使用人さんは身元もしっかりしているんだとは思うけど」

二人に聞こえないよう注意して独り言を呟きながら、すっかり温まった両手で顔を覆う。

「はぁ、この先一体、どうなるんだろう」

湯に浸かったことにより身体の疲れはほとんど取れたが、心はどんよりと重苦しい。

「ベンジーネ、今頃どうしてるのかなぁ。お仕事、無理したりしてないよね……？」

——皇太后の必死な懇願に応じ、城に来てから一か月。

結婚式を行った今日に至るまで、結局ベンジーネには一度も会えていない。

この一か月間は、ドレスの採寸や結婚式での立ち振る舞いの練習。巫女としてなら行っていい場所とそうでない場所、そしてなにかあった時のために一通りの城内通路の把握。

それらを懸命にこなす日々を送った。

他にも皇太后が選抜したという信頼できる近衛との顔合わせを行った。

全員の名前と声、話し方や動き方のくせを覚えるという変装型の暗殺者対策。到底ひと月では足りないほどの予定を詰め込まれ、あまりの忙しさに手紙もざっくりとした状況を知らせる一通しか出せていない。

おまけにあれ以来、皇太后もスティーリアの前に姿を現していない。そのせいで、使いの者とやらがベンジーネに説明に行った時の話も聞けていないのだ。

無事に〝任務〟を終えたらまた神殿に戻れるとはいえ、まったくなにもわからないまま離れ離れというのは非常に不安な気持ちになる。

ただ、どちらにしても皇帝の呪いを解かないと城から出られない以上、ここであれこれ考えても仕方ない。

「それにしても陛下ったら、思いっきり足を払ってくるからくるぶしが痛いじゃない。なんなのよ、あの人。性格悪すぎでしょ。あれじゃあ、蛇を食べなくても嫌われて当然よね」

声を潜めて不満を口にしながら、湯の中に肩までどぷんと沈む。

「……うん、頑張らなきゃ。これでやっと、ベンジーネに恩返しができるんだもの」

スティーリアは髪留めの宝石を指で弄(いじ)りながら、改めて決意を固めていた。

風呂からあがり、用意されていた下着を目にしたとたん、スティーリアはがっくりと肩を落とした。純白の、繊細なレースとフリルが使われている下着。生地は上質でサイズもおそらく問題ない。けれど、どうしても気になる部分があった。

「すごく、透けてる……」

隠したい部分が思い切り見えており、むしろ全裸より恥ずかしいかもしれない。なぜ、このような下着が用意されているのだろう。スティーリアの容姿をジルヴァラが気に入っていないことを知った侍女たちが気を利かせた、ということなのだろうか。

「巫女さま、どうなさいました？」

「この下着も、ウェディングドレスと同じデザイナーのものですので、着心地は抜群かと」

侍女たちはタオルでスティーリアの水滴を拭き取りながら、訝しげな顔をしている。

下着の横には、薄い寝着も置いてある。

こちらもフリルやレースが使われた、下着と同じデザインと思しき非常に可愛らしい寝着だった。

しかし、こちらもまるで妖精の羽のように透けていた。

「いえ、あの、ちょっと派手すぎるというか、透けすぎというか……」

侍女たちは顔を見合せ、二人して首を傾げている。

「いいえ、こちらはかなり清楚な作りになっておりますよ？　普通、新婚初夜に着る下着は即座に行為へと移れるように、お足の間にある花園には鍵がかかっておりません」

「は、花園？　鍵？」

「お胸の桜桃もすぐ召し上がっていただけるようになっているのが一般的ですわ」

「胸の、サクランボ……」

スティーリアは顔を引き攣らせた。

脳裏に、神殿で暮らす姉のように慕っている年上の仲間たちが、ごくたまに身に着けていた煽情的な下着の数々がよぎる。

「あ、そういうこと……」

それならはっきりと『胸の部分がくり抜かれ股の部分に切り込みが入っている』と言ってくれたほうが良かった。

変に詩的な表現で説明されたせいで、余計に恥ずかしくなってしまう。

「巫女さま、お急ぎください」

「陛下をお待たせするわけにはまいりません」

侍女たちの口調が次第に苛立ちを含み始める。

「……まぁ、透けているだけだし、作りが普通なだけいいと思わなきゃ」

スティーリアはすっかり諦め、身体の力を抜いた。

またもや手足を人形のように動かしながら、侍女たちは下着と寝着をてきぱきと着せていく。

「では巫女さま。これから前皇帝ウェーゼル陛下の寝室にご案内いたします」

侍女レリーが扉を開け、コラールがスティーリアの背に手を添える。開いた扉の先に廊下が見え、スティーリアは首を傾げた。

「え、あの、寝室には廊下に出なくても行けるはずじゃ」

「皇帝陛下と皇后陛下の寝室には行けますよ。……ご案内するのは〝前皇帝の寝室〟と申し上げたと思うのですが」

「あ、そうでしたよね、ごめんなさい」

冷たく言い返され、スティーリアは少したじろぐ。が、すぐに思い直した。

皇后役をする以上、部屋は皇后のものを使わざるをえないがさすがに寝室は、と考えたのだろう。

確かに、自分が本物の皇后だったら他の女性と使ったベッドで眠るのは嫌だ、と思う。

「人払いをしておりますので、どうぞご安心を。寝室はここから出て右に進んだ突き当たりでございます。そこまで毛皮を敷いておりますので、どうぞ裸足(はだし)のままで」

床を見ると、確かに薄茶色の毛皮が敷いてある。

「では、参りましょう」

「はい、わかりまし――」

返事を言い終わる前に、再び左右から両腕をつかまれた。そしてそのまま廊下に出るよう促され、目的の部屋まで毛皮の上を歩いた。

侍女の言う通り、廊下はしんと静まり返り、護衛騎士すらいない。

やがて突き当たりの部屋に到着し、スティーリアは大きな扉の前に立った。

「巫女さま。この扉の向こうが寝室になっております」

「さ、陛下がお待ちですので、お早く」

「あ、はい……」

スティーリアは言われるがまま扉を開け、おそるおそる部屋に一歩踏み出した。

ベンジーネとともに城へ来た時に案内された〝謁見の間〟とおなじ、毛足の長い絨毯(じゅうたん)が部屋中に敷き詰められている。

「……遅い」

すり硝子(ガラス)の衝立(ついたて)の向こう側から、不機嫌な声が聞こえる。

皇帝ジルヴァラの、結婚式の時よりさらに機嫌の悪そうな声。

「も、申し訳ございません。お風呂が大きくて綺麗で、ちょっと長湯をしてしまったのかもしれないです」

本当は、風呂も着替えもそこまでもたついた覚えはない。

だが機嫌が悪いなら、とひとまず謝っておく。その時、背後で扉がそっと閉まる音が聞こえた。

「キミはなにをするために城にいる？　風呂に入るためか？　だったらさっさと呪いを解いてくれ。そうすれば騎士棟の浴場を開放してやるから、好きなだけ入っていくといい」

――進んだ先には、天蓋のかかったベッド。

その横では絹のような艶を持つ、黒いガウンを羽織ったジルヴァラが椅子に座って書類を眺めていた。

備え付けの硝子テーブルの上には硝子の水差しとグラスが置いてあり、横には万年筆が転がっている。そこにも書類が積み重ねられ、皇帝の多忙さを如実に表していた。

どうやらただ待っていただけではなく、普通に仕事をしていたらしい。

(なによ。お仕事をしていたんなら、別に怒らなくてもいいじゃない)

ジルヴァラは舌打ちをしながら書類をテーブルに放り、立ち上がって着ていたガウンを床に脱ぎ捨てた。驚いたことに、ガウンの下にはなにも身に着けていない。

相変わらずの見事な体軀と向けられた銀の瞳を見つめ返しているうちに、スティーリアの胸の内に段々と苛立ちが湧きあがってきた。

「……待ち時間でお仕事をしていらしたみたいですし、そんな意地悪を言わなくたっていいじゃないですか。だいたい陛下、本当はそこまで焦っていらっしゃらないのでしょ？　だって、ずっと呪いを放っておいたわけですから」

　頭の中で、もう一人のスティーリアが蒼白になりながら両手を振って止めている。

　止められるまでもなく、これ以上言ってはいけないとわかっているが、あふれ出る言葉を止めることができない。

「そこまで嫌なら私はこのまま帰ってもいいんですけど？　どうします？」

　頭の中にいる、自身の姿を借りた理性はついに悲鳴をあげた。

　全身から嫌な汗が噴き出してくる。これはさすがに不敬が過ぎる。もうだめだ。つい先ほどまでは使命感に燃えていたはずなのに、自分は一体なにをやっているのだろう。

「……と、いうのは冗談でして――」

「そうだな、俺が悪かった」

「え……？」

　ジルヴァラは怒る素振りもなく、床のガウンを拾いながら器用に肩を竦(すく)めている。

「皇后(キミ)は倒れたあとそのまま目を覚まさなかった、ということにしよう。もう帰っていいぞ、怒らせたのは俺だからな」

　予想外の言葉に、スティーリアは両目を大きく見開いた。

「……え、本当に？」

「あぁ。母上がわざわざ俺のために神殿へ出向き、キミを連れ帰ったと聞いた時からそこまでしてくれた想(おも)いに応えようと思ったんだが。まぁ、他人を使って親孝行をするのは間違っているかもしれないな」

「……いえ、それは、間違ってはいないかと」

スティーリアは己の浅慮を恥じた。

皇太后ハルデニアが神殿を訪ねてきた時のことを、今さらながら思い出したからだ。

皇族ではなく一人の息子を案じる母として、真摯に語りかけてくれた皇太后。自分は、その想いに心打たれたのではなかったか。

ジルヴァラは、そんな母の気持ちに応えたかったという。それはスティーリアがベンジーネを喜ばせたいという思いときっと同じなのだと思う。

「……お待ちください。陛下、大変失礼をいたしました。一刻も早く陛下の呪いを解くように頑張りますので、しばらくの間はどうかご辛抱ください」

スティーリアはぺこりと一礼し、おずおずとベッドへよじ登る。

「その、それでは今から呪いを……きゃあっ!?」

突如として伸ばされた手に手首をつかまれ、引き寄せられたかと思うとあっという間に組み敷かれた。近づく端正な顔。次いで均整のとれた見事な身体が、スティーリアの上に圧(の)しかかる。

「それは良かった。では始めさせてもらおうか」

ちゅ、と首筋に吸いつかれ、スティーリアは身体を強張(こわば)らせた。なんとなくだが、はめられた気がしなくもない。

「あ、や……っ！」

触れる舌がくすぐったくて、首を竦めて身を捩(よじ)る。舌はそれこそまるで蛇のように、スティーリ

アの首をちろちろとなぞりながら鎖骨のあたりまでおりてくる。

「ん、あ、ひぁっ！」

鎖骨の上を強く吸われると同時に寝着の上から胸の先端を摘まれた。

強い刺激に、思わずのけ反るように背を曲げる。それなのに胸を摘まむ指は離れることなく、逆に段々と揉みこむような動きに変わっていく。

「なかなか敏感な身体だな」

感心しているような馬鹿にしているような、なんともいえない言い方に頬がかぁっと熱くなっていく。

「あ、あの、陛下……っ」

滑る舌が再び首元を這い回る。胸の先に走るのは、そのくすぐったさとは異なるなんともいえない未知の感覚。痛くもないし、気持ち悪くもない。

それどころか〝もっとして欲しい〟とでもいうような、不思議な浅ましさが込みあげてくる。

「ん、んぅっ」

寝着を胸元までまくりあげられ、先端のみをなおもしつこく弄られ続ける。じわじわと広がる快楽ともどかしさに、スティーリアはむずかるように身を捩った。

「どうした、痛いのか？」

「ん、いえ、そういうわけ、では」

（……痛いかどうか、気にしてくれるんだ）

平気で女性に足払いをかけてくるような男だ。正直、愛撫もなにもなしに〝最終目的〟だけ果たされるのだと思っていた。

それがまさか、痛みがないように気遣ってくれるなんて。

そんな謎の感動に包まれていたスティーリアの腹の上に、硬く熱いものが擦れる感覚があった。

スティーリアは思わず、視線をおろす。

「やだ、嘘……」

――想像以上に大きな男性器が、割れた腹筋の上にぴったりと張りついている。

「あぁ、これか。キミで勃つかどうか、そこが一番心配だったがなんとかなったな」

ジルヴァラは悪びれもしない顔で言い放った。

「そ、それはどうも、ご心配をおかけいたしましてすみません……」

アレをこれから体内に受け入れるのか、という不安と恐怖。

それとあまりにも〝男〟を感じさせる現象を目の当たりにした恥ずかしさで、さらりと侮辱されたことなど一切気にならなかった。

「キミの中に挿れて出すだけなら香油を塗ってさっさと終わらせてもいいんだが、俺が下手だのなんだのと噂を流されたくはないからな。優しくはするが、くれぐれも勘違いしないように」

その言葉に、動揺していたスティーリアの胸の内がすっと冷静になった。

〝勘違い〟とはなんだ。

まさか、スティーリアが横暴な皇帝に愛されている、と勘違いするとでも思っているのだろうか。

「……へ、陛下、こそ」

「ん？　なんだ？」

「陛下こそ、勘違いしないでください……っ！　私が抱かれるのは、あくまでもお仕事ですから……！」

確かに、子供の頃は本に出てくる〝おうじさま〟に憧れを持っていた。

けれどそれは、〝かっこよくて優しいおうじさま〟だ。スティーリアが胸を弾ませたのは、こんなに意地悪で悪口ばかり言う男にではない。

「口の減らない小娘だな。優しく、というのは手加減をするという意味だったんだが、そこまで言うなら全力で相手をしてやろう。溺れないでいられたら、報奨金を追加してやってもいい」

「え、お、溺れないで、いられたら？」

ジルヴァラは指でスティーリアの耳を弄びながら、薄く笑みを浮かべている。

スティーリアはそこでようやく、自らの失言に気づいた。

無駄に反抗的な態度を取ったせいで、皇帝の負けん気に火を点けてしまったらしい。

「では、楽しませてもらおうか」

凍った銀の瞳の奥に暗い炎を揺らめかせながら、ジルヴァラは慣れた手つきでスティーリアの身体から寝着を引き剝がした。脱がされたそれは、無造作にベッド横へ放り投げられる。

下着姿を眼前にさらされ、スティーリアは両目を強く閉じながら身構えた。きっとこれから、胸が小さいだの腰がくびれていないなど、容赦ない悪口が浴びせられるはずだ。

だが予想に反し、ジルヴァラは剝き出しになったスティーリアの肩口に音を立てながら優しく吸いついてきた。

「意外だな。まるで最高級の陶磁器にも似た、なめらかな肌をしている」

「え!?　あ、ありがとう、ございます……?」

——褒められた。

驚くスティーリアをよそに、ジルヴァラは二の腕に舌を滑らせていく。

「……あ」

舌がくすぐったくて身を捩る。すると、まるで子供をあやすようにくしゃりと髪を撫でられた。

「髪の色も美しい。真珠は清楚さを表す宝石というが、正にそのとおりだ」

真珠色の髪がするりと掬いあげられ、それに二度、三度と唇が落とされる。

その色気のある仕草に、スティーリアの胸がドキリと鳴った。

「瑠璃色の瞳は深く青い海のようだ。あぁ、だからキミの髪は真珠色なのか。これまでは娼婦としか寝る機会はなかったんだが、こんなに可憐で愛らしいキミを抱けるなら俺は呪いにかかって良かったのかもしれない」

薄い笑みを浮かべたまま、ジルヴァラは下着の肩紐の間に長い指を差し込んでいく。するすると肩を滑り落ちる紐。すぐ近くにある艶めいた顔。異性から与えられる、蕩けるように甘い言葉。なにもかもがはじめてのスティーリアは、ジルヴァラにすっかり翻弄されてしまっていた。

「んあぁッ!　あっ、ひ、そこ、いやッ、あ、んんッ」

下着を脱がされ生まれたままの姿になったあと、身体中を舌で散々舐め回された。

くすぐったさが快楽に変わり始めたところで、体内に唐突な異物感を覚えた。

「んっ！　あ、なに？」

「指を入れただけだ。気にするな」

「ゆ、指……!?」

「大丈夫。まだ一本しか入れていない」

――自分以外に触れることなどないと思っていた場所で、皇帝の指が蠢（うごめ）いている。

そのあり得ない事態に、全身をふわふわと包み込み始めていた快楽が一瞬のうちに吹っ飛んでしまった。

「やだ、そんなところに、指、なんて……！」

「指でほぐしておかないと、キミの中が傷ついてしまう。痛い思いをさせたくはないから恥ずかしいのは我慢してくれ」

足の間から、絶え間なく聞こえる水音。

「ん、あ、あ……ッ」

身体の中を他人に触れられるという未知の経験と、下腹部から広がる未知の快楽。

自分の口から発せられているとは思えないほどの甘ったるい悲鳴。

「締めつけがすごいな。ここまでくれば大丈夫だろう。では、そろそろ役目を果たしてもらおうか」

そう言うと、ジルヴァラは音を立てながら指を引き抜いた。

異物感が消えた安堵（あんど）と、体内から熱が去って行く不思議な喪失感。

そして、期待。

（私ったら、なにを考えているのよ。これは呪いを凍らせるために必要な行為なんだから）

胸をよぎった浅ましさから、慌てて目を逸らす。

「へ、陛下。私、大丈夫ですから……」

「なんだ、早く欲しいのか？」

片眉を上げながら意地悪く見下ろされ、スティーリアは首を大きく横に振った。

「ち、違い、ます！　陛下は、お忙しいからあまりお時間を取らせては、いけないと思って……！」

――皇帝の、鏡のような銀の瞳が怖い。

ふと湧いてきた浅ましい心を、はっきりと映し出されそうな気がする。

「……痛くはないはずだが、どうしても辛ければ俺にしがみつけばいい」

ジルヴァラは濡れた指をひと舐めしたあと、スティーリアの両足をつかみ腿をぐいっと押し広げた。

「あ、やだ、そんなに足を、開かないで……！」

「そういうわけにはいかないな。俺がキミの中に入れない」

素っ気なく言いながら、ジルヴァラが腰を少し動かす。

指よりも熱く太く、硬いものが足の間に押しつけられた。

次の瞬間、めりめり、という音が聞こえそうなほど、思い切り下腹部が内側から押し広げられていく。

「ひぁッ！　あ……ッ」

――痛い。

だが貫かれた痛みよりも、圧迫感が辛い。

「く……っ、さすがに狭いな」

ジルヴァラは苦しげに片目をつむると、太腿から手を放しスティーリアの身体を覆い隠すように圧しかかってきた。

「あ、ん、んん……ッ」

体重がかかったせいで、剛直が一気に侵入してくる。

「痛むか？」

「い、痛い、です……」

「それなら俺にしがみつけと言っただろう。少しは楽になるかもしれない」

抱き着いたくらいで痛みがなくなるわけがない。

そう思いながらも、すがりつく存在が欲しくてスティーリアは両腕を伸ばしてジルヴァラにしがみついた。

「……動くぞ」

耳元で囁かれる、甘く掠れた声。同時に、身体が激しく前後に揺さぶられる。

「んぁッ、あッ、あ……ッ」

ジルヴァラは一言も発さず、ただ無心に腰を動かしている。

そんな彼にしがみついているため、スティーリアにはその表情がわからない。けれど穿たれる合間に頬やこめかみに落とされる唇の感触がひどく優しいものだということだけは、わかった。

――皇帝に抱かれ始めてから、どれくらいの時間が経ったただろう。

スティーリアはジルヴァラの剛直に穿たれ激しく揺さぶられ、絶え間ない嬌声をあげ続けていた。

組み敷かれて抱かれたあとは、うつぶせにされ後ろから貫かれた。今は膝の上に乗せられ、下から突き上げられている。

己の体重がかかるぶん、埋め込まれたジルヴァラのものがより奥まで到達していた。それなのに手足が宙に浮き不安定な姿勢になっているせいで、快楽を上手く受け流すことができない。

「んっ、おく、だめ……ッ」

口の端から涎がこぼれ、掠れた喉がひゅうひゅうと鳴る。

「……まったく、威勢が良かったのは始めだけか。処女を抱くのははじめてだが、手慣れた娼婦でもここまで乱れる女は見たことがない。とはいえ、軽く突くだけで簡単に達してくれるから俺は楽でいいけどな」

先ほどまでの優しさとは打って変わって、ジルヴァラは嘲るように笑いながら体内を抉るように腰を動かしている。

すでに二度スティーリアの体内に射精しているにもかかわらず、埋め込まれた肉の硬さは衰える兆しを見せない。ジルヴァラ自身も余裕の表情を浮かべたままだ。

「あ、あ……ッ！」

奥を突かないで欲しい、と頼んでいるにもかかわらず、まるで思い知らせるかのようにひと際強く最奥を突かれた。悔し涙なのか過ぎる快楽のせいかよくわからない涙をこぼしながら、スティーリアは全身を震わせがくりと首を反らす。

「はぁ、も、もう終わり、に、して……」
ジルヴァラの言うとおり、ずっと神殿で暮らしていたスティーリアには男性経験がない。だから知らなかった。自分がここまでの敏感体質だということに。

「終わりにしていいのか？　まだまだ欲しがっているとしか思えないが」

「そんなこと、ない。身体が、ずっと、変、なの」

スティーリアの頭の中は、快楽一色に染まっている。様々な体位で抱かれるうちに、自分でも聞いたことのない声をあげながら、ひたすら泣き喘がされていた。

「なんだ、もう終わりか？　俺はもっと楽しみたかったのに。まぁ、俺の拙い性技でも大切な皇后を満足させられたようで良かった」

スティーリアは力を振り絞り、涙の浮かぶ目で目の前の男を睨みつけた。〝性技が拙い〟〝大切〟などとよく言えたものだと思う。

大体、性行為は呪いを凍らせるために仕方なく行っていることであり、互いの楽しみを追い求めることは重要事項ではないはずだ。

「仕方がない。妻の願いは聞いてやらないとな」

溜め息混じりに言われ、スティーリアは安堵した。この快楽の地獄が、ようやく終わる時がきたのだ。

「じゃあ、終わりにしてやってもいいが――」

「は、はい、ありがとう、ございます」

スティーリアは震える両足を叱咤しながら、なんとか膝立ちになった。あとは、ジルヴァラが剛直を引き抜いてくれるのを待つだけだ。

「はぁ、ん、はぁ、ぁ……」

ゆっくり深呼吸をしながら乱れた息を整えていると、腰をつかむ手にぐっと力がこもった。だが、期待に反してジルヴァラは再びゆるゆると腰を前後に動かし始める。

靄がかかったようにぼんやりとした頭が、下腹からじわじわとせり上がってくる快楽により段々と状況を理解し始めた。

「ま、待って、終わるって、言ったのに……！」

「俺が達したら、な。話は最後まで聞いたほうがいい」

呆れたような物言いで言い放たれた直後、腰が浮くほど激しく突き上げられた。

「〜〜〜ッ！」

声にならない悲鳴。頭の中に、火花がパチパチと飛び散っていく。全身を浸食する快楽に耐えきれず、離れかけた目の前の身体にしがみつき、鍛えられた肉体に爪を立てた。

「……本当に、抱き心地だけは抜群だな。こんな身体ははじめてだ」

しがみついたことにより膣内が収縮したのだろうか。余裕しかなかった声が、苦しそうに掠れている。

「く……っ！」

呻き声とともに、ジルヴァラの腰がいっそう速く動き肉を打つ音が次第に大きくなっていく。

噛みつくように首を吸われた数秒ののち、腰と音が同時に止まった。スティーリアは全身を痙攣させながら、体内に吐き出される精を必死になって受け止める。

「はぅ、ぅ……」

――また達してしまった。スティーリアが自己嫌悪をしている間に、性器がずるりと引き抜かれた。体内に満ちていた熱と圧迫感から解放され、強張っていた肩から自然と力が抜ける。

「はぁ、あ、ん……」

スティーリアは深く息を吐きながら、どさりとベッドに倒れ込んだ。襲い来る疲労感と、下腹部に渦巻く快楽の残滓(ざんし)。

「も、もう、だめ……」

さすがに今日はこれ以上求められても応えることができない。そんな思いを込めながら、上目遣いでジルヴァラを見上げる。

ベッドから降りたジルヴァラは、スティーリアには一瞥(いちべつ)もくれず全裸のままで机に置いてあった水差しのもとに歩いて行く。そして水差しを持ちあげ、グラスに注ぐことなく直接水を飲んでいた。

(……私だって、喉が渇いてるのに)

散々喘いでいたせいで喉は痛いし、全身汗まみれになっている。早々に水分を補給しないと、身体が干からびてしまいそうだ。

スティーリアは視線に怒りを含めながら、ジルヴァラをじっと見つめる。

と、水差しを持ったまま、ジルヴァラがこちらに近づいてきた。

「……飲むか？」

さすがに、視線に込められた意味に気づいたのかもしれない。

「はい、ありがとう、ございます」

頷き手を伸ばすスティーリアの前で、ジルヴァラは水差しに残った水をすべて口に流し込んだ。

「な……っ⁉　ひど――」

ひどい、と言いかけた次の瞬間、ジルヴァラは上体を屈めスティーリアに顔を近づけてきた。

「え、あ、え？」

――まさか、口移しで水飲ませるつもりなのか。

スティーリアの中では、異性が唇をくっつけ合う行為は愛情表現そのものという感覚だ。

皇帝の中ではただの戯れ、むしろ悪ふざけなのかもしれないが、一人の国民として本物の皇后に与えられるべき皇帝の唇を奪うわけにはいかない。

「……や、やめてくださいっ！」

咄嗟に、スティーリアは全力で顔を逸らした。

「……冗談に、決まっているだろう」

「で、ですよね」

あはは、と愛想笑いを浮かべながら、ほっと胸を撫で下ろす。質の悪い冗談ではあったが、本物の皇后を裏切らずに済んで本当に良かった。

「満足してもらえたか、皇后」

ジルヴァラは水差しを置きながら、唇の端からこぼれた水を腕で拭っている。

端正で上品な見た目から繰り出されるその野性的な仕草に、スティーリアは頬を染めながら目を逸らした。

「べ、別に、そういう、アレでは……」

これは性行為の形を借りた解呪なのだ。満足する、しないは関係ない。

「そうか。俺は今までで一番良かったんだが、キミは違ったのか」

心底、残念そうな声。

「で、ですから、いいとか悪いとか、そんな話ではないので」

あわあわとうろたえるスティーリアの頬に、長い指が伸ばされる。

指は頬を軽くつつき、顎の下をさらりと撫でた。その優しい感触があまりにも気持ち良くて、つい無意識に目を閉じ触れる指に頬をすり寄せ、甘えてしまった。

「……残念。報奨金の増額はなしだ」

——そこで唐突にジルヴァラの口調が変わった。

「え……」

驚き見上げたスティーリアの目に映ったのは、凍てつく眼差しで見下ろしてくる銀の瞳。

途端にふわふわと浮ついた気持ちから一転、身体の中心に氷の塊が滑り落ちていくような感覚が走る。

「〝全力を出す〟と言っただろう？　それは性技のことだけだと思ったのか？　どうだ、たっぷりと甘やかされた感想は」

スティーリアの脳裏に、組み敷かれてから今にいたるまでの間でジルヴァラから与えられた言葉や優しく気遣う仕草が蘇ってくる。

「まさか、演技だったの……？」

「少し優しくしただけで涎を垂らして媚びを売り、仔犬のようにすり寄ってくる。これで俺に溺れていない、といっても信じられないな」

「わ、私は、別に溺れたりなんか……！」

——違う。悔しいが、皇帝の言うとおりだ。

気遣いの言葉や優しい指や仕草は、肉体の快楽を凌駕(りょうが)するほどの心地よさがあった。

それにまんまと呑(の)み込まれ、恋人でもなんでもない男にうっかり甘えてしまった自分が恥ずかしくて情けなく、顔を上げることができない。

「とはいえ、キミの身体が良かったのは嘘じゃない。使い心地が良いのと悪いのとでは気の持ちようが違うからな、今後もせいぜい頑張ってくれ」

スティーリアは悔し涙をこらえながら、それでも目を逸らすまいと真っ直ぐに皇帝を見つめ、頷く。

「夕食は皇后(キミ)の部屋に用意させておく。疲れただろうから、侍女が起こしに来るまでゆっくり眠っているといい」

そう言うと、ジルヴァラは素っ気なく背を向けた。

自己嫌悪と懸命に戦っていたスティーリアは〝夕食〟という言葉で我に返る。

「あ、あの、陛下！」

「……なんだ？」

スティーリアはベッドに手をつき上体を起こした。呼び止める声に振り返ってくれたものの、ジルヴァラは心底面倒くさそうな顔をしている。

「陛下もお食事をされますよね？　陛下の呪いは非常に強いものですので、まだ表層すら凍っていないとお考えください。お食事は通常どおりでお願いします」

掠れた声で、なんとかそれだけを告げる。

呪いは目に見えるものではない。しかし感覚で、今の行為だけでは〝まだ効いていない〟ことはなんとなくわかった。

ジルヴァラは一瞬眉をひそめたかと思うと、やがて小さく頷いた。

「そうか、わかった。今後も解呪の進捗は随時報告してくれ。一応言っておくが、俺に抱かれたいからといって虚偽の報告をしたらどうなるかわかっているだろうな」

どこか軽蔑すら含んだ眼差しを向けられ、かっとなったスティーリアは大声で叫んだ。

「な……っ！　そ、そんなことはしません！」

ジルヴァラは以前、蛇以外を口にしたら強烈な気分の悪さと嘔吐、全身の痺れ、場合によっては発熱を伴うと言っていた。だから少しでも辛い目にあわせたくない、と思っただけだ。

だがスティーリアがジルヴァラから与えられる快楽と偽物の優しさにまんまと溺れてしまったせいで、呪いを凍らせるついでに皇帝の身体を狙う愚かな女である、という疑いをかけられてしまったらしい。

「……では、我が皇后。また明日」

ジルヴァラは拾い上げたガウンを身に着けると、こちらに目を向けることなく寝室を出ていった。

その背を見送ったあと、スティーリアはベッドに倒れ込みシーツに顔を埋める。同時に両目から一気に涙があふれ、シーツをじわじわと濡らしていく。

「もう嫌だよ、ベンジーネ……。早く神殿に帰りたい……」

悔しくて情けなくて恥ずかしくて、怖くて寂しくて心細い。

けれど、ここで逃げ出すことはできない。逃げたら恩返しができなくなってしまう。

ヴール神殿の巫女が皇帝を救ったという名誉。金貨二百枚という多額な報奨金と大きな家。

それらをすべて手に入れるためには、どれだけ馬鹿にされ蔑まれようと歯を食いしばって呪いを凍らせ続けるしかない。

「私、自分では慎重なほうだと思っていたけど意外と調子に乗りやすい性格だったんだなぁ……。ちょっと優しくされただけでうっかり好きになっちゃいそうになるなんて、本当に馬鹿だわ。おまけに偽物の皇后だってこと、うっかり忘れかけていたかも……」

ある意味、ここで浮ついた気持ちを完膚なきまでにへし折られて良かったのかもしれない。

もう、決して忘れないようにしなければ。自分は呪いを解くためだけの存在。いわば人の形をした道具にすぎないのだと。

「それにしても、本当に嫌なやつ……！　皇帝なんて、大っ嫌い！」

吐き捨てるように呟きながら、スティーリアはシーツで頬をごしごしと擦る。〝罠にはめるためだけの優しさ〟という毒を含んだ指の感触を、一刻も早く消し去ってしまいたかった。


翌朝。

スティーリアは扉がノックされる音で目を覚ました。

「巫女さま、お目覚めでございますか？」

「レリーとコラールでございます。巫女さま、入室してもよろしいでしょうか」

次いで聞こえる、侍女たちの声。

「んん、もう朝……？」

——昨日ははじめての行為で疲れ切り、夕食の時間になるまで泥のように眠った。

睡眠をたっぷりと取ったせいで夜は逆に眠れなくなり、それなら、とベッドに寝転がったまま改めて呪いのことを色々と考えた。

もし、呪いが順調に凍りついてくれなかったら。年単位で時間がかかったらどうしよう。

それどころか、まったく歯が立たない可能性だってある。その辺りはどう判断すればいいのだろう。氷呪の能力が順調に効いていればいいのだが、それを確認するには皇帝に食事をしてもらわなければならない。

効いていなかった場合は、皇帝にひどい苦しみを与えてしまう。

その場合、自分は罰せられるのだろうか。
一、二回ならなんとか許してもらえるかもしれないが、それが三回、四回と続いたら。
そんな風に悪いことばかりが頭の中をぐるぐると巡り、頭を抱えひたすら思い悩んでいた。

だが、どうやらいつの間にか眠っていたらしい。

「巫女さま？」

「いかがなさいました？」

侍女たちの声に不審が混じっていく。スティーリアは慌てて起き上がった。

「ごめんなさい、起きています！　どうぞお入りください」

返事をすると同時に、扉が開き侍女たちが入ってきた。

レリーは着替えと思しき衣類と靴を持ち、コラールは銀のワゴンを押している。ワゴンの上には、お湯の張られた陶器の洗面器と生クリームのようにこんもりとした泡が盛られた壺。そしてタオルが載せられていた。

「おはようございます。お着替えをお持ちしました」

「お顔も綺麗にさせていただきます」

スティーリアは戸惑いながら、のろのろと起き上がった。

「お、おはようございます。あの、顔は自分で洗いますので……」

神殿で暮らしていた時ですら、起床後は身なりを整えてからみんなの前に姿を現していた。

寝起きの顔や寝癖のついた髪を見られるのも抵抗があるし、顔くらい自分で洗いたい。

だが、おずおずと訴えるスティーリアを侍女たちは冷たく一蹴する。

「いいえ、そういうわけにはまいりません。巫女さまには万全の態勢で尽くすよう、皇太后陛下からも言われておりますので」

「そう、ですか。わかりました」

(皇太后さま、気を遣ってくださるのは嬉しいけどここまでしてくれなくてもいいのに)

だが、彼女たちが命令を受けているのであれば仕方がない。

「わかりました。よろしくお願いします。えっと、どうすれば？」

「まずはお顔を。両の目を閉じてお待ちください」

スティーリアは言われた通り、両目をつむり大人しくベッドの上で待つ。

「失礼いたします」

顔に、程よい温度のタオルが優しく押し当てられた。タオルが触れているのは顔だけなのに、まるで全身を包まれているような気分になる。

「お顔、失礼いたします」

タオルが外され、今度は顔中にきめの細かい泡が塗られていく。そして顔を揉むようにしてマッサージをされ、終わるとタオルで泡を綺麗に拭われる。

これを三回ほど繰り返されたあと仕上げの蒸しタオルでふんわりを顔を包まれ、ようやく朝の洗顔が終わった。

「すごーい、肌がもちもちになってる！　自分の肌じゃないみたい」

頬を触りながら喜ぶスティーリアの横で、レリーが着替えを準備していた。

スティーリアの目とよく似た色をした、瑠璃色のワンピース。袖の部分がふんわりと膨らみ、胸元には色とりどりの小花が刺繍されている。

「巫女さま、次はお着替えです」

「はぁい」

スティーリアは機嫌よく立ち上がった。やっぱり肌の調子がいいと気分もあがる。

「ご朝食は別室にご用意しておりますので、お着替えが終わりましたらご案内させていただきます」

「あ、朝食はお部屋じゃないんですね」

「はい。朝食は陛下と召し上がっていただきます」

「そうなんですね。わかりました。……ん？」

——皇帝（ヤツ）と一緒に朝食。なぜだ。夕食が別々だったということは、向こうから距離を取ろうとしているのではないのか。

「それって陛下と一緒に朝ごはんを食べる、ということですよね？　……別々のほうが、いいのではないでしょうか？」

皇帝と一緒、ということは食堂に行くのだろう。

だが食堂（そこ）には、料理人や給仕の者が大勢いるはずだ。〝皇后〟と〝氷呪の巫女〟の一人二役を成功させるには〝皇后の存在〟を認識させるだけでいい。

食堂へ行き無駄に色んな人々の前に姿を現すより『陛下はお部屋で皇后と朝食をとっている』というようにしておいたほうが、後々のためにいいのではないだろうか。

「……ご不満ですか？　陛下とご一緒に朝食を召し上がるのが」

寝着を脱がせていたコラールの手がぴたりと止まり、ワンピースのくるみボタンを外していたレリーは強い眼差しをスティーリアに向けてきた。

「不満？　いえ、そういうわけでは——」

急に剣呑（けんのん）な雰囲気をまとった侍女たちの顔を見て、スティーリアは今の発言が誤解を招いたことに気がついた。

〝隠し妻〟であるスティーリアはのちに〝正しい皇后〟とすげ変わる予定になっている。

そんなスティーリアに付けられているこの二人は、特に信頼が厚く忠誠心も厚いのだろう。だから皇帝を拒否したと取られかねない今の発言に強い憤りを示した。

「あ、ち、違います！　嫌とかじゃなくて、私が食堂に行くのはあまり良くないんじゃないかな、って思っただけです。料理人さんとか、他の人の目につくと色々と面倒なことになるんじゃないかって」

侍女たちは二人同時に目を瞬（しばた）かせ、また同時にふっと空気を和らげた。やはり、スティーリアが『蛇喰（へびく）い皇帝』との食事を嫌がったと思われていたらしい。

「今朝の食事は陛下の執務室にお運びいたします。ですが、明日からはお二人ご一緒に食堂にて召し上がっていただきます」

「巫女さまの周辺には選（え）りすぐりの者しかおりません。どうか、ご心配なさらず」

レリーとコラール。二人を取り巻く空気は多少和らいだものの、向けられる視線に親しみは感じない。

だが、それについては特になにも思わなかった。

そもそも、身分が低い上に偽物の皇后であるスティーリアに対する態度としては、妥当なものだ。むしろ、かなり丁寧に接してくれていると思う。

「そうですか。わかりました」

スティーリアは頷き、大人しく侍女たちに身をまかせた。着替えくらい一人でできるが、洗顔すらやらせてくれないくらいだ。役目を終えるまでは、彼女らの言うことにすべて従っておいたほうがいい。

「巫女さまの髪は、本当に美しい真珠色ですね」

髪を梳（くしけず）り、虹涙石の髪留めをつけ直していたコラールがぽつりと呟く。

「そうですか？　ありがとうございます」

子供の頃は、自分だけなぜこんなにも妙な髪色なのだろう、と思っていたが今は亡きロードボッシェに『虹色がかった真珠のような色』と褒められてからは、自分の髪色が大好きになった。

だから褒められると素直に嬉しい。

「手触りもいいですね。神殿では、どのようなお手入れをなさっていたのですか？」

――はじめて話しかけられた。

少し驚きながらも、久しぶりに年の近い同性と他愛のない話ができる、とスティーリアは嬉しくなる。

「はい、木片を燃やした灰から作った石鹸を使っていました。木片を炭になるまで焼いて、砕いて灰にするんです。それに香油と蜂蜜、卵を混ぜて作るんですよ。泡とかぜんぜん立たないんですけど、洗い終わるとびっくりするほど髪が艶々になるんです」

「灰でございますか!?　それに卵や蜂蜜を!?　そんな洗髪方法、はじめて知りました」

コラールは紅色の大きな目を見開いて驚いている。

「といっても、ここで使わせていただいている上質な洗髪剤とは比べものにならないですけどね」

「巫女さま、よろしければ作り方を教えていただいても？」

「ええ、もちろん！　まず、炭にする木はなんでもいいわけじゃなくて、香木を――」

「巫女さま、こちらに足を通してください。……コラール。無駄口をたたかないで」

会話を遮るように、横からワンピースが差し出された。

温度のない硬い声に、スティーリアは思わず口を噤む。

「……ごめんなさい、レリー」

コラールは肩を縮めながら、小さく謝罪を口にしている。

その様子を見ながら、スティーリアはひっそりと溜め息をついた。

正確な期間はわからないが、彼女らとは今後も長く付き合うような間柄ではない。だから必要以上に仲良くなる必要はない、と言いたいのだろう。

だがちょっとお喋り(しゃべ)をするくらい、別にいいではないか、と思う。

侍女たちの名前は最初に会った時に自己紹介をしてもらったから知っているが、今の感じからするとスティーリアが彼女らの名を呼ぶ機会はきっと来ないだろう。

「巫女さま、今度はお手をこちらに」

そんなことはわかっているはずなのに、スティーリアはなんとなく寂しい気分になりながらワンピースの袖に大人しく腕を通した。


「おはようございます、陛下」

朝食が用意されているという執務室に入ったスティーリアを出迎えたのは、〝初夜〟の時と同じくジルヴァラの不機嫌な顔と声だった。

「……遅い。まさか寝坊でもしたのではないだろうな」

〝初夜〟の時ですら仕事をしていたジルヴァラも、さすがにグラスやカトラリーが並べられている食卓で書類仕事をするつもりはなかったらしい。腕と長い足を組み、冷たい眼差しでスティーリアを睨(にら)みつけている。

「いえ、寝坊なんてしていません」

今朝のジルヴァラは銀のボタンがついた黒いシャツに腿の部分がわずかに太くなっている同色のスラックスを身に着けている。ドラウヴン帝国の古来の民族衣装に作りは限りなく近い。

だがよくよく見ると、ちょっと違う。おそらく、普段着用にデザインしたものなのだろう。

その背後には、右目に銀縁の単眼鏡をかけた三十代くらいの男が控えていた。この男性の顔は、はじめて見る。ふわふわとした茶色の髪に黒のフロックコート。白手袋をはめている。

「おはようございます、巫女さま。わたしは陛下の執事を務めさせていただいております、リベルと申します」

「あ、はい、私はスティ……いえ、よろしくお願いします」

少し考え、名前を口にするのは止(や)めておいた。

執事に限らず、城内の使用人にとってはいずれ神殿に戻るスティーリアの名前など知る必要はないはずだからだ。

(それにしても、なによ、寝坊って。そんなわけないじゃない。この人、なにか小言を言わないと気が済まない性格なのかしら)

とはいえ、皇帝を待たせたことは事実だ。

コラールとついお喋りをしてしまったとはいえ、決して話し込んでいたわけではない。けれど、ここはこれ以上文句を言わせないようにさっさと謝っておいたほうがいいだろう。

スティーリアは気を取り直し、深々と頭を下げた。

「お待たせいたしまして、大変申し訳ございません。それから、こんな素敵なお洋服をご用意いただき誠にありがとうございます」

「そうか。気に入ったのなら良かった。では着席してくれ」

ジルヴァラは無表情のまま、自身の向かいを視線で示す。

だが、スティーリアは着席しない。

「どうした？」

不審な顔つきになったジルヴァラに向けて、スティーリアはにっこりと微笑みかける。

「いえ、先ほどの朝の挨拶。執事さんには聞こえていたみたいですが陛下には聞こえていらっしゃらなかったご様子ですので、もう一度言わせていただこうかと。陛下、おはようございます」

「……あぁ、おはよう」

途端に執事は焦ったような顔になり、ジルヴァラは面食らった顔をしている。

その珍しい表情に謎の勝利感を覚えながら、スティーリアは澄ました顔で皇帝の向かいの席に座った。着席と同時に、数人の給仕が現れ二人の前に次々と料理を置いていく。

「わ、美味しそう！」

テーブルの上には薄切りの燻製肉とチーズ、そして焼いた卵が載せられたパンと粒状のチョコレートに溶けた金色のバターが滲みたパンが真っ白い皿の上に載っている。周囲に漂う甘く香ばしい香りに、スティーリアは思わず歓声をあげた。

「この粒チョコレートとバターのパン、今、町でとっても流行っているんです。だからいつか食べてみたいなって思っていました。けど神殿ではなかなかチョコレートとか食べる機会はないし、バターも贅沢品だからすごく嬉しい……！」

両手を叩いて喜びはしゃぐスティーリアは、場を流れる冷たい空気に気づいた。

「あ……っ」

しまった、と口元を押さえるも時すでに遅く、スティーリアの前にミルクの入ったカップが派手な音を立てて置かれる。

「どうぞ。ホットミルクでございます」

ミルクを置いたのは侍女レリー。おそるおそる見上げると、明確な怒りを宿した橙色と目が合った。レリーの肩越しに見えるコラールも、はっきりと不快を顔に出している。

「……た、大変、失礼をいたしました」

「別に、どうでもいい。俺には関係ないからな」

ジルヴァラは熱すら感じるような侍女たちの怒りを気にする素振りすら見せず、優雅に紅茶を飲んでいる。

(あー、もう！　なんてこと言うのよ、私の馬鹿！　最低！)

スティーリアはひどい自己嫌悪に陥っていた。

どんなに素晴らしいご馳走が並んでいてもそれを食べることができない人の目の前ではしゃぐなんて、無神経極まりないとしか言えない。

端正な顔で容赦ない悪口や小言をぶつけてくる皇帝のことは確かに嫌いだが、だからといって傷つけたいとは微塵も思っていない。

「いただき、ます」

小さな声で挨拶をし、溶けたバターがたっぷり滲みこんだチョコレートのパンを手に取る。

見た目よりもずっしりと重いパンを齧ろうと口を開けたその時、ジルヴァラの前に置いてある皿に目がいった。

「……えっ!?」

――皿の上には、蛇がいる。

それはいい。蛇が皿に鎮座しているであろうことは最初からわかっている。

だが、どう見ても蛇は〝ただ焼いただけ〟の状態だった。

皮を剝がすことも頭を落とすことも捌くこともせず、生の蛇を純粋な火力のみで焼きあげている。

遠慮なく強火で炙られたのであろう鱗は逆立ち、真っ黒に焦げていた。

「気味が悪いか？　一応、少しばかりは夫婦の真似事をする必要があるからな。朝食は今後もともにとってもらうが、どうしても嫌だというなら考えよう」

ジルヴァラは無表情のまま、フォークで蛇を突き刺し頭から齧りついた。硬いものを噛み砕く、ボリボリという咀嚼音が室内に響く。

「あ、いえ、そういうことではないです」

スティーリアは首をぶんぶんと振った。気になるのはそんなことではない。

「あの、陛下は調味料も召し上がっては駄目なのですか？」

頭部を飲み下したジルヴァラが、怪訝な顔をこちらに向けた。ジルヴァラの背後に立つ執事リベルも同じような表情をしている。

「塩とか胡椒とか、酢とかお砂糖。それらも呪いの範疇に入っているのでしょうか」

「……いや、試したことがないからわからない」

スティーリアはテーブルに手をつき、前のめりになった。

「それなら試してみませんか？　だって、蛇しか食べられなくてもせっかくだからちょっとでも美味しく食べたいじゃないですか。焦げるまで焼くってことは生臭いからですよね？　きちんと血抜きをして皮も内臓も取り除けば、かなり違うと思うんです」

熱弁をふるうスティーリアは、そこでふと我に返った。ジルヴァラは黒焦げの蛇を突き刺したまま、ぽかんとした顔をしている。

「あ、す、すみません……！　簡単に試すなんて言っちゃいましたけど、もし調味料も呪いの範疇だったら苦しい思いをなさるのは陛下ですもんね」

立て続けにやらかしてしまった、と肩を落としながらも、スティーリアは必死に考えた。

――皇帝はわずかな時間を無駄にすることなく、仕事に励んでいる。それ自体は大国を率いる皇帝として当然なのかもしれない。

だが、いくら統治者としての教育を受けていたとしてもそれなりに重圧はあるだろう。

(私も難しそうな呪いを請け負った前の日は緊張しちゃって、ご飯が食べられないこともある。その分、氷呪が上手くいったあとで食べるパンやお菓子は本当に美味しい)

けれどジルヴァラは食事を楽しむ、ということができない。

呪いが凍り出すのがいつになるかわからない今、せめて美味しく食べる方法を見つけ出して心も身体もリラックスできる環境を少しでも早く作ってあげたい。

「陛下、私が料理人さんとお話をするのは問題ないですか？」

「……料理人と話？　なんのために？」

ジルヴァラは訝(いぶか)しげな顔をしている。

「調味料を試すのはもう少しあとにして、調理法を提案してみようかと思いまして。陛下の呪いは〝蛇しか食べられない〟というだけで〝蛇を丸ごとすべて食べなければならない〟というわけではないはずです」

「なぜ、それがわかる？」

スティーリアは皿の上の蛇を見つめた。

「陛下はさっき頭を召しあがっていらっしゃいました。特に気にされる様子はなかったので牙は取ってあるのかな、と思ったのですが、どうでした？」

「……牙は、なかったと思うが」

首を傾げるジルヴァラの背後から、執事が一歩前に踏み出してきた。

「陛下。蛇の牙は根元をわずかに残し、あとは削り落としていると聞いております」

「そうか、わかった」

執事は一礼し、また後ろに下がっていく。

「それでしたら、皮や内臓も取り除いて大丈夫だと思います」

話しながら、スティーリアは昨夜見たジルヴァラの裸体を思い出していた。

結婚式で隣に並んだジルヴァラの身体つきを見た時にも思ったことだが、蛇しか食べられないにしては、あり得ない肉体美をしている。まるで蛇だけですべての栄養素をまかなっているかのようだ。

（あくまでも推測でしかないけど……）

――この〝蛇喰い〟の呪いは恐ろしく強力ではある。だがスティーリアは、術者は皇帝を殺すつもりはなかったのではないかと考えていた。

なぜ、そう思うか。

そもそも〝呪い〟というのは、基本的に相手にダメージを与えるためのものだ。

皇帝を苦しめながら命を奪いたいのであればもっと他に嫌な呪いはたくさんあるし、今回の呪いに関連づけて考えるなら〝すべての飲食物を受けつけない〟もしくは〝栄養を吸収することができない〟という呪いをかければいい。

上手く言えないが〝ちょっとした嫌がらせのつもりが大事になってしまった〟という幼稚さすら感じる。だから蛇は本来持ちえない栄養素を持ち、皇帝の生命と肉体の維持を可能にしているのではないだろうか。

だが、確証はない。それをどう伝えたものか、と頭を悩ませていると、ジルヴァラが持っていたフォークを皿に叩きつけ立ち上がった。

「……健気(けなげ)なふりをして俺を気遣ったくらいで、あっさり絆(ほだ)されるとでも思ったか？　キミは頼んだ仕事さえしてくれればいい。あれこれと余計なことを考えるな」

「いえ、陛下、そうではなくて」

スティーリアの言葉に一切の聞く耳を持たず、ジルヴァラはそのまま足音荒く執務室を出て行ってしまった。

「そんなつもりじゃないのに……」

慌てたように後を追う執事の背中を見つめながら、スティーリアはしょんぼりと肩を落とした。

# 第三章 辺境の地へ

Chapter 3

契約妻である氷呪(ひょうじゅ)の巫女(みこ)と身体(からだ)を重ねるようになってから二十日ほど経(た)ったある日。

ジルヴァラは母である皇太后ハルデニアに呼ばれ、その私室で昼食をとっていた。

「……ここのところ、母上はずいぶんとご機嫌ですね」

紅茶のカップを手に取りながら、ジルヴァラは向かい側に座る実母ハルデニアの顔をちらりと見つめた。

「それはそうよ。だって、またあなたとこうして一緒に食事をとれるようになったのだもの」

母の言葉に、ジルヴァラは苦笑を浮かべた。

十六年ぶりにバルンステール城で再会したあとは母との会話もそれなりに増えていたが、自分が国内をあちこち飛び回っているせいで、一緒にお茶を飲む機会もほとんど持てていなかった。

「本当に良かったわ。巫女さまが頑張ってくださったおかげね」

いつものように水色のドレスを身にまとい、母は嬉(うれ)しそうに微笑(ほほえ)んでいる。

「……頑張っているのは俺ですけどね。好きでもない女を毎晩、抱かなければならないので」

ジルヴァラは大袈裟(おおげさ)に溜(た)め息(いき)をついてみせた。母の咎(とが)めるような視線が突き刺さるが、それには気づかないふりをする。

「でも、大きな進歩ではなくて？」

母の視線の先には、金色の器に入った殻つきゆで卵と焼きたての葡萄パンが置いてある。

「まぁ、そうですけど」

――〝初夜〟から三日後。

巫女が見守る前で、久しぶりに野菜スープを口にした。

といっても、小さめの人参を浮かせただけの非常に簡素なもの。

ジルヴァラが人参を飲みこんだあと、巫女が両手を震わせながらこちらをじっと見つめていたのを思い出す。

その時に食べたスープは、本当に美味しかった。

思わず感動の声を出しかけた直後、それを作ったのが巫女だと聞き寸前で言葉を飲みこんでしまった。別に褒めたくなかったわけではない。調子に乗らせたくなかっただけだ。

それからは、三日おきにスープに足す野菜を増やしていった。

ジャガイモ、玉葱、キャベツ。

それらを食べても体調に問題がないと判断したあとは、主食に移った。

まずは玉蜀黍の粉を水で練ったもの、次はパン粉をミルクでふやかしたもの、と段階を踏み、ようやくゆで卵とパン、これらを食べることができるようになった。

ただし、まだ肉類は食べられない。さらに蛇も口にしないと激しい頭痛に襲われることもわかり、蛇は今も食べ続けている。

だが食事の際に出される蛇は今までのような丸焼きではない。頭を落として皮を剥がし、内臓を抜き綺麗（きれい）に洗い、以前とは比べ物にならないくらい食べやすくなっていた。

「あの巫女、思っていたほど愚鈍ではなかったですが精神が幼すぎますね。最初の野菜スープも人参をわざわざ星形に切っていたんですよ。俺を小さな子供かなにかだと思っているのか？　まったく、失礼きわまりない」

母は口元を押さえ、くすくすと笑っている。

「十六年ぶりに蛇以外を口にする記念すべき瞬間だったのよ？　あなたを喜ばせたいというお気遣いだったのではないかしら。それに見て？　この葡萄パン。可愛（かわい）らしいチューリップの形をしているでしょう？　これも巫女さまの手作りだそうよ」

「……パンをわざわざ手作り。まぁ、巫女（アレ）も暇なのでしょうね。今のところ、皇后としての出番がないので仕方がないですが」

「ジルヴァラ、そのような言い方は良くないわ」

そう言ってこちらを睨（にら）みつける母に、ジルヴァラは軽く肩を竦（すく）めてみせる。

「……母上はずいぶんと、あの巫女を買っているようですね」

ジルヴァラは銀の匙（さじ）を手に取り、卵の上部をコンコンと叩（たた）く。

「レリーやコラールからも色々と聞いているわ。巫女さまはあなたのために一生懸命ですって。そんな巫女さまに、私が先走ったせいで身の危険まで感じさせてしまって本当に申し訳なく思っているの」

しょんぼりと肩を落とす母に曖昧な笑顔を向けながら、ジルヴァラはどうしたものかと考えていた。母は巫女に会って謝罪したがっている。それを止めているのは自分だ。

会わせてしまうと、あとから事情を知った祝炎の巫女から抗議の手紙が届いていることも、それを自分が握り潰していることも、事態を静観するように神殿へ圧力をかけていることも、すべて知られる可能性がある。

「金貨二百枚と別邸でも足りないくらいのご迷惑をおかけしてしまって、とっても心苦しいわ」

「いえ、母上が気に病まれることはないと思いますよ」

――実を言うとジルヴァラは、氷呪の巫女に金貨二百枚も屋敷も与えるつもりはない。呪いを無事に封印できたそのあとは、事故にみせかけ始末する予定なのだ。

(まったく、母上は甘い)

皇族と身体を重ねるには精霊の加護が必要になると言われているため、巫女と結婚式をするのは仕方がない。

だが、そこで正式な婚姻を結びあまつさえ虹涙石まで与えたのは、母が優しすぎるからだ。

おそらく母は『虹涙石は皇后専用』と説明をしたのだろう。

それ自体は嘘ではない。虹涙石を皇后が所持している以上、そのあとにいくら精霊王に祈りを捧げたところで虹涙石を授かることはないからだ。

しかし、正確には少し違う。

虹涙石を持つ女性が皇后になるのではなく、皇后となった女性にしか、精霊王は宝石を授けない。

ジルヴァラが呪いに侵されたあと、母はただ離縁されただけではなかった。所持していた虹涙石を側妃マリーの手で砕かれ、実家に追い払われたのだ。

そののち改めて儀式を行い、側妃から皇后になったマリー妃は虹涙石を手に入れた。

司祭から聞いた話では、マリーへ授けられた虹涙石は粟粒ほどの大きさしかなくネックレスに加工するのに苦労したらしい。

「母上にもお考えがおありなのでしょうが、俺は巫女を必要以上に人前へ出すつもりはありません。婚姻の儀と国民へのお披露目をしたおかげで俺に自分の娘を押しつけてくるような輩は今のところおりませんし、皇后の存在感は出せていますからもう十分でしょう」

「え、えぇ、それは、そうなのだけど……」

いつもはっきりと物を言う母にしては珍しく口籠る姿を妙に思いながら、話を続けていく。

「俺は別に、呪いが完全に凍結できなくても構わない。ですから途中で巫女が暗殺されようがどうなろうが関係ないと思っています。ですが、母上はわざわざ虹涙石を持たせてまで巫女を守ろうとしている。一体、彼女をどうしたいのですか?」

ジルヴァラがじっと見つめると、母ハルデニアは戸惑ったような顔になった。

「どうしたいもなにも、あなたの呪いが解けたら神殿へお戻りいただくわ。正式な皇后候補に関しては、すでに何人か目星をつけているから。……まだ、彼女らに詳しい話はしていないけど」

その言葉を聞き、ジルヴァラは母にばれないよう、そっと安堵の息を吐いた。

ジルヴァラにとって氷呪の巫女スティーリア・ロットは、巫女ではなく皇后として存在してくれていないと困るのだ。

皇后を演じている巫女を亡き者にしたあと、〝本物の皇后〟と入れ替えをされる前にその死を発表する。

そして城の奥に隠してまで大切にしていた妻以外を愛することはできない、と言い張れば〝再婚〟を強要されることはないだろう。

神殿には、巫女にはきちんと報奨金を渡したがそのあとの行方は知らない、と言い張ればいい。

母の気持ちもわからないでもないが、ジルヴァラは妻を娶る気などまったくないのだ。

後継ぎはもちろん必要だと思っているが、それは母方の親戚の中から養子をとればいいと考えている。

「……ねぇ、ジルヴァラ。巫女さまに授けられた虹涙石、驚くほど大きいわよね。私の時よりも大きくて、マリーなどとは比較にならない。……あなた、それに対してどう思う？」

母からの唐突な質問に、ジルヴァラは少し戸惑う。

「どう思う、とおっしゃられましても。そうですね、特殊な能力を持つ者に贔屓的になる、というのは人も精霊も変わらないのだな、と思いました」

いきなりなにを言い出すのだろう。

内心で首を傾げながら、ひとまず思ったことを正直に言う。

「私、本当は探し出した皇后候補たちにすぐ話をするつもりだったの。巫女さまとの入れ替わりについてもだけれど、なによりも皇后としての心構えを伝えておかなければならないから。でも、その話はまだ誰にもしていないと言ったわね？　それは、なぜだと思う？」

「……さぁ、わかりません」

答えたあと、ジルヴァラは眉をひそめた。

「母上は、こういった遠回しな物言いはお嫌いだと思っていました」

「ええ、好きではないわ。そうね、自分でも少し驚いているの」

母は頬に手をあてながら、苦笑を浮かべている。

「……まさかとは思いますが、巫女に情が湧いたとでも？」

――この数日、侍女たちが巫女に対して目に見えて優しくなったのがわかった。それが気に入らなくて、彼女を抱く時は見つけ出した弱いところをひたすら責め続け、散々泣き喘がせてやった。

その様子を蔑み貶めても、巫女は瑠璃色の両目に涙を溜め悔しげに唇を噛み締めるだけでなにも言い返してはこない。なぜかそれが、ひどく腹立たしく感じられたのだ。

「母上。母上は巫女を〝本物の皇后〟の盾にするおつもりだったのでしょう？　仮に襲撃されても毒物を盛られても、すべて虹涙石が守ってくれる。皇族と司祭以外は虹涙石の効果を知りませんから、何度襲っても命を奪えなければいずれ暗殺を諦める。偽物の虹涙石を用意したのは、次に授けられるのがあれほど大きいものではない可能性が高いからですか？」

母はさっと顔色を変えた。どうやら、図星だったらしい。

「誤解しないでくださいな。母上を責めているわけではありません。ただ、母上は巫女を利用しているという負い目から健気ぶっている様を良く思われていないだけです。本性など誰にもわかりませんし、俺は母上以外の女は一切信用していません。今後も信じることはないでしょう」

素っ気なく言い放つジルヴァラを、母ハルデニアはなぜか悲しそうな目で見つめている。

「……でも、あの巫女さまはどこか違う気がするの。ジルヴァラ、思うのだけれど、こうなったら巫女さまに――」

「母上」

ジルヴァラは片手をあげ、母の言葉を遮った。

「あの時は俺も思っていました。他の誰がなにを言おうともミーアは違う。ミーアだけは、俺の手を取り側（そば）にいてくれると」

母は虚を突かれたような顔になり、黙ってうつむいてしまった。ジルヴァラは割れた卵の上から匙を突っ込み、とろりとした黄身を掬（すく）う。

なにか言いたげな顔をしながらも、なにも言わない母。いつもは心温まる母の眼差（まなざ）しが、今はひどく疎ましいものに思えた。


ジルヴァラの婚約は十歳の時に決まった。

元婚約者ミーアは公爵位を持つ財務大臣ルーゼル・クラウシュの娘で、ジルヴァラより三つ年上の十三歳だった。

きらめく黄金の髪に艶やかな菫色の瞳。幼い頃からミーアは美しく、貴族子女の集まる観劇会や朗読会では貴族令息のみならず、十分に大人である彼らの護衛騎士たちの視線すらほしいままにしていたように思う。

それはジルヴァラとて例外ではなく、婚約相手がミーア・クラウシュだと知った時には天にも昇る心地になったものだ。

「ジルヴァラさま！」

ミーアの誕生日を祝いにクラウシュ家の屋敷へ訪ねた時には、美しい顔（かんばせ）を花のようにほころばせながら駆け寄ってきてくれた。

その幼子のような振る舞いを母であるクラウシュ公爵夫人に咎められ、頬を膨らませて拗ねる様子も愛らしく、ジルヴァラは幸福感でいっぱいだった。

そして仲睦まじく過ごすこと二年。

ミーアは十五歳になり成人を迎えた。

ますます美しくなるミーアに相応しくあろうと、ジルヴァラは勉学のみならず剣や魔法も寝る間も惜しんで取り組んでいた。元々勉強好きだったこともあり、気になることが少しでもあれば皇宮にある書庫に入り浸り、国内外の文献を読み漁った。

必然的にミーアと会う機会は減っていったが、ミーアは不満を示すことなくむしろ頻繁に手紙を寄越してくれた。だから二人の間には揺るぎない愛があるのだと、信じて疑っていなかった。

——たまに空いた時間にミーアを誘ってもなんだかんだと断られ、手紙が段々と届かなくなり、ごくたまに届く手紙も〝うっかり手を痛めてしまったので侍女に代筆してもらっている〟と筆跡の異なる薄っぺらい紙一枚になっていても、なお。

婚約者を恋しく思う気持ちは、自らが『蛇喰い』という恐ろしい未知の呪いに侵されていることがわかった時も変わらなかった。むしろ心配をしているだろうミーアのことを案じ、五日間水以外を口にしていない身体を引きずりながらクラウシュ家に向かった。

ミーアをどうやって慰めようかと馬車の中で一生懸命に言葉を探しながら、ジルヴァラはひたすら愛する婚約者を思い続け、そして信じていた。彼女も自分と同じ気持ちでいるはずだ、と。

それが単なる思い込みだったということを、このあとすぐに思い知らされることなど知る由もなく。

クラウシュ家に到着したジルヴァラは、いつもならすぐミーアの私室に案内されるところ、なぜか応接室に通された。

「殿下、少々こちらでお待ちください」

「なぜだ。……もしかして、ミーアになにかあったのか？」

「い、いいえ、そういったわけではございませんが……」

——執事の歯切れが悪い。

ジルヴァラは苛立ちを隠すことなく、執事を押し退けミーアの私室へ向かった。背後で執事がなにやら色々と言っているのがわかったが、一切聞く耳を持たなかった。

逸る心を抑えながら、ミーアの部屋の前に立ったジルヴァラの耳に飛び込んできたのは、期待していたものとはまったく異なる、信じられない言葉だった。

「嫌よ！　蛇を食べる口とキスをしないといけないないなんて、おぞましいにもほどがあるわ！　お父さま、私を蛇の生贄になんてしないで！」

まさか、扉の向こうにジルヴァラがいるとは思っていなかったのだろう。

ミーアは半狂乱で喚き散らしていた。可憐なはずのミーアの声は刃と化し、ジルヴァラの心をずたずたに切り裂いていく。

「もう最悪！　私に相応しいお相手は他にもたくさんいらしたのよ!?　あんな子供っぽくて堅物で面白みのない、顔がいいだけの皇太子なんて！　それでも次期皇帝になるのだから我慢して婚約を受けたのに、あんな気味悪い呪いにかかるような鈍くさい子が、本当に皇帝になれるの!?」

ミーアはなにか物を投げているのだろうか。断続的に破壊音が聞こえる。

「落ち着きなさい、ミーア！　大丈夫だ、まだヘルト殿下がいらっしゃるだろう？」

「もっと嫌だわ！　だってまだ十歳なのよ!?　おまけにお顔はマリー妃に似て凡庸だし頭だってよくない！　学校でも陰でみんなから馬鹿にされているって、デイクからいつも聞いているもの！」

「ミーア！　マリーさまに失礼なことを言うんじゃない！」

「私は今、ヘルトのことを言っているの！　それなのにどうしてマリー妃の名前が出てくるのかしら？　ううん、そんなことはどうでもいい！　皇太子との婚約は破棄して！　今すぐに！」

デイクとはミーアの弟であり、確かジルヴァラの異母弟ヘルトとは同い年だったはずだ。

「……これはまた、ひどい言われようだな」

ジルヴァラは扉の前でぽつりと呟き、眩暈をこらえながら一歩後ろに下がった。

扉の向こうからは、ミーアの金切り声と父親であるクラウシュ大臣が宥める声が、延々と聞こえてくる。

「……俺だけだったのか。大切に思っていたのは」

自然と苦い笑いが口元に浮かぶ。同時に、傍らに立つ護衛騎士が腰の剣に手を置いた。

「……いい。止めろ」

「し、しかし殿下！　あの物言いはあまりにも……！」

怒れる護衛騎士の腕を軽く叩き、ジルヴァラは無言で踵を返した。

頭は冷たく冴えわたっていた。それだけでなく、心の中の柔らかい部分まで凍りついてしまったような気がする。

そのあと、どうやって皇宮に帰ったのかまったく覚えていなかった。

そして傷つく時間を与えられることのないまま、ジルヴァラは父である皇帝から非情な宣告を受けた。

「ジルヴァラ、お前を廃太子とする。理由はわかるな?」

「……はい。精霊の加護を持つ皇族でありながら呪いを受けてしまった恥ずべき私が、皇太子でいられるはずがありません」

父は青い髪をかきあげ、ジルヴァラと同じ銀の瞳に軽蔑の色を浮かべながらゆっくりと頷(うなず)いた。

「お前は皇太子ではなく一人の武人として、ただちに兵を率いて北方のアイスベーアへ向かい、北の防御を固めてくれ。連れて行く人員の選択はすべてお前に任せる」

「……承知いたしました、陛下」

——あとから知ったが、マリーはこの時まだ側妃の立場であったにもかかわらず、北方行きの人選を勝手に行おうとしていたらしい。父の言葉によりここで数少ない信頼できる人間を側(そば)に置けたことが、過酷な地における少年ジルヴァラの命を保たせたといっても過言ではなかった。

それが父親としての最後の愛情だったのか、側妃の言いなりになってばかりの自分自身に対する反抗だったのか、その部分は今でもわからない。

ジルヴァラは極寒の荒れ地で生きるために蛇を食い、槍(やり)を振るって魔獣を屠(ほふ)り、隊商を襲う強盗団を軒並み討伐する毎日を送った。

ミーアは新しく皇太子になった異母弟ヘルトと婚約を結んだ。

ジルヴァラは正妃である母ですら父ウェーゼルを「陛下」と呼んでいるのにもかかわらず「ゼル

さま」と平気な顔で愛称を口にするマリーのことは大嫌いだったが、異母弟ヘルトのことは別に嫌いではなかった。

わがまま放題をするミーアのせいで周囲が大変な思いをしていると聞いた時には、ヘルトを少し気の毒に思ったくらいだ。

そしてヘルトが十八歳になった時、ヘルトとミーアは結婚をした。二十歳になっていたジルヴァラは異母弟の結婚式に一時間だけ出席し、新郎新婦の顔をほとんど見ないままアイスベーアに戻った。

そこから五年。

未曽有の流行り病でヘルトを亡くしたあと、ミーアは未亡人の皇太子妃として皇宮に残ることはせず、皇籍から抜け実家のクラウシュ家に戻った。

ミーアが考えていることはわかる。母ハルデニアが戻って来ることが決まり、実家のほうが好きにできて楽だと思ったに違いない。

案の定、それからは水を得た魚のように夜会で派手に遊び回っているという。

皇帝の即位式には父親とともに出席していたらしい。だが財務大臣の娘であり元皇太子妃、という彼女の立場的に招待席はかなり前方にあったはずなのに、その存在を認識することはなかった。

その理由はわかる。自分はもう、ミーアに対してなんの感情も抱いていない。

愛も憎しみも悲しみも絶望も、何一つとして。

所詮、自分は卵の中でぬくぬくと惰眠を貪っていたヒヨコに過ぎなかったのだ。

己の見たいものを見て、信じたいものを信じていた愚かなヒヨコは蛇に食われてしまった。

だが今はそれで良かったのだと、ジルヴァラは心からそう思っている。

紅茶を飲む母を見つめているうちに、蔑みを含んだ父の眼差しを思い出した。

(精霊の加護、か)

幼少時からあらゆる歴史書を読み漁ってきたジルヴァラは、この〝加護〟について皇族たちの認識が段々と変わってきていることに気づいていた。

――父は精霊の加護を魔法障壁のようなものと思い込んでいたような気がする。けれど皇族とて怪我もするし病気にだってかかるのだ。

実際、父も異母弟も皇后マリーも、みんな流行り病にかかり亡くなってしまった。加護はあくまでも〝精霊による見守り〟にすぎない。

国を守り発展させる努力を、ほんの少しだけ後押ししてくれる力。

ただ、それだけだ。

皇后が虹涙石を授かる意味は不明だが、歴代の皇后が暗殺者に襲われ虹涙石がそれを防いだという記録はないし、結局は加護と同じようなものだと思う。

それが年月を経るにつれ、〝皇后を守る無敵の宝石〟という存在になっていったのだ。

母がそれについてどう思っているのかはっきり聞いたことはない。

けれど、虹涙石を持っていたはずの皇后マリーが病で亡くなったのに、石を失った自分は無事だった。

それに対してなにか思うことはあるのかもしれないが、あえて巫女に与えたということは虹涙石の持つ〝力〟を同時に信じたいと思っているのかもしれない。

「……母上」

手持無沙汰に葡萄パンを千切りながら、ジルヴァラは母に話を切り出した。

これも親孝行だと解呪に応じ皇都でしばらく過ごしていたが、そろそろ〝通常の生活〟に戻りたいという気持ちを抑えられなくなっていた。

「明日から、俺はアイスベーアのロッツ城に戻ります。申し訳ございませんが、あとはいつものようにメーディセインと母上で諸々の執務をお願いします」

おそらく、母は反対するだろう。

「え、そんな、どうして!? だって今、ようやく呪いが……!」

ジルヴァラの予想どおり、母は顔色を一変させた。

「だからこそ、ですよ。少なくとも野菜スープ、それに葡萄パンと卵は食べられるようになりましたし、巫女の言うとおり調味料類は呪いの範疇ではなかった。これまでよりも体調管理は容易と思われます。それに」

そこで言葉を切り、手の中のパンを見つめた。このパンを見ていると、なぜだか胸の奥底を引っ掻き回されているような気分になる。

「……巫女も連れて行くので、ご安心を」

「待って、嘘でしょう? 巫女さまをアイスベーアに!?」

ジルヴァラは澄ました顔で頷いた。母は蒼白な顔をしている。

「俺の呪いを解くには継続して巫女が必要ですから。ご心配なさらず、彼女は母上が思われている以上に頑丈な女だと思いますよ」

——氷と岩に囲まれたアイスベーアは過酷な土地だ。だが仮に、そこで彼女が身体を壊したとしてもジルヴァラの知ったことではない。巫女の身体がもつ限りは使えるだけ使うし、完全な解呪に至る前に使い物にならなくなったとしてもこちらとしては一向に構わない。

「……それに、本性を知るいい機会になるからな」

「ジルヴァラ……？」

ごく小さな声で呟いたそれは、母には聞こえなかったらしい。

不安そうな顔でこちらを見つめる母にゆるりと微笑みかけながら、ジルヴァラは手にしていた葡萄パンを皿の上に放り投げた。

＊＊＊＊＊＊

皇都を出発してから五日目。

ようやく、ドラウヴン帝国の最北に位置する辺境の地アイスベーアに到着した。

ここからさらに奥へと進み、ジルヴァラが暮らしていた城塞、ロッツ城へ向かうことになる。

「うわぁ、すごい……」

スティーリアは馬車の窓を細く開け、外の様子をうかがっていた。

風が吹くたびに、肌を刺すような冷たい外気が馬車の中に流れ込んでくる。だが保温効果の高い毛糸で編まれたワンピースに分厚い毛皮の外套を着ているおかげで、ほとんど寒さを感じない。

最初、アイスベーアへの同行を求められた時には不安になった。

辺境の地へ行くのが不安というよりも、一通送って以来出せていない手紙がますます出せなくなる、と思ったからだ。

だがジルヴァラから『祝炎の巫女からこまめな連絡よりも己の仕事に集中するように、と伝言を預かっている』と聞かされたため、安心して同行することができた。

「あ、陛下だ」

ジルヴァラは漆黒の軍服をまとい、同じく黒い馬を駆り、巨大な突撃槍を振るいながら魔獣の群れに飛び込んでいく。

決して筋骨隆々というわけではないジルヴァラのどこにそんな力があるのか、重たそうな槍を軽々と振るうたびに、空気を切り裂く音が周囲に響く。飛び散る魔獣の血潮。それが瞬く間に、純白の雪を深紅に染めあげていく。

「なんであんなに活き活きとしているの？　陛下って、本当に変な人……」

唖然とするスティーリアの眼前で、黒馬と駆けるジルヴァラの背後から体毛がすべて針になっている熊のような魔獣が凍てつく大地を割って現れた。振り返ったジルヴァラは、端正な顔に見たこともない楽しそうな笑みを浮かべている。

「……うわ、笑ってる。あんな怖そうな魔獣を前にして、笑えるところがすごいわ」

本来なら心配すべきなのかもしれないが、はじめて見るジルヴァラの笑顔に色んな意味で釘付けになってしまった。

魔獣は鎌のような爪を出し、巨大な体躯からは想像もつかない俊敏さでジルヴァラに飛びかかっていく。

「陛下!」

「早く、陛下をお守りしろ!」

周囲を取り巻く兵士たちの悲鳴と怒号。だがジルヴァラは躱すどころか馬を器用に反転させ、涼しい顔で槍を一閃し魔獣の首を薙ぎ払った。虚空に舞う血煙。それは恐ろしい光景のはずなのに、どこか畏怖すら感じてしまう。

「陛下、生き残った魔獣はすべて逃走しました。どうか馬車の中へお戻りください」

胸に葡萄の葉が刻まれた白銀の鎧を身に着けた、皇帝直属の近衛騎士が駆け寄りジルヴァラの手から槍をそっと取りあげた。

ジルヴァラは遊びを中断させられた子供のような顔で、雪の上に累々と倒れ伏す魔獣の亡骸を見下ろしている。

血に染まった槍の穂先。銀色の刃には翼が刻まれており、槍が血を浴びると模様が浮かび上がるというどこか不吉な作りになっている。

「……もう終わりなのか。つまらないな」

その時、馬上で悲しげに首を振るジルヴァラと窓から顔を出し覗き見をしていたスティーリアの目がばちりと合った。うろたえるスティーリアの視線の先で、ジルヴァラの眉間に次第に深い皺が刻み込まれていく。

「……なんだ。なにか言いたいことでも?」

「あ、いえ、あの、失礼しました、お疲れさまです！」

スティーリアは慌てて頭を引っ込め、開けていた窓をぴしゃりと閉めた。

——あと、数分ののちにジルヴァラは馬車内に戻ってくる。

皇帝は不愉快そうな顔をしていた気がするが、特になにも考えずただ見ていただけだ。

それなのに、「じろじろ見るな、気持ち悪い」などと怒られたりするのだろうか。

もしかしたら浴びせられるのかもしれないネチネチとした嫌みを想像するだけで、ただでさえ疲れている身体からさらに力が抜けていくような気がした。


夜。

ジルヴァラは野営用に張った天幕の中で、当然のようにスティーリアを組み敷いた。

「え、あの、陛下」

いきなりのことに、スティーリアは目を白黒とさせる。

——野営初日に天幕へ入った時には、中にテーブルや椅子だけではなく大きなベッドまで設置されているのを見てなんとなく嫌な予感はした。

もちろん、自分が同行させられている意味はよく理解している。

周囲に人がいるという特殊な状況下にはなるが、これはもう諦めるしかない、と覚悟を決めていた。けれど、ジルヴァラは身体を清めたあとは全裸で天幕の中をうろついてはいるものの、スティーリアに指一本触れてこない。

パンと卵は食べられているし、さすがにロッツ城に到着するまで身体を重ねることはないだろうと思っていたのに。

「なんだ？」

「いえ、あの、こ、ここで？　今？」

ジルヴァラは無表情のまま、スティーリアを見下ろしている。

「……ロッツ城に到着するまで、あと五日かかる。さすがにこの辺りでキミを抱いておかないと、呪いが溶け出すかもしれないからな」

「それは、そうですが」

「……あぁ、外が気になるのか。この天幕の周囲には近衛しかいないから気にするな。どうしても心配ならキミが声を我慢すればいいだろう」

そう言うと、ジルヴァラはいつものように首筋に吸いついてきた。

「ん……っ」

肌を強く吸われ、ちくりとした痛みが首筋に走る。

大きな両手は胸を包み込むようにして揉みあげ、時折人差し指で先端をくすぐられる。

「んく、ふ、ぅ……っ」

これをされると、腰が勝手に動いてしまう。

恥ずかしいのに、すっかり慣れてしまった身体がはしたなく蜜を吐き出し始めたのがわかった。

「相変わらず、濡れるのが早いな」

馬鹿にしたように言いながら、ジルヴァラは胸の先端を軽く齧った。

「ひぁっ!?　ぁ……っ」

このぎりぎり痛みにならない強さで噛(か)まれるのが一番辛(つら)い。下腹がきゅうっと疼(うず)き、腰はみっともなく前後にかくかくと動く。

ふっ、と鼻で笑う気配がしたかと思うと、組み敷かれていたスティーリアの身体が横に転がされた。同じく横になったジルヴァラの胸に背中から抱き締められ、いわゆる側位の体勢になる。

「……っ!?　いや、これ、だめ……っ」

この体勢に持ち込まれたら、苦手なアレをされてしまう。

「どうした?　遠くまで連れ出した詫(わ)びに、キミの好きなことをしてやろうというのに」

「いやっ!　好きじゃない、です……っ」

身を捩(よじ)っても、横になり背後からがっちりと抱かれているせいで身動きがとれない。

せめて、と両足に力をこめたが、下腹を滑り降りた手はあっさりと足の間に割り入ってきた。

「だ、だめっ」

抵抗むなしく、節くれだった指は割れ目の上にあるぷるりとした陰核に触れた。

「や、いや、陛下……っ」

指は、容赦なく陰核を潰すように擦(こす)りあげる。強い刺激を受け、全身に鳥肌が立つ。

何度も何度も、割れ目と陰核を往復する指。

「はぁ、あっあうぅ……んあぁッ」

敏感な陰核を嬲(なぶ)られ続け、スティーリアは甲高い悲鳴をあげながら達した。

「まったく、我慢のきかない身体だな」

呆（あき）れたように言われ、スティーリアは震える手で口元を覆う。だがその程度では、漏れ出す嬌（きょう）声（せい）を抑えることなどできない。

「ほら、声を抑えないと聞かれてしまうぞ」

――揶揄（からか）うようなジルヴァラの声が、ずいぶんと遠くから聞こえる。

達しすぎて息が苦しい。弄（いじ）られ続けた陰核は、快楽を通り越してぴりぴりとした痛みを訴えてくる。

「ふ、う、うぅ、ん……っ」

胸を上下させるたびに真珠の髪がさらさらと揺れる。その感触だけで、身体がビクビクと跳ねた。

「……この辺にしておこうか。気絶させてはつまらないからな」

やっと、このしつこい責めから解放される。

そう安堵した次の瞬間、ジルヴァラの手がスティーリアの左足をぐいっと持ち上げた。声をあげるより早く、熱い蜜で濡（ぬ）れ切った割れ目に剛直が捻（ね）じ込まれていく。

「んあぁっ、あっ、あっあっ」

目が眩（くら）みそうな快楽。

この気持ち良さを待ち望んでいたと思われたくなくて、スティーリアは激しく頭（かぶり）を振った。

太い腕で腰をつかまれ、後ろから勢いよく突かれる。出し入れされるたびに薄い腹の一部が盛り上がり、ジルヴァラの〝形〟を視覚的に伝えてくる。

「んく、だめ、へいか、もう……っ」

「あぁ、イキそうなのか。仕方がないな。あぁ、そうだ。天幕内は防御防音結界を張っているから、

どれだけ鳴いても外に聞こえることはない。好きに喘いでくれ」

ジルヴァラは再び首筋に吸いついてくる。

スティーリアは生理的な涙で潤んだ目を慌てて閉じた。

行為の始まりと射精に至る時、ジルヴァラは必ずスティーリアの首か肩口を吸う。

「あ、あっ、んぁ、あぁぁ……ッ」

痛いほど激しく叩きつけられる腰。

最奥を突き上げられ、スティーリアは折れそうなほど背を反らし襲い来る快楽を受け止める。

「うぁっ、う……っ」

絞り出すような低い呻き声と同時に、つながっている部分が二回ほど揺すられた。

体内で熱など感じるはずもないのに、温かいなにかで満たされていくような感覚。

「ん、ふぅ、う……ん、ん？」

――ジルヴァラが、体の中から出て行かない。

いつもなら、達したらすぐ性器を引き抜いてくれるのに。

甘い余韻に浸りつつ、スティーリアは首を限界まで曲げ背後を振り返ろうと試みる。

「きゃ、あ……っ」

つながったまま、ジルヴァラはいきなりスティーリアを起こし膝立ちにさせた。そして後ろから
二の腕を強くつかみ、容赦なく膣壁を抉っていく。

「やだ、だめ、そんな、あっ、んあぁ……ッ」

己の体重がかかり、通常の後背位よりも深く貫かれるこの体位。

両腕を封じられ、弱い奥を何度も突きあげられると立て続けに絶頂を迎えた。突かれるたびに涙と涎(よだれ)をこぼしながらさらさらとした蜜を幾度も吹きあげる。

「や、あ、もう、気持ちよく、しない、で……ッ」

「どうして？　ここまで反応しているのに、今さら気持ちいいのが嫌だと言われても信じられないな」

意地悪く囁(ささや)かれ、スティーリアは唇を噛み締める。

——ジルヴァラは天幕内に防御防音結界が張られていると言っていた。

悲鳴やベッドの軋(きし)み音が外に聞こえないのはいいのだが、護衛に囲まれた天幕内での行為が恥ずかしいことに変わりはない。

そんな恥にも懸命に耐えながら頑張っているのに、なぜこの皇帝(おとこ)はこんな風にスティーリアをいじめるのだろう。

呪いを解くことに感謝をして欲しいとはもう思わないが、多少の敬意を払って欲しい、と思うことはわがままなのだろうか。

「あん、ん、ん……ッ」

一回目よりも達するのが早い。

ジルヴァラは以前「娼婦(しょうふ)としか寝る機会はなかった」と言っていた。

おそらく呪いを恐れ厭(いと)う令嬢たちは、一夜の関係すら嫌がったのだろう。いくつの時から女性経験があるのかは知らないが、彼の性技が長(た)けていることはジルヴァラ以外の男を知らないスティーリアにだってわかる。

そんなジルヴァラが与えてくる圧倒的な快楽に全身を痙攣させながら、スティーリアはゆっくりと意識を手放していった。


「はぁ、やっと着いた……」

皇都ヴリホデックスを出て十日。

ようやく目的地であるロッツ城に到着した時には、すでに日没間際になっていた。

城を囲むようにそびえ立つ切り立った岩々。その上に積もる雪が、黄昏色に染まっている。

「ロッツ城は正門が二重になっているから開けるのに時間がかかる。門番兵に声をかけてくるから、少し馬車の中で待っていてくれ」

「はい、わかりました」

ジルヴァラは馬車を降り、黒馬に乗り換え城門横の詰め所に向かって行く。

一人残されたスティーリアは、馬車の中でほっと一息ついていた。

——ここまでの道中、当然宿などあるはずもなくずっと野営で過ごしてきた。だがスティーリアは皇后として同行しているため、ジルヴァラとともに豪華な天幕で寝泊まりしていたおかげでまったく不便を感じていない。それどころか、むしろ快適な環境で過ごしていたと言える。

風呂も専用の天幕を用意してもらい、毎日熱い湯に浸かっていた。

ある時、ふと宿泊用の天幕から外を覗いたスティーリアは仰天した。下級兵士たちが軽鎧を脱ぎ捨て、冷たい池や川に飛び込んでいるのを見てしまったからだ。

彼らの上官たちも、冷たい水に布を浸し軽く顔や首を拭いているだけ。誰一人として、風呂の天幕に向かう者はいない。

その時はじめて、スティーリアは風呂に入っているのが自分たち二人だけだと知った。

もちろん、遠征に同行させられたからにはスティーリアのやるべきことは一つ。ジルヴァラに抱かれながら〝氷呪〟で呪いを凍らせる。

ゆえに、スティーリアが汚れていたらジルヴァラが困るというのはわかる。

折り畳み式の防水布で作られた風呂の中には爽やかな香りのする香油が入れられていた。

おかげで髪も身体もいい香りに包まれたままだ。けれど偽物皇后の単なる庶民が、皇帝と国のために頑張る軍人たちより優遇されていいわけがない。

正直なところ、スティーリアは無事に到着したことよりも庶民の自分が彼らを差し置いて皇后然として風呂に入っている、という罪悪感からようやく解放されたことのほうが何倍も嬉しく感じられた。

「ええと、まだ降りちゃ駄目なのかな」

真珠色の髪を隠すように、毛皮の外套の大きなフードをすっぽりと被ったスティーリアは、窓から顔を出し外の様子を確認した。

馬車の先頭には鼻から白い息を吐く二頭の銀馬がいる。人間たちが食事休憩をする時以外、昼も夜も休みなく走り続けていた彼らはジルヴァラに手ずから林檎を与えられ、嬉しそうに食べていた。

「あの馬たちもこき使われてかわいそうだったな。今さらだけど、夜くらい休ませてあげてもよかったのに」

スティーリアは馬車の窓に背を向け、ぶつぶつと悪態をつく。

「私にも、意地悪ばっかりするんだから」

小さな声で呟きながら、毛足の長い外套を跳ねあげ毛糸のスカートを捲る。

太腿の内側には〝つけないで〟と幾度も頼んだにもかかわらず、無数の吸い痕が赤い花びらのように散らばっていた。

「……あの馬たちの蹄鉄は保温と疲労回復の効果がある魔法装具になっている。だからたったの十日で到着できた。通常装備の馬だと途中交代を含めて二十日はかかる」

振り返ると、いつの間にか戻ってきたジルヴァラがむっとした表情で窓の外に立っていた。

「あ、そ、そうだったんですか。それは、大変失礼をいたしました」

どこから聞いていたのだろう。スティーリアはだらだらと冷や汗を流しながら、懸命に愛想笑いを浮かべる。

「どんな環境でも楽しめる皇后のせいで、水の貴重な道中にシーツを何枚替えさせたと思っている？　それに〝解呪〟が終わったあとすぐ風呂に入れていること、その風呂の湯がずっと熱いままであることにも気づかなかったか？」

「……お風呂にすぐ入れて、お湯がずっと熱い。……あ！　そ、そういえば」

――そうだ。折り畳み式の風呂は、かなり大きい。あれに湯を溜めるには、相当の水がいる。

スティーリアは毎日風呂に入っていた。では、その水はどこから運んできていたのか。火を焚き雪や氷を溶かしたとしても、かなりの人員と時間がかかるはずだ。

「ど、どうやって？」

「風呂に使っている防水布に温熱石を四つほど縫い込んである。だから組み立てたあとで雪や氷を放り込めばすぐ熱い湯になるし冷めることもない。言っておくが普段は移動中、俺でも風呂に毎日入ったりしない。……さて、ここまでしているのに俺は〝意地悪〟なのかな」

『温熱石』とはその名の通り、常に熱を発している透き通った紅色の石だ。

氷を一瞬にして溶かし、水を湯に変え、さらに一定温度で温かさを保つことができる非常に高価な魔法石。一般家庭ではまず持ちえないし、神殿ですら祈りの間の天井に小さな温熱石が一つ埋め込んであるだけ。

「やだ、私ったら……」

――アイスベーアは一日の大半が吹雪いている極寒の地にもかかわらず、風呂の湯は最後まで熱いままだった。

なぜ、こんな簡単なことに今まで気づかなかったのだろう。

「……申し訳ございませんでした。お気遣い、誠にありがとうございます」

スティーリアは窓越しに深々と頭を下げた。胸の中には、罪悪感と自己嫌悪、そしてわずかな〝もやもや感〟がぐるぐると渦巻いている。

細かい配慮に思い至らず、不満を口にしたことは本当に反省している。けれど、ジルヴァラがさらりと口にした「どんな環境でも楽しめる皇后」という部分だけは納得できない。

遠回しな表現を使っているものの、それはスティーリアのことを〝淫乱〟と言っているようなものだからだ。

自分は断じて淫乱ではない。けれど抱かれるたびに快楽に溺れていたのは紛れもない事実であり、それがどうにも悔しくて仕方がない。

「では、このまま城内に移動する。キミはそのまま馬車に乗っていてくれ」

「……はい、陛下」

結局、スティーリアはなにも言い返すことなく大人しく頷いた。

ジルヴァラは頷き、馬車から離れ愛馬のもとに近づいていく。自分は馬で城門を潜るつもりなのだろう。

「はぁ、どうなるんだろう。ここでの生活……」

スティーリアは小さく息を吐きながら、身を引き馬車の窓をそっと閉めた。


「わ、広い」

おずおずと足を踏み入れたロッツ城は、軍事利用を目的として作られているためか〝優美さ〟というものは欠片もない。

石造りの城内は天井が恐ろしく高く、灰色の岩を削り出したようなごつごつとした螺旋階段が中央にあるだけ。床には焦げ茶色の鹿皮が隙間なく敷き詰められているが、ひどく殺風景に見える。

「バルンステール城とはぜんぜん違う雰囲気……」

壁には絵画も飾られておらず、調度品もない。

つるつるとした灰色の石壁には左右に白い魔石が埋め込まれ、天井には先端にゆらゆらと揺らめく炎が見える巨大な紅色の魔石が銀の鎖で吊るされていた。石からは、見る者をどこかほっとさせるような柔らかな光が発せられている。そのおかげで室内は驚くほど明るい。

「嘘でしょ、あれって〝火竜の魂石〟じゃない！」

——火竜の魂石。

文字通り火竜の魂が結晶化したと言われているもので、スティーリアも魔法書で読んだことがあるだけだ。

「あんな貴重な石が、ものすごく無造作にぶら下がってる……」

天井を見上げ、唖然とするスティーリアの背が後ろから軽く押された。

「キミが日中過ごす部屋は二階になる。そこの階段から上ってくれ、上で世話係が待っているから」

「お世話係？」

スティーリアは首を傾げた。

この遠征に侍女はついて来ていない。レリーとコラールも、バルンステール城に残っている。

「ロッツ城は北方の守りを固めるための大事な城塞だからな。ここに駐留している兵や騎士の食生活を守るために料理人の数はバルンステール城よりも多い。洗濯専用の下働きや厩舎係もそれなりの人数がいる。当然、世話係だっているに決まっているだろう」

「……そうか、ここは有事の際には最前線ですものね」

ジルヴァラは無言で頷く。

アイスベーアは敵対関係とまではいかないが、決して友好的な関係ではない隣国ヴァインシュトックにもっとも近い場所にある。ロッツ城に来るまでの間も、いくつかの国境砦を見かけた。

「あの、それでしたら設備の説明とかある程度してもらえたら、あとは私が自分でやります。みなさんに余計な仕事を増やしてしまいますし」

道中の風呂の件もあるし、命をかけて働く彼らを差し置いて、世話係を自分のためにつけてもらうのは忍びない。だが、そんなスティーリアの思いはジルヴァラに一蹴された。

「キミは皇后としても振舞う必要があるのはわかっているか？　使用人が皇后の世話をするのは当然だろう。それにキミを連れて来たのは呪いのためだけじゃない。〝皇后を片時も離さず遠征先にまで連れて行った愛妻家の皇帝〟を演出する必要もあるからだ」

「な、なるほど。わかりました」

当然のように言われると、首を縦に振ることしかできない。

スティーリアは急いで螺旋階段へ向かった。だが、ジルヴァラは動かない。

「……？　あの、陛下は二階に行かないのですか？」

ジルヴァラは無表情のまま、くるりと踵を返しスティーリアに背を向けた。

「俺は今後の予定の打ち合わせをしなければいけない。疲れたのなら部屋で休んでいたらどうだ？　夕食は一時間後に用意させる。わかったか？」

「……あ、はい、わかりました」

足早にその場を立ち去るジルヴァラを見送ったあと、スティーリアは螺旋階段を上りながら、たった今の自分の発言について考えていた。

『陛下は二階に行かないのですか？』

――なぜ、あんなことを言ってしまったのだろう。

咄嗟に出た言葉ではあったが、これではまるで離れるのを寂しがっているようではないか。

「なんなのよ、もう……。きっと、長旅で疲れて心が弱っているんだわ」

両手で頬をぱしぱしと叩きながら、ひとまず螺旋階段を上る。

「階段、急だしすごく狭い……」

ぶつぶつ言いながら上りきった先には、穏やかに微笑む年配の女性が立っていた。レリーやコラールと同じような紺色の侍女服を着ているが、緩く後ろにまとめられた薄茶色の髪にヘッドドレスはついていない。

「あ、こ、こんにちは」

「はじめまして、巫女さま。わたしはピーアと申します。息子から巫女さまについてのお話はうかがっております」

女性は一礼し、スティーリアの身体から毛皮の外套をそっと脱がせた。

「息子、さんですか？」

「はい。リベルと言いまして、バルンステール城で陛下の執事を務めさせていただいております。ここロッツ城ではわたしと、執事である夫のラダイスが陛下のお世話をさせていただいておりますの」

リベルといえば、執務室ではじめて会った単眼鏡の執事。そういえば、髪色も髪質も目の前の女性によく似ている。

「巫女さま、こちらへ」

ピーアに案内された部屋は、バルンステール城で与えられていた部屋の半分ほどしかない。城の規模が違うせいもあるが、それでも神殿で暮らしていた部屋よりは断然広い。

　スティーリアとしては、こちらの部屋のほうがなんとなく落ち着く気がする。

「ロッツ城は岩の壁と左右の砦に守られた城塞です。砦は兵士たちの詰め所になりますが、城の中央にいる者はわたしども夫婦と近衛だけになります。ですので、巫女さまはご自由に過ごしていただいて大丈夫です。砦前の広場などもお出かけになっても構わないのですが、その際はお髪だけ隠していただいてもよろしいでしょうか」

「わかりました。……でも、そんなにあちこち出歩いてもいいんですか？」

　てっきり城の中に閉じ込められっぱなしだと思っていたのに、と少し驚く。

「はい。陛下のお許しが出ておりますので。このお部屋の向かいは小さいですが書庫になっております。置いてあるのは、わたしと夫の趣味で集めた本ばかりですが。お風呂は一階にございます。お風呂だけは、バルンステールよりも広いんですよ」

「本当ですか!?　楽しみだな、それに本まであるならしばらく退屈しないで済みそうです」

「それはようございました。では巫女さま、温かい紅茶をお淹れしますね」

　ピーアは外套をクローゼットにしまうと、窓際にあるテーブルに向かった。テーブルの上には紅茶のポットが置いてあり、横には色鮮やかな果物の砂糖漬けが載せられた絞り出しクッキーが皿に盛られている。

「ありがとうございます。……ん？　あれ？」

　スティーリアは首を傾げた。

　――テーブル。妙に大きなソファー。色々な柄のカップが入った食器棚。

「巫女さま？　どうかなさいましたか？」

「いえ、なにかが足りないなぁって思って。なんだろう」

顎に手を当て、部屋を見渡しながらしばし考える。

「えーっと……。あ、わかった！　ベッド！　ベッドがない！」

部屋が広く感じられる理由がもう一つあった。ここには、ベッドがない。

「あぁ、このお部屋は日中過ごしていただくお部屋ですから。寝室は陛下のお部屋、こことは違う場所ですわ。お昼寝がなさりたい場合はそこのソファーをお使いくださいませ。背もたれを倒すことができますので、かなり快適にお眠りいただけると思います」

「な、なるほど。わかりました」

ということは夜、一人でゆっくり眠ることはできないのか。使命があるとはいえ、ちょっとくらいは一人になりたかった、とスティーリアはひっそり肩を落とす。

「巫女さま、お茶が入りましたよ」

「あ、はい、ありがとうございます」

もう決まったことなら仕方がない。

スティーリアはソファーに座り、紅茶のカップを持ち上げる。ともかく、自分は自分の仕事をするだけだ。ただ、願わくばできるだけ体力を温存する方向でいきたい。

そう思いながら、程よく甘味のついた紅茶をそっと口に含んだ。

＊＊＊＊＊＊

翌日、ジルヴァラは野盗が現れたという見張りの報告を受け朝から討伐に向かっていた。

野盗の一団は小規模なものだったため、難なく目的を果たし部下とともに昼過ぎにはロッツ城へ戻った。

「ん？　どうした？」

愛馬を進め城門を潜ると、砦の前広場の隅に数人の近衛が集まっているのが見える。

いずれも氷呪の巫女の護衛と監視を兼ねて置いてきた、優秀な上に忠誠心が厚く信頼のできる側近たちだ。

彼らにだけは〝皇后〟と〝巫女〟の一人二役の説明のみならず自分が妻を持つつもりはないということ、そして完全解呪の際にはひそかに始末する予定であることを話してある。

「なんだ……？」

ジルヴァラは眉をひそめた。そんな優秀な彼らが、皇帝（ジルヴァラ）の接近に気づくこともなく全員が同じ方向を凝視している。その視線の先を追ったジルヴァラの目に、信じられない光景が飛び込んできた。

――まず目に入ったのは焚き火だった。

枯れ枝をくべるために凍りついた大地を割ったのだろうか、側には金槌（かなづち）が転がっている。

ぱちぱちという枝が燃える音。焚き火の周囲には、なにか細長いものを巻きつけた木の枝が等間隔で五本ほど刺さっているのがわかった。

焚き火の前には氷呪の巫女。彼女は広場の端にある井戸の横で、補給物資が入っている木箱の上に座っていた。両膝に肘をつき両手に顎を乗せたまま、立ち昇る炎で焼けているなにかを熱心に見つめている。周囲に漂う、煙と香ばしい匂い。

「あの、陛下。皇后陛下は一体、なにをなさっているのですか？」

困惑する部下の声。ジルヴァラははっと我に返った。今、自分の馬を引いているのはこちらの複雑な事情を知らない一般兵士だ。これ以上、巫女に近づけさせるわけにはいかない。

「いや、皇后のことは気にしなくてもいい。それより早朝からご苦労だった。一度砦に戻り、ゆっくり身体を休めるように皆にも伝えておいてくれ」

「かしこまりました、陛下」

兵士は馬の引き縄を放し、一礼して左の砦に向かって行く。ジルヴァラは溜め息をつきながら、そのまま馬を進めた。そこで主の存在にようやく気づいた近衛が、慌ててジルヴァラのもとに駆け寄ってくる。

「お、お帰りなさいませ、陛下」

「あぁ。ところで、彼女は一体なにをやっている？」

「はい、あの、それが、ですね……」

側近はなぜか口籠っている。

「まったく、閉じ込めっぱなしはどうかと思って多少の自由を許しただけだというのに、わけのわからないことをしていいとは一言も言っていないんだが」

ジルヴァラは舌打ちをしながら、近くまで寄って馬を降りた。外出や自由行動を許可するのではなかった、という後悔と苛立ちが、胸の中で激しく渦巻いている。

巫女は言いつけどおり、外套のフードで髪をすっぽりと覆い隠し、ご丁寧にヴェールのようなものまで上からつけて、目の色もわからないように対処をしていた。

巫女の瑠璃色の目はかなり鮮やかな青だ。言われる前にそれをきちんと隠していたことは評価するが、こんな妙な動きをされては逆に目立ってしまう。

「キミは、そこでなにをやって――」

怒鳴り声をあげかけたジルヴァラの目の前で、巫女が木箱からぴょん、と飛び降り刺さっている枝を一本引き抜き手に取った。

「蛇……？」

――枝に巻きつけられているのは、皮を剝がれた蛇だった。こんがりと焼き上げられた蛇(それ)に、巫女は懐からなにかを取り出しパラパラと振りかけている。

そして、いきなり蛇に齧りついた。

「な……っ!? なにをしているんだ、キミは！」

ジルヴァラは思わず大声をあげた。巫女はもぐもぐと口を動かしながらこちらを振り向く。そして目が合うと同時に口の中の蛇をごくん、と飲みこみ、にっこりと笑みを浮かべた。

「お帰りなさい、陛下。お疲れさまです！」

「……も、もう一度訊(き)く。キミは、そこでなにをしている？」

動揺のあまり上ずる声を懸命に抑えながら、ジルヴァラはきょとんとした顔の巫女と蛇の間で視線を往復させた。

「蛇を焼いていました。陛下がずっとこの辺りで暮らしてらしたってことは、この周辺には蛇がいるはず。でも寒冷地だからきっと数が少ない。そう思ってお城や砦の周りを探検するついでに、何匹か捕まえてきました」

「捕まえた!?　キミが、蛇を!?」

　巫女は当然、といった風に頷いている。

「探すのは簡単でした。周りは雪と氷しかないけどロッツ城の敷地内には凍りついていない場所はいくつもあるし、そういうところに潜んでいるのだろうな、と思っていたので。その予想は正しくて、薪（まき）を保管している倉庫の中に集まっていました」

「……あぁ、うん」

　得意そうな顔を前に、相槌を打つことしかできない。

「でも捕まえるのはすごく苦労しました。寒いから動きが鈍いだろうと思っていたのに、ものすごくすばしこいんですもの。積んである薪に、何度頭をぶつけたことか」

「……そうか、大変だったな」

「はい！　でも見て下さい！　なんと五匹、それも全部違う種類の蛇を捕まえることに成功しました！」

　それはご苦労だった、と言いかけたところで、ジルヴァラははっと我に返った。

「ちょっと待て、違う！　蛇は料理係が調達するからわざわざキミが自ら捕獲に動く必要はないし、ましてや口にするなど、一体なにを考えているんだ！」

　怒鳴り散らすジルヴァラの声が聞こえたのか、左右の砦に戻って行く兵士たちが訝（いぶか）しげな視線を寄越し始めた。

　だが巫女はジルヴァラの怒声にも不審な眼差しにも一向に臆する気配もなく、今しがた齧りついた蛇串をずいっと差し出してきた。

「な、なんだ」

「この蛇。全体的に鱗は白いのですが、頭部だけ赤いんです。神殿で昔〝体の一部に鮮やかな色が入っている蛇は毒蛇〟と習いました。手前で焼かれている蛇は黄色一色で、右隣の蛇は青一色。左は鈍色。この三匹の味は今一つでした。ですが今持っている串と、そっちの少し火から離して炙っているのはお腹だけ橙色だったのでおそらく毒蛇。こちらの二匹は滋味豊かでとっても美味しいです」

　ジルヴァラは唖然とした顔のまま、壊れたゼンマイ仕掛けの人形のような動きで首を動かし、近衛騎士たちに顔を向けた。全員がなんともいえない表情をしながら、ゆっくりと首を縦に振っている。

「ま、まさか、この焼かれている蛇を全部、食べたのか……？」

　震える指で蛇を指すと、巫女はこくりと頷いた。

「はい。ただお腹いっぱいになるときちんとした判断ができなくなるので一口ずつにしておきました。それと、命をいただく前に蛇たちの魂が地の精霊のもとに還るよう、感謝の祈りを捧げています。どうぞご安心ください」

　慇懃に頭を下げる巫女を見下ろしながら、ジルヴァラは思わず額を押さえた。

「俺は十六年も蛇を食べ続けているのだから、今さらそんなことを気にしてはいない。それより探検だのなんだのと、身体は大丈夫なのか？」

巫女を連続で抱くと、二回目以降に果てたあとは必ず意識を飛ばしている。とても体力があるとは思えないのに、なぜこんなに元気なのだろう。

「実は朝食の時間もずっと眠っていたんです。起きたらピーアさんが蜂蜜を溶かした紅茶と干し葡萄たっぷりのバターケーキを用意してくださって、それを食べたらすっかり体力が戻りました。……ところで、あの、陛下こそどうなさったのですか？」

巫女はなぜか、非常に心配そうな顔をしている。

「どうなさったか、とはどういう意味だ」

「いいえ、だって陛下が私の体調を心配するようなことおっしゃるから。あ、もしかして私が疲れちゃったらお役目が果たせないかもしれない、って思ってらっしゃるとか？　それならご安心ください。もうすっかり元気ですから」

――俺が心配をするのがそんなにおかしいのか。

喉元まで上がってきた言葉を寸前で飲みこみ、ジルヴァラはぷいっと顔をそむけた。

「別にそういうわけではない。ただキミの頑丈さに呆れただけだ」

そう。心配などしてはいないし、体が大丈夫だとわかって安堵したりもしていない。

「そうですね、頑丈といえば頑丈かも。私、昔からたくさん寝たらすぐ元気になるんです。子供の頃、風邪をひいた時にすごく心細くなってロードボッシェのベッドに潜り込んで一緒に寝たことがあったんですけど、私が一日で元気になった代わりに彼が風邪をひいてしまったんですよね。おかしいんです、熊さんみたいに大きな身体なのに四日間も寝込んでいるんですもの」

「……ロードボッシェ？　彼、ということは男なのか？」

ぼそりと呟きながら、ジルヴァラはふと喉元に手を置いた。

なんだか、喉の奥にどろりとしたなにかが詰まっているかのような感覚。

（なんだ……？）

なんともいえない不快感に思わず眉を寄せる。巫女は一瞬遠くを見つめたあと、すぐに柔らかな笑みを浮かべた。

「そうだ、探検は一人で行きましたけど、一般の兵士さんには出会わないよう気をつけていたのでご安心ください。ここで焚き火を始めてからはずっと近衛騎士の皆さんが近くにいてくださったし、髪も目もフードやヴェールで隠してありますので、皇后陛下っぽい雰囲気は出せていないのではないかと」

「……あぁ。まぁ、もはやあまり意味を成してはいないけどな」

——野生の蛇を捕まえ息の根を止め、皮を剥がし内臓を抜き、串代わりの枝に突き刺し焚き火をおこしてそれを焼き、あまつさえ食べることができる貴族令嬢が一体どこにいるというのか。

そんな奇特な人物、帝国中を探してもいるはずがない。

ジルヴァラは横目で周囲の様子をうかがった。砦に戻る兵士と、騒ぎを聞きつけ砦から出てきた兵士が遠巻きにこちらを眺めている。

近衛騎士が素早く間に立ったため、積極的に近づいて来る者はいないが煙や焚き火の炎、肉が焼ける匂いでなにが起きているのか薄々察しているだろう。

「すまないが、兵士たちに適当な言い訳をしておいてくれ」

額を押さえながら、疲れた声で近くの近衛に命令をする。

「承知いたしました、陛下」

近衛は慇懃（いんぎん）に頷きながら、どこか好奇心を含んだ視線を巫女に向けていた。

また、喉が詰まる感覚がする。

それをかき消すように軽く咳（せき）ばらいをしながら、ジルヴァラは再び巫女を問いただした。

「それで、キミはなぜ蛇を捕まえ焼いて食べようと思った？　空腹だったのなら、ピーアになにか食べ物を持って来るよう言いつければ良かっただろう」

それ以前に、呪われてもいないのに蛇を食べるなんてどうかしているとしか言いようがない。

「いえ、お腹が空（す）いていたわけではありません。ただ私が未熟なせいで陛下はまだ蛇を食べ続けないといけないでしょう？　ですから美味しい蛇がいたらいいなって思って。それでですね、陛下。検証の結果、毒蛇はとても美味しい、ということがわかりました」

巫女は枝をぐいぐいと押しつけてくる。ジルヴァラは差し出された枝を反射的に受け取った。

そしてヴェール越しに期待の眼差しで見つめられる中、仕方なくそれを齧る。

程よい塩加減。次いで、口の中に広がる香草の爽やかな香り。

「これは……。さっき振りかけていたのは、香草塩か」

「そうです。近衛騎士さまにお願いして、料理係さんからもらってきていただきました」

焚き火でじっくりと焼いたからだろうか。表面はパリパリなのに、中はふっくらと柔らかい。

「そうだな。うん、悪くない」

ジルヴァラは思わず感嘆の声を漏らした。

「でしょう？　きっと、毒が味に深みを出しているのではないかと思うんです」

　巫女は得意そうに胸を張った。

「……なるほど」

　――まるで少女のように無邪気な表情。抱いていると時折見せる、艶めいた女の顔とはまったく違う。

「それから……あれ、陛下？　どうなさいました？」

「え？　あぁ、いや、なんでもない」

　馬鹿馬鹿しい。なぜ今、そんなことを考える。

　先ほどから感じている謎の喉の詰まりといい、少し働きすぎて疲れているのかもしれない。

「で？　まだなにか？」

「これです。ついでに、毒も採取しておきました」

　巫女はポケットから取り出した小さな硝子瓶(ガラスびん)を見せてきた。

　中には、薄黄色の液体が八分目まで入っている。ジルヴァラは眩暈(めまい)をこらえながら、それについても言及した。

「キミは一体なにをしているんだ。なぜ毒を？　まさかとは思うが、俺に使うためか？」

　巫女はとんでもない、というように首を振った。

「やだ、そんなもったいないことしません」

「も、もったいない……？」

　唖然(あぜん)とするジルヴァラの横で、近衛が直立不動のまま細かく震えているのが視野で確認できた。

どうやら、笑うのを懸命にこらえているらしい。

「神殿では私、お姉さまがた……あ、年上の仲間のことなんですけど、彼女たちが作った化粧水を使っていたんです。材料は蛇毒とお酒、それからできるだけ不純物の混じっていない水。毒蛇はいるし氷を溶かせば綺麗な水は手に入りますし、作り方は教わっていたので自分でも作ってみようかと思いまして」

「ずいぶんと行動的だな」

「フフ、そうですか？　まぁ、〝思い立ったらすぐ動くところがお前の長所だ〟ってロードボッシェにもよく言われていました」

巫女は照れたように笑っている。

「……またロードボッシェか。言っておくが、褒めているわけではないからな。嫌みくらい理解できるようになってくれ」

「そんな意地悪言わないでください、慣れていないのにすごく頑張ったんですから。毒液の採取は顎の下にある毒袋を破らないように牙を瓶の縁に引っかけて三滴だけ。ここの分量を正確にしないと顔がピリピリしたり、場合によっては皮膚が爛れたりするんです」

ジルヴァラは考えるよりも早く、毒入りの硝子瓶を巫女の手から容赦なくはたき落とした。瓶は硬い地面に当たり、粉々に砕け氷と混じり合っていく。

「あ！　もう、なんてことをするんですか！　せっかく作ったのに！」

怒りと呆れを通り越し、段々と頭が痛くなってくる。

「そんな危険物をわざわざ手作りなどするな！　化粧品なら皇族御用達の店から取り寄せたものが

あるだろう！」

　巫女は肩を落とし、割れた硝子瓶をしょんぼりと見つめていた。その姿を見ていると、なにも瓶を割る必要はなかったかもしれない、とわずかながら罪悪感が込みあげてくる。

「陛下の呪いはゆっくりですけど、確実に凍っています。だから少しずつ、自分も生活環境を元に戻すようにしておかないといけないな、って思って。だってこれ以上、肌が高級品に慣れてしまったら困りますもの」

　頰を指でつつく巫女を見下ろしながら、ジルヴァラは肩を竦めた。

「なんだ、そんな理由か。別に、慣れるのは構わな――」

　そこでジルヴァラは我に返り、喉元まで出かかっていた言葉をぐっと飲みこんだ。

「陛下？　どうなさいました？」

「なんでもない。とりあえず、キミは部屋に戻れ。ピーアが困っているはずだ」

「わかりました、陛下」

　巫女は命令に大人しく従い、城の正面に向かって歩き出す。

「ちょっと待て」

　ジルヴァラは不意に込み上げてきた衝動のまま、遠ざかる背を引き止めた。振り返った巫女は、不思議そうにこちらを見ている。

「ロードボッシェというのは、誰だ」

「え？　あぁ、ベンジーネの護衛で、私の父親代わりだった人です。ロードボッシェがなにか？」

「いや、別に。さっきから訊いているのにキミがなにも答えないから気になっただけだ」

「……？　訊かれた覚えはないですけど」

きょとん、とした顔が妙に腹立たしい。

「もういい。ほら、早く行け」

手を振って促すと、巫女は素直に頷いた。

「はぁい。あ、陛下、蛇はしっかり焼いているので二、三日はもつと思います。美味しいので捨てずに食べてくださいね？」

「わざわざ言われなくてもわかっているよ」

巫女はくすっと笑い、くるりと踵を返して元気に走り去って行く。

ジルヴァラはその華奢（きゃしゃ）な背を見送ったあと、手の中にある蛇串を見つめた。

彼女には「悪くない」としか感想を伝えなかったが、本当はとても美味しかった。

彼女の言う〝毒があるから美味しい〟という説は正しいのかもしれない。けれど、ここまで美味しく感じたのは、きっとそれだけではない。

『蛇を食べた口とキスしないといけないなんて、おぞましいにもほどがあるわ！』

――研ぎ澄まされた刃よりも、心に食いこんだ言葉。

『美味しい蛇がいたらいいなって思って』

――じくじくと血を滲ませる心を、ふわりと包んでくれた言葉。

「……違う。俺は、もう絶対に――」

そこで口を噤（つぐ）む。傍らに佇（たたず）む、近衛のなにか言いたげな視線が煩わしい。

(彼女もどうせ、俺が皇帝だから媚（こ）びているだけだ)

もう二度と間違わない。こんなことで、絶対に絆されたりなんかしない。

自らにそう言い聞かせながら、ジルヴァラは胸の内に湧きあがる温もりから必死になって目を逸らしていた。


夕食を終えたあと、スティーリアは寝着のまま頭からシーツにくるまり、寝室のベッドの中で唸り声をあげていた。

「せっかく、和やかな雰囲気で食事ができたのに……」

——夕食はジルヴァラとともに食堂でとった。

ロッツ城の食堂は剝き出しの岩壁に囲まれ見た目は武骨であるものの、兵士たちが揃って食事をとれるようかなり広く作られている。

ジルヴァラとスティーリアも同じ食堂内にいた。

ただし、他の兵士たちから離れた端の席に座り、周囲を近衛がぐるりと取り囲んでいる。これは今回が特別なのではなく、普段からだったらしい。

蛇を食する姿を見せないように、というジルヴァラの配慮なのだろう。

アイスベーアに来るまでの道すがらで、ジルヴァラはチーズを口にできるようになった。

ジルヴァラの皿の上には砂糖をまぶした甘いパンと半熟卵のサラダ、昼間に残った蛇をフライにして温かいチーズのソースをかけたものが置いてあり、スティーリアの前にはその代わりに豆とソーセージの煮込みが置いてあった。

調味料が問題ないことがわかってから知ったことだが、ジルヴァラは甘いものをかなり好んで食べる。

夕食時もフライを最低限口にしたあとは、ほとんど甘いパンを食べていた。

『陛下、少々甘いものをお召し上がりすぎでは？』

好物の甘いものを十六年も食べられなかったのだ。嬉しいのはわかるが、さすがに健康が気になり、つい口を出してしまった。

『……そうだな。そうかもしれない。気をつける』

叱られた少年のようにしゅん、としながら持っていたパンを大人しく皿に戻す姿を見て、スティーリアは思わず笑ってしまった。

だがジルヴァラは苦笑を浮かべただけで、特にスティーリアを咎（とが）めることはなかった。

そのあとも、雪のように真っ白な生クリームをたっぷり載せたプリンを前にはしゃぐスティーリアを馬鹿にすることもなく、ジルヴァラは真面目な顔でプリンに匙を突き刺していた。

「はじめて悪口も嫌みも言われない夕食だったのに……。どうしよう、絶対に怒っているよね」

――今、ベッドの上にいるのはスティーリアだけだ。ジルヴァラはいない。

彼はどこにいるのかというと、風呂にいる。先ほどまでスティーリアも風呂（そこ）にいた。

ピーアが言っていたように、ロッツ城の風呂はバルンステール城の二倍は広かった。おまけに適温の風呂に加えて冷たい水風呂、とろとろの泥が沈んだ灰色の風呂や熱い水蒸気を浴びる蒸し風呂、と四種類も風呂があった。

時間を決め、人払いをしてもらったおかげで広い風呂にはスティーリアしかいない。

スティーリアはのんびりとくつろぎながら、四つの風呂を行ったり来たりして楽しんでいた。

だがスティーリアが最後に蒸し風呂へ入ろうとしたその時、ジルヴァラがいきなり風呂に現れた。目が合った瞬間、驚きのあまり一言も発することなくまるで逃げるように風呂から飛び出してきてしまったのだ。

「ここのお風呂は本来軍人さんたち用なわけだし、陛下もきっといつもの感覚で入ってきただけなのよね。別に意識したわけじゃなくて単にびっくりしただけなんど……。あれは失礼だったわ、絶対に不愉快だったわよね。陛下がお風呂から戻ってきたら謝らなきゃ」

夕食時の感じからすると、真摯に謝れば許してくれそうな気はする。

怖いのは、風呂から慌てて飛び出したことがジルヴァラを〝男性として意識した結果〟だと思われることだ。好意を抱いていると勘違いされたら、浅ましく皇后の座を狙っている、と思われる可能性だってある。

そもそもジルヴァラには裸どころか自分自身ですら見えないようなところまで見られ触れられているのだ。今さらなにを恥ずかしがることがあったのだろう。

己の短絡的な行動が、心の底から悔やまれる。

「さっきは驚いてしまっただけで陛下のことなんて別になんとも……いや、ちょっと失礼よね。ぼんやりしているところにいきなり犬が吼えてきた時の驚きに近い……ううん、それだともっと失礼だわ」

シーツを被ったまま、ひたすら謝罪の練習をする。

「俺がなんだって？」

不意に、低い声が聞こえた。スティーリアは身体をぎくりと強張らせ、シーツの隙間からそっと様子をうかがう。

「どこか具合でも悪いのか？」

ジルヴァラは全裸のままでベッド脇に立ち、不思議そうな顔でスティーリアを見下ろしている。

予想に反し、怒っている様子は微塵も見当たらない。どちらかといえば、心配そうな顔に見える。

(もしかしてお風呂から飛び出したのは、のぼせたからと思ってくれている、とか？)

「いえ、大丈夫です。なんでもありません」

そんなはずはない。スティーリアはすぐに思い直した。

昼間もスティーリアを気遣うような発言があったが、よく考えたらそれは身体を重ねることができなくなるからに違いない。呪いを解く〝道具〟を気にするのはむしろ当然のことだと思う。

「少しキミと話をしたくて俺も風呂に行ったんだが、驚かせたようで悪かった」

ジルヴァラはすまなそうな顔をしている。

「あ、いえ！　その、私こそ失礼いたしました」

怒っていないのなら良かった。けれど、〝話がしたい〟とはどういうことだろう。

「陛下、お話ってなんでしょう」

「いや、特にこれといったアレがあるわけではないんだが、なんとなくというか」

ジルヴァラは珍しく口籠りながらベッドの上に膝を乗せた。漆黒の髪からぽたぽたと垂れる水滴が、シーツを点々と濡らしていく。

「ちょ、ちょっと待ってください、陛下」

「ん？　どうかしたか？」

首を傾げるジルヴァラに、スティーリアは呆れた顔を向けた。

「どうかしたか？　じゃないです。どうしてなにも羽織らず裸でうろうろしているんですか？　風邪をひいてしまうではないですか」

城にいる時は全裸の上にガウンを着ていた。前を紐で結ぶこともなく、ほぼ裸と変わらない状態だったが少なくとも目のやり場に困ることはなかった。

せめて下半身くらい隠せばいいのに、と思いつつ、急いでベッドから降りる。

今は全裸よりも気になることが他にあるのだ。スティーリアは木製の棚に積み重ねてある柔らかなタオルを一枚、手に取った。

「陛下、そこに座ってください。ほら、早く」

タオルを持ちジルヴァラをじっと見つめる。一瞬、文句を言われるのかと身構えたが、肩を竦めながらも案外素直にベッドへ腰をかけてくれた。

「侍女さんたちにお世話をさせないわりには髪だっていつもきちんと拭かないし、もう子供じゃないんですから」

スティーリアはジルヴァラの前に立ち、ふわふわのタオルを広げ黒髪を優しく拭いていく。

「別に寒くはないし、どうせすぐ脱ぐのだからわざわざ着る必要はない。髪は、放っておけばいずれ乾く」

身体は立派な大人の男なのに、子供のようなことを言う。

スティーリアは呆れつつ、今は皇帝が自分より五つも年上だということを忘れればいいのだ、と自らに言い聞かせた。

「駄目です。風邪をひいてしまいますよ？　それに、髪はきちんと乾かさないと傷んでしまいます。せっかく綺麗な黒髪なのに」

全体を拭いたあと、そっとタオルを外した。あらかた水分が取れたのか、先ほどとは異なりくせのある黒髪がさらり、と揺れる。

「ここまで乾けば大丈夫かしら。あとは温風筒で完全に乾かしてしまいましょう」

スティーリアは部屋の片隅に用意されていた温風筒を持ち上げた。

——温風筒とは、髪や身体を乾かす小型の乾燥機のことだ。筒状になっている金属の中には〝砂漠の風〟と呼ばれる風の魔法石を砕いた黒い砂が詰まっている。上部についた歯車を回し、砂を攪拌すると筒の先から温風が吹き出してくる。

この便利な道具は一般向けにも売られてはいるが、市販のものはかなり大きく壁に固定して使う事が多い。だが、ここにあるのは片手で軽々と持てる最新型のものだ。

「さすが皇族が使うものは違うわ。神殿にも欲しいな」

軽くて小さいだけではなく、歯車すら回す必要がないらしい。筒を軽く振っただけで、先端から程よい温風が吹き出してきた。

「……巫女」

ジルヴァラの髪に温風をあてた直後、囁くような声とともにスティーリアの手首がいきなりつかまれた。ジルヴァラの声は元々低いが、それがさらに低く聞こえる。

「あ、申し訳ございません。熱かったですか？」

ジルヴァラは目を伏せたまま、なにやら迷うような顔をしている。なにか言いたいのに言い出せない、といった顔だ。

「陛下、失礼します」

スティーリアは温風筒を止め、つかまれた手をやんわりと外した。そしてベッドに手を伸ばし、筒を置くと同時に先ほどまで自身が身を包んでいたシーツを引き寄せ、それでジルヴァラの身体をふわりと包む。

「陛下、なにか私におっしゃりたいことでもあるのですか？　お話はうかがいますけれども、風邪をひいてしまいますからなるべくお早くお願いします」

ジルヴァラはなぜか、苦しげに顔を歪めた。

「……キミは、今も俺とキスすることが嫌なのか？」

低く掠れ、絞り出すような声で発せられたのは予想外の言葉だった。

「はい!?　キ、キス、ですか!?　い、いきなりどうなさったんですか……？　というか〝今も〟ってなんですか」

唐突な発言に戸惑うスティーリアの前で、ジルヴァラがゆっくりと立ち上がる。

「嫌か、嫌じゃないのか。それだけ答えてくれ」

「いや、あの、それは」

――急激に頬が熱くなってきた。なぜ、いきなりキスするだのなんだのという話をされているのか、まったくわけがわからない。

（……ちょっと待って。落ち着いて、スティーリア）

おろおろとうろたえるスティーリアは、寸前で我に返った。

〝キス〟と聞いて思わず唇を思い浮かべてしまったが、そもそもジルヴァラは「唇に」とは一言も口にしていない。ということは、おそらくこの問いかけは罠（わな）だ。

『嫌じゃないです』と言おうものなら〝やはり皇后の座を狙っている〟と見下され、『嫌です』と答えれば〝なにを意識している〟と嘲笑（あざわら）うつもりなのだろう。

いや、それどころか〝命令違反をするなら報奨金を出さない〟くらいの脅しをかけてくるかもしれない。

ならば、とスティーリアはジルヴァラの前にひざまずき、手を取りその甲にそっと口づけた。そしてすぐ唇を離し、上目遣いで見上げる。

「これが私の返事になります、陛下」

（うん、我ながら完璧な対応）

スティーリアが思い通りの反応を示さなかったことで、ジルヴァラは悔しい気持ちになっているだろう。

だが、こちらだっていつまでもやられっぱなしではいられない。

そう勝ち誇った次の瞬間、スティーリアはいきなり抱きあげられた。

「きゃあっ！　なに!?」

そのまま乱暴にベッドへ押し倒されていく。そしてジルヴァラは無言のまま、スティーリアに覆いかぶさってきた。

「や、陛下、んぅ、ん……っ!?」

悲鳴を飲み込むように重ねられた唇。

わずかに開いた唇の隙間から強引に舌を捻じこまれ、スティーリアは驚き両目を見開いた。息苦しさに抵抗しようにも、両手首をベッドに縫い留められ身動き一つできない。

「んーっ！　んんっ」

どれくらいの間、口の中を好き放題されていたのだろう。なんとか動く両足をばたばたさせると、ようやく唇が離された。

「へ、陛下、い、今の、今のって」

「やっぱり、気味が悪かったか？」

拘束されていた両手が解放された。澱んだ銀色の、どこか虚ろな眼差しがスティーリアを見下ろしている。

「き、気味が悪いとかではないですけど、あの、できれば、こういったことはもう……」

スティーリアはおずおずと手を伸ばし、ゆっくりと口元を覆った。心臓が、口から飛び出すのではないかと心配になるほど速く動いている。

どうして今日に限って、こんなに多彩な罠をしかけてくるのだろう。夕食時には今までになく和やかな雰囲気だったのに、なにか気に入らないことでもしてしまったのだろうか。

「……悪かった。蛇を食べるような口に触れられるのは嫌だよな」

ぽつりと呟かれた言葉に、スティーリアは首を傾げた。いきなりの口づけと蛇の間に、なんの関連性があるのだろう。

「蛇って、あの、私も蛇を食べましたけど。しかも五匹分」

「……あ」

ジルヴァラの端正な顔が、驚くべき速さで真っ赤に染まっていく。そのあまりにも意外な表情に、スティーリアの胸が不覚にも高鳴った。

「いや、俺はその、キミが暴れるからてっきり嫌なのかと……。あの時も、拒んでいたし……」

「あの時って、いつの時ですか？」

キスされたのは、たった今がはじめてだ。

一体、誰と勘違いしているのだろうか。

「……キミとはじめて身体を重ねた時、俺が水を飲ませようとしたら顔を逸らしたじゃないか」

「はじめての時の、水？」

スティーリアは必死で記憶を探る。そして、思い出した。

「あぁ！　すっごく喉が渇いていたのに、陛下がお水を見せつけながら全部飲んじゃったときのことですね!?」

「あ、あれは見せつけていたわけではない！　キミが嫌がるから仕方なく飲みこんだだけだ！」

「そう、だったんですか？」

――別に口移しが嫌だったわけではない。ただ、夫婦のものであるべき神聖な口づけを、自分ごときが奪うわけにはいかない、と考えていたからだ。

「暴れたのは驚いたのと苦しかったからです。それと、あの時も今も、その、唇へのキスはいずれお越しになる本物の皇后陛下のものではないですか。ですから、たとえ戯れだとしても庶民にそういうことをなさらないほうがいいですし、私も受け入れてはならない、と思っただけです」

――それに、受け入れたら自分を見失いそうになってしまう。

スティーリアは自分がそう強い人間ではないことをよくわかっている。

確かにジルヴァラは口が悪く無神経で強引だが、なんだかんだと生真面目で努力家で母親思いなところは尊敬しているし、素直に好ましいと思う。

近衛騎士たちやレリーやコラールといった侍女たちも親子で仕えているピーア一家も、ジルヴァラに向ける眼差しには深い忠誠心が満ち、彼を全力で守ろうとしている。

ジルヴァラには、そういう風に人を深く引きつけるなにかが生まれながらにして備わっている。

スティーリアが恐れているのは、そんな彼に〝愛されているのかも〟という勘違いに対してではない。

自分ごときが皇帝に愛されるはずはないのだから、それだけはないと断言できる。

怖いのは〝愛されたい〟と願ってしまうことだ。

願ったところで叶(かな)うはずもない。現実がわかりすぎるほどわかっていても、追い求めてしまうかもしれない。もし、自分がそんな無謀な願いを抱くようになってしまったら。

今はそれが、それだけが怖い。

「キミが嫌でないのなら、いい」

「いえ、陛下、私が申し上げたいのはそういうことではなく――」

懸命に訴えるその次の言葉は続けられなかった。

再び、唇を重ねられたからだ。

「は、あ、あの、陛下、私は」

「……ん？　どうした？」

「私は、ただの巫女で、呪いを解くためだけの存在ですから、本物の皇后陛下に、申し訳が……」

うろたえるスティーリアの腰に、するりと片方の腕が回される。逃れようと身を捩ると、今度は顎をつかまれた。

——銀の瞳が、真っ直ぐこちらを見つめている。

今すぐ振りほどいて逃げ出したいのに、目を逸らすことができない。

「舌をもう少し出して。そう、俺のほうに。怖がらなくていい、噛んだりしないから」

ジルヴァラはスティーリアの話を一切聞かず答えようともせず、ただ啄むような口づけを繰り返してはとろりとした甘い声でスティーリアの自制心をじわじわと蝕んでいく。

「スティーリア……」

寝着を脱がされる合間に、ごく小さく呟かれた音が自分の名前に聞こえたのはきっと気のせいだろう。そんなはずはない。そんなことがあってはならない。

そう言い聞かせていたはずなのに、気づくとスティーリアは両腕をジルヴァラの首に絡め、与えられる甘さと力強い腕に夢中になって溺れていた。

互いを貪り合うような、激しい口づけが続く。

スティーリアは夢中になってそれに応えながら、目の前の男にしがみつく腕に力をこめた。途端に、骨が軋みそうなほど強く抱き締められる。

わずかな息苦しさとともに感じる切ない喜び。スティーリアは知らず、一筋の涙をこぼした。

「すまない、力を入れすぎた」

「い、いいえ」

なぜ涙がこぼれたのか、自分でもよくわからない。

「加減がよくわからなくなっているな。痛い時は遠慮なく言ってくれ、気をつけるから」

「はい、あの、別に大丈夫です。私、意外と頑丈なので」

「はは、そうだな。知っているよ」

ジルヴァラの微(かす)かな笑い声。

呪いが凍り始め、蛇以外のものが食べられるようになり、本物の皇后を迎え入れる日が着実に近づいてきたことで解呪の道具を気づかう余裕が出たのだろうか。

いずれにしても、こういった甘やかし方をしないで欲しい、と少しだけ思う。

「はぅ、あ……」

身体中を撫(な)で回され、合間に首筋や耳元を吸われる。

ちゅ、という音を聞くたびに、背筋にぞくぞくとした感覚が走る。

「キミの肌はどこもかしこも滑らかだから、触れているだけでも気持ちいい」

掠れた声で囁かれると、下半身が切なく疼(うず)く。

肌のきめ細かさについては、神殿の仲間たちからもよく言われていた。スティーリアには記憶がないためよくわからないが、フリンデッル湖の南側で暮らす人々に多い特徴だとベンジーネが教えてくれた。

「や、陛下、くすぐったい、です……っ」

ジルヴァラの長い指が踊るように全身を滑っていく。皮膚の薄い場所を触れられ、気持ち良さとくすぐったさで思わず身を捩った。

「やめて欲しい？」

「く、くすぐったくしないで、くれたら……」

本当は続けて欲しい。だが、こんなはしたない願いを口にしてはならない。

「そうだな、痛いことをしてしまったのならもちろんやめるが、くすぐったくて気持ちいいのは我慢してくれ」

スティーリアの訴えは聞き流され、ジルヴァラの指は止まる気配を見せない。

「ちが、あっ、もう、陛下の意地悪……！」

「意地悪？　俺が？」

耳元で笑う声。

まるで恋人同士の戯れのようなやり取りに、いけないとわかっているのに胸のうちはどんどん甘さで満たされていく。

(どうせ期間限定なんだもの。ちょっとくらい、溺れたっていいじゃない)

(駄目！　あとで絶対に後悔するから！)

相反する二つの思いが、頭の中で激しくせめぎ合う。自分は一体、どちらの意見を聞けばいいのだろうか。

「どうした、なにを考えている？」

耳朶を食むジルヴァラに低く囁かれ、スティーリアは現実に戻った。そして、慌てて首を横に振る。

「あ、いえ、なにも」

「……嘘だ。今、なにか別のことを考えていただろう。まぁいい、考えごとがあるなら好きにしてくれ。ただし、できるものなら、な」

不貞腐れたような声。その直後、耳の穴へつぷりと舌を差しこまれた。

「ひゃっ!?」

今まで、こんな風にされたことはない。びくりと背筋を跳ねさせたところで、今度は両胸の先端をきゅっと同時に摘まれた。

「あっ、んんっ！　んっ！」

スティーリアの身体はどこも敏感だが、胸の先は特に弱い。ジルヴァラは当然、そのことをよくわかっている。根元からぐにぐにと揉みこまれるだけで、瞼の裏にちかちかと光が飛ぶほど気持ちいい。

「やっ！　あっ、そこ、だめ……ッ」

「ここを弄ると、キミの身体はすぐ桜色に染まるからわかりやすい」

「んぁ、ぁッ、喋らない、で……！」

耳穴に舌を抜き差しされ、粘ついた水音がすぐそこで聞こえる。

まるで頭の中を直接舐められているような感覚。それに加え弱いところを執拗に弄られ、スティーリアはあっという間に二度ほど達してしまった。

「……ここだけで何度イケるか、試してみるか？」

思いもよらない発言に、スティーリアは青褪(あおざ)めながら首を振り全力でそれを拒否した。ジルヴァラの剛直に慣らされた体は、胸(ここ)だけでは深い絶頂を得られない。

ゆえに、今のような軽い絶頂を延々と繰り返すことになる。意識を失うこともできず、かといって高みから降りてくることもできない。それはきっと、ひどく苦しいものになるだろう。

「や、です……！　それは、嫌……！」

「そうか、残念だな」

心底残念そうに言いながら、それでも胸を弄る手は止めない。スティーリアは必死で身を捩り、なんとか横を向くことに成功した。そのまま両手で胸を覆い、それ以上の責めを回避しようと試みる。

「すごいな、シーツが水をこぼしたようになっている」

「やだ、そんなこと言わないでください……！」

小刻みに絶頂を迎えるたびに、足の間から蜜を吹きだしている自覚があった。彼の愛撫を受けるといつもこうなってしまう。恥ずかしくて目を向けることなどできないが、きっとシーツはひどい状態に違いない。

「濡れたままにしておくと、良くないんだったな」

「え？　え、なに……？」

ジルヴァラはスティーリアの太腿をつかんで引き寄せ、両方の足首をつかんだ。そしてそのままぐいっと左右に押し開く。結果、スティーリアは仰向けで大きく足を開いた体勢になった。

「やっ！　いや、こんな格好……っ」

「見ているのは俺だけなんだから、恥ずかしがることはないだろう」

　スティーリアは半泣きで首を振った。そういう問題ではない。とにかく逃れなければ、とつかまれた足首を引き抜くべく全力で抵抗をする。だが巨大槍を軽々振り回すジルヴァラの力は非常に強く、その手はびくともしない。

　じたばたともがいているうちに、開かれた足の間へ黒髪が沈んでいく。内腿を黒髪がくすぐり、濡れた秘裂に吐息がかかる。

　まさか、と身体を強張らせた次の瞬間、思いもよらない場所に熱い舌が触れた。状況を理解した瞬間、スティーリアは甲高い悲鳴をあげた。

「きゃあぁぁぁっ！　やだ、そんなところ舐めないでー！」

　そこは今まで、ただ指で愛撫されるだけだった。太い指で陰核を弄られるとおかしくなりそうな快楽を覚えていたのに、熱く滑る舌で舐められたりなどしたら絶対におかしくなってしまう。

　そもそも、ここは男を受け入れるだけではなく排泄にも使われるところなのだ。

　そんなところを皇帝に舐めさせるなんて、とてもではないが罪悪感に耐えられそうにない。

「ひ、いや、やぁぁッ！　だめ、だめ……ッ！」

　舌は水音を立てながら、はじめての快楽を次々と送りこんでくる。ジルヴァラはいつの間にか足首から手を放し太腿を抱えあげ、足の間に顔を埋めたまま激しく舌を動かしていた。

「あ、はぅ、あぁぁぁ……ッ！」

　腰が勝手にがくがくと上下に跳ねる。こらえきれない嬌声が寝室に響く中、スティーリアは両手でシーツをきつく握りしめ全身を跳ねさせながら達した。

「はぁ、これではキリがないな」

霞(かす)む目に映るのは、口元を手の甲で拭う皇帝の姿。汗ばんだ額に乱れた黒髪が張りつき、思わず見惚(みと)れてしまうほど色っぽい。

「の、呪いを凍らせるだけなのに、こんな、こんなことまでなさらなくても……っ」

スティーリアはシーツを手繰り寄せ身体を隠しながら必死に訴える。そんなスティーリアを真っ直ぐに見つめながら、ジルヴァラは薄く笑った。

「そうだな、自分でも驚いている」

ジルヴァラは指を伸ばし、スティーリアの唇をなぞった。まるで感触を確かめるかのように、指を静かに往復させている。

「陛下……？」

しばらく唇をなぞっていた指は、頬を軽くつついたあとするりと顎に移動した。そして再び顎を持ち上げたかと思うと、自然な動きで顔を近づけてきた。

「だ、だめ！」

この雰囲気はまずい。スティーリアは反射的にジルヴァラの唇を手の平で覆った。次に唇を許してしまうともう、戻れなくなってしまう気がする。

「失礼します、ごめんなさいっ」

スティーリアはシーツを放り投げ、ジルヴァラの厚い胸板を両手で強く押した。突然の行動に驚いたのか、ジルヴァラは体勢を崩し後ろ手に手をついている。

股間のものは、まだしっかりと天を仰いでいる。スティーリアは意を決し、その上に足を広げて跨った。男のものを自分から求めるなんて、いっそ地に埋まってしまいたいくらいに恥ずかしい。

それでも、まるで愛し合う恋人同士のような交わりがこれ以上続くことに到底耐えられそうもなかった。

「う、動かないで、ください……」

いつもは忘我の極致で貫かれているため、さほど恐怖を感じていなかった。けれど、いざこうなってみるとものすごく怖い。こんなに硬くて太くて長いものをいつも受け入れていたなんて、今さらながら自分の身体が信じられない。

「いいよ。キミの好きにすればいい」

「そ、そんな風に――」

「ん？　なに？」

――いつもみたいに堅い喋り方に徹してくれればいいのに。突然そんな風に喋り方を和らげてくるなんてずるい。

スティーリアはこみあげる甘さを振り払うように首を振り、がくがくと震える膝を叱咤しながらゆっくりと腰を沈めていく。

「ん、ん……ッ」

なんとか先端は呑みこめた気がする。あとは最後まで腰を落とすだけ。スティーリアは深呼吸をしながら、ちら、と上目遣いでジルヴァラを見上げた。

「どうした？　勇気が出ない？」

「だ、だい、大丈夫、です……っ」

「大丈夫には見えないな。手伝おうか？」

「平気、です、ちょっと黙っていて、ください……！」

早くしなければ。気ばかりが焦り、なかなか腰を沈めることができない。ここでさっさとつながり射精してもらわないことには、呪いを凍らせることができないというのに。

「……時間切れだ」

うじうじといつまでも動かないスティーリアに焦れたのか、ジルヴァラは両手でスティーリアの腰をがしりとつかんだ。

「ま、待って……！」

「無理だな。俺がもたない」

溜め息混じりの低い声。制止の声もむなしく、容赦なく下からずぶりと突き上げられた。

「んあぁ……ッ！　やっ、深いとこ、あたっちゃう……ッ」

スティーリアは真珠色の髪を振り乱しながら喘ぎ続ける。ジルヴァラは上体を起こし、スティーリアを貫いたまま胡坐をかいた。

「あぁ、あッ！　ひぁうッ、ぅぅ……ッ！」

腰が浮くほど激しく穿たれ、結合部からは水音が響く。甘ったるい悲鳴に、獣のような荒い息。

スティーリアは溶け出す理性のまま、我を忘れて両手足をジルヴァラに絡め、自ら口づけをねだった。

「陛下、陛下……！」

「ジルヴァラ、だ。夫の名前も知らないのか？」

それは当然知っている。けれどその名を口にすることは許されない。スティーリアは本物の皇后ではないし、愛されてもいない。

——この期に及んで気まぐれに優しさを与えてくる、銀の瞳を持つ男。それに映るは、身の程知らずな瑠璃色の瞳の女。

「あ、だめ、もう……ッ」

全身を駆け巡る快楽。それが弾ける瞬間は、すぐそこに迫っている。

「中の痙攣がすごいな。搾り取られそう、だ」

掠れた声とともに、強く抱き締められ唇を重ねられた。同時に体内でジルヴァラのものがびくびくと脈打ち、スティーリアの中に精を吐き出していく。

「ん、く、はぁ、う……」

手足から力が抜け、スティーリアはがっくりとジルヴァラにもたれかかった。

「次は、もう少し頑張れるといいな」

ジルヴァラはスティーリアを抱き締めたまま、ベッドにごろりと横たわった。

続いてこめかみや頬、耳に口づけが落とされる。泣きたいくらい、嬉しくて悲しい。

欲望に負け、後先考えずに快楽を貪ってしまった心の弱い自分が憎い。

「少し眠ったらどうだ？　身体は俺が綺麗にしておくから」

「いえ、そんな、いけません……！　あの、ぬ、抜いていただければ私、自分で——」

ジルヴァラの〝槍〟は、まだスティーリアを貫いたままだ。

「キミ一人を抱えて丸洗いするくらい問題なくできるから、心配しないでいい。眠れないなら子守歌でも歌おうか？」

まるで子供にするように頭をぽんぽんと撫でられ、スティーリアはそれ以上の抵抗を諦めた。

それよりも、己の心を守るほうに精神力を使うべきだと思ったからだ。

――二度と口にすることが叶わない甘い菓子。この皇帝（おとこ）は、城から追い払うことが決まっている野良犬にその味を覚えさせることの残酷さに気づいていないのだろうか。


この時はじめて、スティーリアはジルヴァラを心の底から憎いと思った。


アイスベーアのロッツ城に来てからちょうど二か月。

外は朝から小雨が降っていた。

今日、ジルヴァラは一日外に出ることなく城内でゆっくりすることにしたらしい。

軍服ではなくいつもの黒い民族服を着て、朝食のあとからスティーリアが日中過ごす用の部屋にやって来たかと思うとずっと窓際のテーブルで書類仕事をしている。

そんなジルヴァラのために、スティーリアはピーアとともにお茶とお菓子の準備をしていた。

ピーアが用意してくれたのは、木の実や干し葡萄、粒状のチョコレートをたっぷりと練り込んだバターケーキ。

香りの良い紅茶を手際よく注ぐスティーリアの横で、ピーアが銀のナイフを閃（ひらめ）かせ甘いものを好むジルヴァラのためにケーキを心持ち厚めに切っていく。

この二か月で、ジルヴァラはほとんどの食べ物が食べられるようになっていた。だが、それでもまだ蛇を食べなくて済むところまでは持っていけていない。

〝絶対に蛇しか食べることはできない〟という部分は十分に凍らせることができたと思うが〝絶対に蛇を食べなくてはならない〟状態である以上、いまだジルヴァラは『蛇喰い』の呪いの下にあると言っていい。本人は一切気にしていないようだが、スティーリアの胸には次第に焦りが生まれ始めていた。

(どうして、肝心な部分が凍ってくれないの……?)

食べられるようになったものが再び食べられなくなる、という現象は起こっていない。ということは、呪いが溶け出しているわけではない。それなのに、呪いの〝芯〟ともいえる部分をどうしても凍らせることができないのだ。

スティーリアは紅茶のカップとケーキの皿を銀のトレイに載せながら、ちら、とジルヴァラの様子をうかがった。

ここのところ彼は非常に機嫌が良い。スティーリアを傷つけるような言葉も無神経な言葉もすっかり鳴りを潜め、むしろ労(いたわ)るような言葉が増えたような気がする。

身体を重ねている時もそれは変わらない。甘い言葉をこれでもかとばかりに囁き、おまけに必ず口づけをしてくるようになった。その都度、本物の皇后のことを持ち出して注意をしてもジルヴァラはまったく言うことを聞いてくれない。

そんな皇帝は今、仕事をしていたテーブルからソファーに移動し、難しい顔で先ほど届いた手紙を読んでいる。手紙の送り主は、宰相ロット・メーディセイン。

「陛下、お茶の用意ができました」

「あぁ、ありがとう。すぐ行く」

向けられる柔らかな笑顔。それと相反するように、スティーリアの心は冷たく凍りついていく。

「陛下、宰相閣下はなんとおっしゃっているのですか？」

――ロッツ城の執事、ピーアの夫ラダイスから手紙を渡された時、ジルヴァラは困惑した顔をしていた。だからそれは思い当たる節のある内容、つまり政治の件についてではないのだろう、ということはなんとなくわかった。

となると、おそらく呪いについてのことではないだろうか。なかなか完全解呪まで進まないことに苛立っているのかもしれない。

(ここで解雇、とか言ってくれないかな)

スティーリアはわずかな期待をこめてジルヴァラを見つめた。連日のように抱かれ、無駄にしつこく甘い愛撫を受けながら心に壁を張り巡らせる日々。スティーリアはそれに対して、心身ともに疲弊しきっていた。

「一度皇都に戻ってこい、だそうだ」

テーブルに着きながら、ジルヴァラは困ったような顔をしている。

「……なにか、あったんですか？」

期待していた内容ではなさそうだが、帰郷を促される理由は気になる。

「一部の国民や貴族から不安の声があがっているらしい。病弱な皇后をいつまでアイスベーアに留まらせているのか、と」

「あ、なるほど……」

そういえば病弱設定だった、と、ここであらためて思い出す。

「今はまだ新婚の皇后を手元から離したくないのだろう、という好意的な声のほうが大きいらしいが、これ以上は厳しいかもしれない」

ジルヴァラは肩を竦めながら、フォークでバターケーキを突き刺した。

「キミの意見を聞くべきだったな。単に〝病弱〟とだけ触れ回っておけば、病気の程度は周りが勝手に想像してくれる。だが君が倒れるところを目の当たりにしたせいで〝なにかあれば倒れるほどの病弱〟と思わせてしまった」

あの時はそこまで考えていなかった。ただ、ドレスを汚したくなかっただけなのだ。

「それなら、私だけが戻るというのはどうでしょう。しばらく陛下と離れていても凍らせた呪いが溶けたりしないかどうかの確認にもなりますし、陛下はもう普通のお食事を召し上がれます。そろそろ本当の皇后陛下をお迎えになる準備を始めていただいたほうが良いのでは？」

メーディセインは解呪の進捗を知らない。だから国民の感情を鑑みてスティーリアが皇都に戻るとなるとジルヴァラも一緒だろう、と考え手紙を寄越したのだと思う。

心配をしているだろう彼が、ジルヴァラの現在を聞けば大喜びするはずだ。

（……それにもう、これ以上心を黒く染めたくない）

決して叶わない、そして願ってはいけない願いに身を焦がし、気まぐれな男を憎み続ける。そんな日々を送るうちに、すっかり自分のことが大嫌いになってしまった。

「いや、俺も帰る。そうだな、明日の朝に出発しようか」

だがそんなスティーリアの気も知らず、ジルヴァラはバターケーキを口に放り込みながら事もなげに言った。予想外の言葉に、スティーリアは慌てる。

「え、でも、陛下はアイスベーアで色々とやらなければならないことがあるのでは？　私、神殿に戻って〝蛇喰い〟の呪いが完全凍結しない原因をベンジーネに相談してきます。原因がわからないのに身体を重ねる行為を繰り返しても、時間の無駄になるのではないでしょうか」

「……時間の、無駄？」

これまでの穏やかさから急転し、底冷えしたジルヴァラの声。だがスティーリアはその変化に気づかない。

「はい。私の実力ではここまで、ということがわかった場合、私にできることはもうありません。ですから、まずは原因、を」

スティーリアはそこで言葉を止めた。ジルヴァラの凍てつく銀の瞳が、かすかな怒りを孕んでいることに気づいたからだ。ただ、怒っているのはわかるのだがなぜ怒っているのかがわからない。

「やはり早いほうがいいな。このあと、二時間後に出発する。ピーア、それまでに準備をしておいてくれ」

ジルヴァラは不機嫌な顔で立ち上がった。

「承知いたしました。陛下」

急な命令にもピーアは戸惑い一つ見せることなく、澄ました顔で深々と一礼している。

「え、に、二時間後!?　いえ、私は大丈夫ですけど、陛下、陛下はここに残って――」

「帰りは来た時と異なる道を通る。フリンデッル湖沿いに南へ下り、迂回して皇都に戻る。南は北側のここ以上に空気が澄んで乾燥しているから持って帰る衣類は半分くらいでいい。どうせまたすぐにここへ戻ることになる」

そう一方的にまくしたて、ジルヴァラはさっさと部屋を出て行ってしまった。

「あ、行っちゃった」

呆然と見送るスティーリアの後ろで、ピーアがてきぱきと動き始めた。

「巫女さま、お荷物の用意はわたしがやりますので、お時間までお身体を休めておいてください。陛下のおっしゃっていた道筋ですと八日で皇都に到着しますが、それでも長い移動になりますから」

「いえ、あの、自分の荷物の片づけと陛下の衣類の用意は私がやるので、ピーアさんは日持ちのするお菓子を用意していただけませんか？　道中、陛下も甘いものがあったほうが嬉しいと思うので」

「あらぁ、巫女さまったらなんてお優しい！　陛下もきっとお喜びになりますわ。ではお言葉に甘えまして、わたしは厨房に行かせていただきますね。準備ができましたら、すぐに戻って参りますから」

ピーアは弾んだ足取りで部屋を出て行く。

スティーリアはソファーの横に置いていたトランクを引っ張り、部屋の中央に置いた。蓋を開けながら、大きな溜め息をつく。

「陛下はここに残ってくれればいいのに……。といっても、私だけの話じゃ信じてもらえない可能性もあるのよね。それなら、陛下がご自身で説明したほうがいいのかもしれないわ」

次に、スティーリアは収納棚(クローゼット)に目を向けた。最初はスティーリアの衣服しかなかったはずなのに、なぜかジルヴァラの衣服も何着かここに入っている。

「持って帰る衣類は半分でいい、っておっしゃっていたよね。陛下は基本的に軍服と白か黒のシャツしか着ないし、八日分だったら四、五枚もあれば十分かな。逆に私は絶対、忘れ物がないようにしておかなきゃ」

衣類も靴もアクセサリーも、スティーリア個人の私物はほとんどない。だから仮に忘れて帰ったところでまったく困らないのだが、偽物がいた痕跡を残しておくと本物の皇后がここに来た時に不快な思いをさせてしまう可能性がある。

「……ロッツ城での暮らしも楽しかったな。ここに来ることはもう二度とないのだけど、そう思うと少しだけ寂しい気がするわ」

あと少しだ。もう少しだけ頑張れば神殿に戻れる。そしてもらった報奨金で神殿の補修をしたり備品を買ったりする。それから、ベンジーネには大きな家でゆっくりと余生を送ってもらいたい。

もちろん自分の幸せもしっかりつかむつもりだ。恋も結婚もしたいし、子供だって欲しい。

――これ以上、自分のこともジルヴァラのことも憎まなくていい日々がすぐそこにある。

「さぁ、急いで支度をしなきゃ」

スティーリアはクローゼットを開け、中から必要な衣類を引っ張り出していく。

不思議と、心は穏やかに凪(な)いでいた。

# 第四章　蛇髪族の村

Chapter 4

アイスベーアを出て五日。

ちょうど反対側にあたる南の土地ノウスホールンに着いた。

馬車の窓から顔を覗かせ外を確認すると、ジルヴァラは愛馬に跨りぼんやりとある一方向を見つめている。

「……なにを見ているんだろう」

視線の先には、鬱蒼とした森があるだけだ。獣道のようなものが見えなくもないが、獣がいる気配は一切ない。

「巫女さま。今夜はここで野営をいたします。天幕を張るまで少々お待ちください」

首を傾げるスティーリアのもとに、馬に乗った近衛騎士の一人が近づいてくる。ジルヴァラが許可を出したのか、近衛騎士たちだけはスティーリアに話しかけてくるようになっていた。

「はい、ありがとうございます。ところで、向こうになにかあるんですか？」

「向こう？　なんです？」

スティーリアが指差す方向に首を動かした近衛の顔がふっと曇った。

「この森の向こうには、蛇髪族の村があるんです。いえ、ありました、と言うべきでしょうか」

「蛇髪族……」

――確か、はじめてベンジーネに出会った時。ロードボッシェがその名前を口にしていた。

「あ、髪の一部が蛇になっているっていう……？」

「えぇ。不思議な魔法を使う、恐ろしい一族です。陛下の呪いだって、本当は――」

その時、空気を切り裂く音とともにスティーリアと近衛の間に銀の光が閃いた。

「え、な、なに!?」

ブルル、という馬が鼻を鳴らす音。横を見ると、ジルヴァラが槍を近衛の鼻先に突きつけていた。柄に蔓葡萄、穂先に翼が彫られている巨大な槍は、ジルヴァラが愛用しているものだ。

「巫女と話すのは構わないとは言ったが、余計なお喋りをしろとは言っていない」

「も、申し訳ございません、陛下」

凍てつく銀の瞳。間近でその冷たさに晒された近衛騎士は、いっそ気の毒になるほど大量の汗をかいている。久しく見ていない、冷たい皇帝の顔。

「彼女を早く休ませたい。天幕を急いでくれ」

「は、はい！」

近衛は泡を食ってその場から離れていく。硬直したまま動かないスティーリアのところに、ジルヴァラが馬でゆっくりと近づいてくる。

「え、えっと、森の向こうには蛇髪族の村があったらしいですね」

「……そうだな」

ジルヴァラは槍を持ったまま、こちらをじっと見つめている。銀の瞳が熱を発しているように見えるのは、スティーリアの気のせいだろうか。

「も、もう村はなくなっちゃったんですか？　戦争に巻きこまれて蛇髪族はそのほとんどが亡くなったと聞きましたけど〝ほとんど〟ってことは、生き残りもいるんですよね？　その中に陛下のお知り合いでもいらっしゃるんですか？　あ、いえ、教えてくださらなくても大丈夫です。差し出がましい真似(まね)をしてごめんなさい」

スティーリアは不自然な早口で喋りながら、じりじりと馬車内に顔を引っ込めていく。

なんというか、ジルヴァラにどう接していいのかわからなくなっている。

ロッツ城を出てからというもの、ジルヴァラはあれだけ毎日身体を重ねていたのが嘘(うそ)のようにぱったりとスティーリアの身体を求めなくなった。

けれど相変わらずベッドは一つだし、夜は必ずスティーリアをしっかりと抱き締めて眠る。

気まずい思いに駆られる理由はそれだけではない。ジルヴァラはことあるごとに身体を拭いてくれたり髪を梳(と)かしてくれたり、と、献身的に尽くしてくれる。

夜中に一度目を覚ました時など、なぜかジルヴァラが起きていてずっとつけている虹涙石(こうるいせき)の髪留めを指ですりすりと撫(な)でられていたこともあった。

ここのところ、彼の奇行ともいえる謎めいた行動に対する困惑で憎しみが緩和されたのか、心の奥底でぐつぐつと煮えたぎっていた思いが段々と落ち着いてきている。

温度の下がった憎悪の代わりに胸の中で熱を帯び始めているのは、やはり捨てきれない恋心だった。

「知り合いはいない。そもそも、村にはもう誰も住んでいないからな」

「そう、ですか」

ジルヴァラの声は暗く沈んでいる。

「……蛇髪族は戦争に巻き込まれたわけじゃない。村に稀少な魔導書があるという噂を聞きつけた野盗が村を襲った。それは噂の出所すら不明な根も葉もないものだったのに、蛇髪族が隠していると思い込んだ野盗は腹いせで村を焼き払った」

スティーリアは思わず口元を覆った。

「そんな、ひどい……！」

曖昧な噂を信じて村を襲い、罪なき人々を手にかけ、挙句の果てに村ごと焼き払うなんてあまりにも理不尽すぎる。

「あ、それならどうして陛下の呪いをかけたのは蛇髪族の子供、という噂が立ったんですか？　彼らと陛下の間になんの関係が？」

「……それは」

ジルヴァラは片手で黒髪をぐしゃりとつかんだ。ひどく苦しそうな顔。ひょっとしてこれは、訊いてはいけないことだったのかもしれない。

「ご、ごめんなさい、陛下。あの、やっぱり無理にお話しいただかなくても大丈夫です」

余計なことを言ってしまった。慌てるスティーリアの目の前に、ジルヴァラの手が窓越しに差し出された。

「一緒に行くか？　村の跡地へ」

——自分にはなんの関係もないのだから、村の跡地など見に行く必要はない。

それなのに、気づくとスティーリアはジルヴァラに向かって手を伸ばしていた。

スティーリアはジルヴァラと二人で馬に乗り、森の奥深くへ入っていく。

「……」

ジルヴァラは無言のまま、ただ静かに馬を進めている。

静寂に満ちた森の中に響く、馬の足音。そして規則正しい揺れ。森の中の澄んだ空気。不思議と、心が安らいでいく。おまけに、密着する背中に感じる温かさ。

(やだ、眠くなってきちゃった……)

こらえようと思えば思うほど、段々と眠気が襲ってくる。懸命に瞼(まぶた)を押し上げようと努力していたその時、どこからか鈴が鳴るような音が聞こえた気がした。

「ん……？」

ゆっくり顔を上げると、穏やかな眼差(まなざ)しのジルヴァラと目が合った。

「着いたぞ」

「え……っ？　あ、はい」

自分では必死で起きているつもりだったのに、実際には眠ってしまっていたらしい。見渡す周囲に木々はなく、すでに森を抜けていた。

馬はカツカツと足音を立てながら、石畳の上を歩いている。

「あ、ここは？」

「蛇髪族の村だった場所だ」

――息を呑んだスティーリアの目に飛び込んできたのは、無残に破壊された煉瓦造りの家々だった。

壁も、壊されて剝き出しになった室内も真っ黒に焼け焦げている。綺麗に敷き詰められていたのであろう石畳はところどころ割れて黒ずみ、隙間からは雑草が伸び放題に生えていた。

「ここは、村の広場……？」

進んだ先には、開けた場所があった。そこには木の枝や、看板と思しき板で作られた簡易的な墓標が所狭しと並んでいる。村の中心に当たるこの広場は、きっと多くの店が立ち並ぶ賑やかな場所だったのだろう。

「なんで、なんでこんな……」

顔から血の気が引き、くらくらと眩暈までしてくる。あちこちに散乱する食器や燃え残った衣類が、いっそう当時の悲惨さを際立たせていた。

「……俺のせいなんだ」

「え？　で、でも、これは野盗の仕業なんですよね？　どうして陛下が？」

ジルヴァラはそこで馬を止めた。ある小さな家の前。比較的崩れの少ない青い屋根の家の横には、枯れてしまいすっかり崩れた花束の残骸があった。

「……ここで若い夫婦が命を落とした。子供は生きていたが、今は行方がわからない」

「子供？　ひょっとして、陛下に呪いをかけたっていう噂の、青髪の子供というのは……」

スティーリアの言葉に、ジルヴァラは首を振った。

「いや、違う。あれは本当に部下の気のせいだったんだ。それに、他の村人は前髪や横髪に太い蛇が揺らめいていたが、あの親子は違った。おそらく流民が村に居ついたんだろう。一般の人間は基本的に魔法を使えないから、俺に呪いをかけたのはその子じゃない。それは俺自身できちんと訂正してある」

　頷(うなず)きかけたスティーリアは、そこで気づいた。

〝蛇髪族の子供が皇太子に呪いをかけた〟とロードボッシェも言っていたし、神殿の兵士もそう言っていた。その時はなにも気づかなかったが、そもそもなぜそんな噂が流れることになったのか。

　それは村が襲われている正にその時、ジルヴァラがこの場にいたからだろう。

「あの、陛下。十六年前、一体なにがあったんですか？」

　ジルヴァラは銀の瞳をスティーリアに向けた。鏡のような美しい銀色は、悲しみのような後悔のような、不思議な色を宿している。

「俺が見栄(みえ)を張りさえしなければ、助けられた命はもっとあったはずだった。だから〝蛇喰い〟の呪いは俺への罰だと思っていた。俺は、その罰から逃れてはいけなかったのに」

　スティーリアを抱き締める腕に力が籠っていく。やがて、ジルヴァラの口から十六年前の出来事が語られ始めた。スティーリアは彼の腕に抱かれたまま、じっとその話に耳を傾ける。

　また、どこからか澄んだ鈴の音色が聞こえた。

「……十六年前。父が隣国ヴァインシュトックとの国境砦(とりで)へ慰問に行くことが決まった。砦には帝国守護騎士団がいる。常に緊張感に晒されている彼らのもとに皇帝自ら労いに向かうと士気があがる。それで俺も慰問について行きたい、と頼んだ。当然、父も母もまだ早いと反対をした。だがどうしても行きたいとわがままを言い、父や近衛騎士から絶対に離れない、という約束で許可をもらった」

スティーリアは内心で首を傾げた。『見栄を張った』のは同行を願ったことだろうか。

十二歳でいわゆる前線基地に出向くのは確かに危険だが、皇帝の慰問が習慣的に行われているなら次期皇帝であるジルヴァラが同行を希望するのは当然な気はする。

「むしろ、ご立派だと思いますけど……」

スティーリアの言葉に、ジルヴァラは苦い笑みを浮かべた。

「崇高な目的があったわけじゃない。俺はミーアに、年上の婚約者に相応しい男だと知らしめたかっただけなんだ。ここで焦る必要などなかった。十五になったら同行どころか俺が父の代わりに慰問へ行くことが決まっていたのに」

「年上の、婚約者……」

その言葉を口にした途端、胸がずきずきと痛んだ。

「慰問は無事に終わった。本来はそのまま真っ直ぐ皇都に戻る予定だったが、俺が疲れているだろうと部下が蛇髪族の村に立ち寄ってくれた。そこで休憩をしていたら、どこからともなく現れた野盗がいきなり襲ってきたんだ。父は即時退避しながらも、数人の護衛騎士に残って野盗を討伐するよう命じていた。それなのに俺は功を焦って立ち向かい、その結果、野盗の放った毒矢で左のこめかみを射られた」

ジルヴァラは左側頭部を指で、とん、と突いた。

「あ、頭に毒矢!?」

毒矢の場合は、相手を無理に射抜く必要はない。矢に塗った毒が相手の身体に回ればいいだけだ。なので小さな傷でもじゅうぶん命取りになる。決して楽観視できるものではない。

「射られた、といってもたき刺さったわけではなくて、こめかみを少し掠っただけだったんだけどな」

「掠っただけ、じゃないです！　はぁ、ご無事で本当に良かった」

過去の話なのに、まるでつい最近の話を聞いたかのように背筋が冷たくなっていく。

「俺が命拾いしたのは、即座に全員撤退したからだ。村人を何人も見殺しにして」

「それは、でも……」

スティーリアはうつむく。仕方がなかった、とは言えない。だが皇太子が頭部に毒矢を受けたのだ。そうなると、護衛騎士も戦うどころではなかっただろう。

「側近に抱えられて村を駆け抜けている時、夫婦らしき若い男女が野盗に刃を振り下ろされているのを見た。二人の青い髪が赤く染まり、もう間に合わないのは一目でわかった。どこかから子供の泣き声が聞こえたのを最後に、俺は意識を失った。次に目覚めたのは六日後だったかな」

「では、その時に呪いを？」

「いや、違う」

ジルヴァラは痛みをこらえるような顔になり、スティーリアの肩口に顔を埋めた。黒髪が触れてくすぐったいが、ここはぐっと我慢をする。

「……野盗が村を襲ったきっかけは魔導書があるという噂だったが、おそらく俺たちが村にいたことでその噂に信憑性が増したのだと思う。俺が慰問について行かなければ村に立ち寄る必要はなかったし、俺が大人しく父とともに退避していれば帝国騎士が野盗を迅速に討伐したはずだ。村の被害が最小限で収まる運命の道は二つもあったのに、俺はことごとくその道を潰した」

――肩が震えている。おそらくジルヴァラはずっと、自責の念に苦しんでいたのだ。

「目が覚めてすぐ、両親の反対を押し切って食料や薬を持ち、数人の護衛とともに村へ戻った。生き残りがいたら保護するつもりだったし、泣いていた子供がどうなったのか気になっていたから」

「陛下ったら、そんな無茶をなさっていたんですね」

スティーリアは少し呆れ、だが同時に嬉しくも思った。

自らが暮らす帝国の皇帝ジルヴァラは勇敢なだけではなく、心優しい人であることがはっきりとわかったからだ。

「村に着いたら蛇髪族の生き残りが村を出るところだった。襲撃から二十日近く経っていたが、墓を作ったり持ち出せるものを選別したりしていたらしい。保護は断られ、俺は薬と食料を渡そうとしたが受け取ってもらえなかった。そのままなにもできず彼らを見送っていたら、誰かが俺のほうに駆け寄ってくる足音が聞こえた」

ジルヴァラの声が、いっそう重苦しいものになっていく。スティーリアは手を伸ばし、ジルヴァラの背にそっと手を添えた。

「振り返ると、涙で顔をぐしゃぐしゃにした青髪の少女が立っていた。あの時、俺が見殺しにした夫婦の子供だとすぐわかった。その時、俺はどうしたと思う？」

「……いえ、わかりません」

　スティーリアは目を伏せたまま首を振る。

「俺は少女の真っ直ぐな怒りの眼差しが怖くなり、馬を返してその場から逃げ出したんだ。後ろで彼女がなにか叫んでいたのはわかったが、なんと言っていたのかよく聞こえなかった。いや、聞こうとしなかった、が正しい」

　そこでスティーリアは考えた。呪いは魔力のこもった言葉を発したり文言を物体に刻んだりして発動させる。確かに〝なにか叫んだ〟というその子供は怪しい。

　しかし蛇髪族ではないなら話は違う。

「それなら一体、どこで呪いにかかったのかしら。陛下、他に蛇髪族の人たちになにか言われたり、物をもらったりしたこととかありませんか？」

「いや、ない」

　きっぱりと否定された。どうやら、物を介在して呪いにかかったわけでもないらしい。

「ただ、蛇髪族の誰かに呪いをかけられたのだろう、とは思っている。それでもう一度確認したいんだが、俺の呪いがまだ続いているということは術者も生きているということでいいのか？」

「いいえ。ベンジーネも言っていたように、術者の生死と呪いには因果関係はないんです。術者が命を落としたところで呪いが解けることはないですし、呪いが解けても術者が命を落とすことはありません」

「……ああ、やはりか」

　ジルヴァラは短く息を吐いた。

「遥(はる)か古代には命を犠牲にしてかける呪い、というものが存在したみたいですけど、詳しいことは文献にも書いていなくて」

「……そうか」

スティーリアはうつむくジルヴァラの背を優しく撫でた。

「あの、最初に陛下とお会いした時も〝呪いを解いたら術者はどうなる〟とベンジーネに訊いてらっしゃいましたよね。もしかして陛下は、術者に生きていて欲しいと思われているのですか？」

てっきりベンジーネの言っていたように術者へ報復を願っているのかと思ったが、今の様子を見る限りどうやらそうではなさそうだ。

かといって、術者が生きている限りまた呪いをかけられるのではないか、という怯(おび)えとも違う気がする。

「そうだな。生きていて欲しいと思っている。まぁ、俺が青髪の子供のことをしつこく気にしていたせいで部下が呪いの術者と子供を混同してしまったわけなんだが」

そう呟(つぶや)くジルヴァラは、ぼんやりと遠くを見つめている。その凪(な)いだ表情を見ていると、スティーリアの胸の中に言葉にできない感情が湧きあがってきた。

「どうして生きていて欲しいと思うんですか？　なぜ、恨まないでいられるの？」

「……？　それは、俺は呪われて当然の行いを――」

「いいえ、違います」

スティーリアはきっぱりと否定する。

「陛下がご自分を責める気持ちはわかります。逆の立場だったら私だってずっと落ち込むわ。でも、陛下は村に戻ったじゃないですか。蛇髪族から罵倒されることだって、予想していなくはなかったでしょう？」

「だが俺は、結局子供の気持ちを受け止めず逃げたんだぞ？」

「子供、子供っておっしゃるけど。その頃は陛下だって子供じゃないですか」

大袈裟（おおげさ）に肩を竦（すく）めてみせると、ジルヴァラは顔を赤くしそっぽを向いた。

「蛇髪族の誰が、どのようにして呪いをかけたのかわかりませんが陛下が呪われて当然、ということは絶対にありません。私も呪いを凍らせるために頑張りますから、陛下もいつまでもうじうじしないでください」

「お、俺は、うじうじなんてしていない！　ただ……」

「ねぇ、陛下。そろそろ戻りませんか？　私、ちょっとお腹（なか）が空（す）いちゃいました」

スティーリアはジルヴァラの言葉を遮るように、元来た道を指差す。ジルヴァラは両目を何度か瞬かせ、やがて肩の力を抜き静かに笑った。

「そうだな、戻ろうか。……スティーリア」

「……っ!?」

――今度こそはっきりと名前を呼ばれた。動揺するスティーリアとは裏腹に、ジルヴァラは何事もなかったかのように前を向いている。

「え、ええ、はい、あの、料理人さん、バターケーキ、焼いてくれていると、いいですね」

混乱のあまり口が上手（うま）く回らない。それでもなんとか愛想笑いを浮かべることに成功したところで、スティーリアの額にちゅ、と音を立てて唇が落とされた。

「いや、ちょっと、陛下」

不意打ちで名前を呼ばれてからの、この甘すぎる雰囲気。これは本当にまずい。身体が強張ったせいか、首の後ろがずきずきと痛む。

スティーリアは必死に心を無にしつつ、両の目をぎゅっと閉じた。


バルンステール城に戻って一週間。

皇都にも冬の気配が訪れ、常に氷に覆われているアイスベーアほどではないが夕方近くになるとかなり冷え込んでくる。

今はまだ昼を過ぎた時間だが、外が曇っているため少し肌寒い。

「うーん、やっぱり痛いなぁ」

スティーリアは毛糸のストールを羽織り、ベッドに座って顔をしかめながら首の後ろをさすっていた。

――ノウスホールンからの道中は、特になんの問題もなく無事に皇都へ帰ってくることができた。

城下町に向かう街道を進んでいる途中、国旗を振る国民たちが道の脇に並んで皇帝ジルヴァラを出迎えているのが見え、自分のことのように嬉しくなったのを思い出す。

だが、蛇髪族の村を出る時に感じた首の痛みが一週問経っても治まらない。むしろ、どんどん痛みが増している気がする。

「ん？　え……っ？」

ちょうど項の真ん中に触れた時、周辺の皮膚がぷっくりと二つに膨らんでいるのがわかった。大きさは指で触った感じだと、豌豆豆より少し小さいくらいだろうか。

「やだ、なにこれ……」

押すとぷにぷにと柔らかい。けれど水ぶくれのような感じでもなく、中心に芯があるような不思議な感触を指先に伝えてくる。痛みはまったくない。

「巫女さま、どうかなさいましたか？」

「どこか、お加減でも？」

侍女のレリーとコラールが心配そうな顔でこちらをじっと見つめている。

「あ、いえ、大丈夫です」

スティーリアは笑みを浮かべながら、首元からさりげなく手を下ろした。

「お茶のお時間ですよ、巫女さま。どうぞ、こちらのテーブルにいらしてください」

「巫女さまのお好きなチョコレートクッキーも焼き立てでご用意しております。たくさんお召し上がりくださいね」

「はい、ありがとうございます」

ジルヴァラの呪いが凍り始めたあたりから、彼女たちとの関係は非常に良好になっている。

城に戻ってきた時も、二人は大喜びで出迎えてくれた。それからは、なにくれとなく世話を焼いてくれている。

だがこの関係が長く続くものではない以上、スティーリアは二人に対して敬語を崩すことはないし、名前を呼ぶこともない。

「巫女さま、紅茶に蜂蜜はお入れいたしますか？」

「いえ、お菓子があるので甘くしなくて大丈夫です」

返事をしてソファーから立ち上がり、テーブルに移動しながら再び首の後ろを触ってみた。

「あれ？」

ほんのつい先ほどまであったはずの膨らみがなくなっている。強めに押してみても、指先はなんの感触も伝えてこない。

「え、なに、どういうこと？」

首を傾げるスティーリアの前に、紅茶とチョコレートクッキーの皿が置かれた。

「巫女さま、どうぞ」

「わぁ、チョコレートのいい香り！」

スティーリアはひとまず謎の膨らみの存在を忘れ、目の前のお菓子に集中することにした。

このクッキーは温かく、手のひらほどの大きさがある。ダークチョコレートの生地にホワイトチョコレートをくるんでいて、割ると中から溶けたホワイトチョコレートがあふれ出してくるのだ。チョコレートをたっぷり使用している割には甘さも控えめで、すっかりスティーリアのお気に入りになった。

(そういえば、陛下もこのクッキーがお好きなのよね)

無表情のまま山盛りのクッキーを黙々と食べるジルヴァラを思い出し、思わず笑みを浮かべる。

そこでふと、スティーリアは己の腹に視線を下ろした。男のジルヴァラは気づく気配もないが、実は皇帝の時間を無駄にしないため、契約皇后になってからは月のものをずっと〝凍らせて〟いたのだ。

『氷呪』の能力はこういった応用を利かせることもできる。これにはベンジーネが気づいてくれた。

けれど、こういった〝理(ことわり)を歪(ゆが)める力〟は身体に多大な負担をかける。予想以上に皇后と巫女の一人二役が長引いたため、さすがに身体が悲鳴をあげ始めているのかもしれない。

それが『妙な膨らみ』という形で表に出てきたのではないだろうか。

(呪いはもう一息のところまできているし、月のものに関しては一度〝溶かして〟みようかしら)

アイスベーアからノウスホールンまでは一切身体の接触を持っていなかったジルヴァラとスティーリアだが、ノウスホールンを出発したあとは天幕の中でこれまでどおりごく普通に身体を重ねていた。

城に戻ってからも毎日のように求められ、今日に至っては明け方近くまで離してもらえず全身が悲鳴をあげている。実際、こうして目に見える形で不調が出ているのだ。

今さらだが、月のものを理由に夜をともにするのをしばらく断ってもいいかもしれない。ジルヴァラはこういった面には鈍そうだし、特に疑問を抱くことなく受け入れてくれるだろう。

「さすがに疲れてきたものね……」

二枚目のクッキーを食べながらぼそりと呟(つぶや)くスティーリアに、侍女レリーが素早く反応をする。

「巫女さま、お疲れでございますか？　お身体の揉(も)みほぐしでもいたしましょうか？」

「え!?　いえいえ、大丈夫です。お構いなく」

ありがたい申し出だが、さすがにこれを受けるほど図々(ずうずう)しくはなれない。

「巫女さま、ご遠慮なさらず。私たちは陛下から巫女さまが快適にお過ごしになれるよう、尽力するようにと仰せつかっておりますので」

「レリーの言うとおりですわ、さ、巫女さま。どうぞこちらに」

ぐいぐいと迫る二人にたじろぎながら、どう断ったものかと悩む。打ち解けてくれたのはいいが、そのぶん押しも強くなった気がする。

「いいえ、私は本当に。あの、もう少しで本物の皇后さまがいらっしゃると思うのであまり私に手をかけてくださらなくても大丈夫ですので」

両手を前に出しながら拒むスティーリアを見つめながら、侍女たちはなぜかぴたりと動きを止めた。そして二人で顔を見合わせ、どこか困惑した顔をしている。

「……あの、巫女さま。〝本物の皇后陛下〟のお話はどなたから？」

「いいえ、誰かから聞いたというより最初から決まっていたことですし。それに、お城に戻ってからすぐ宰相閣下に呪いの凍結状況をご報告しました。ですから、もうそろそろなのではないかと思っただけなんですが……」

すると侍女は二人同時に額へ手を当て、大きな溜め息をついた。その反応を見て、憶測で言うことではなかったのかも、とスティーリアは少し慌てる。

「ご、ごめんなさい、私ごときが勝手なことを！　でも、多分その日が近いのは確かだと……」

だが、二人は笑顔で首を振った。

「いいえ、巫女さま。我々が呆れたのは陛下に、ですわ。まぁ、素人童貞からここまでの流れが少々複雑でしたけど、ご自分の御心にもお気づきになっていらっしゃらないなんて思いも寄りませんでした」

「女性に対して壁を作ってらっしゃる部分がおありでしたものね。ただ陛下が鈍いのは元々の性格だと思いますわ。巫女さま、どうかお気になさらず」

――言葉遣いは丁寧だが、これは明らかに悪口ではないだろうか。

同調するわけにもいかず〝お気になさらず〟という意味も理解できず、スティーリアはひたすら愛想笑いでその場をしのぐ。

「さ、巫女さま！　どうぞ、そちらの長椅子におかけくださいな」

「肩と背中はレリーが、おみ足は私がほぐさせていただきますわ」

二人は侍女服の袖を捲りあげ、長椅子の前で待ち構えている。

「あ、では、よろしくお願いします……」

もはや抵抗する気力もなく、スティーリアは羽織っていたストールを首元にしっかりと巻きつけながら、大人しく長椅子へと足を運んだ。


「……巫女さま。巫女さま」

「んぁ……はい……」

スティーリアはゆっくりと目を開けた。

長椅子に座り、足乗せソファーに両足を置いた直後から絶妙な力加減でマッサージが始まったのは覚えているが、あまりの心地よさに眠ってしまったらしい。

「ご、ごめんなさい、眠っちゃったみたいで」

「いいえ、少しでもお休みになれて良かったですわ。もう少しで陛下がお越しになりますので、新しいお茶と今度はケーキをご用意して参りますね」

「はい、ありがとうございます」

部屋を出て行く二人を見送りながら、スティーリアはぺたぺたと全身に触れた。

「なんだか私、身体があちこち変じゃない……？」

確かにここのところ疲れている。それは嘘ではない。けれど、少し眠りすぎではないだろうか。

ジルヴァラと蛇髪族の村へ行く途中もそうだったし、今もあっという間に寝てしまった。

神殿では早朝に水汲みへ行ったりパンを捏ねたり、と早起きに加えそれなりの肉体労働もこなしていたが、ここまで眠くなることはなかったはずだ。

「美味しいものばっかり食べているから太ったのかなぁ。それで身体が重くなって眠いのかも」

そう独り言を呟きながら、腹回りの肉を指で摘まんだその時。

バタバタと忙しない足音とともに、慌てふためいた顔でコラールが飛び込んできた。

「巫女さま！　巫女さま、今すぐお顔を隠してください！」

「え、え、なんですか!?」

「早く！　お早く！　クラウシュ公爵令嬢がすぐそこまで来ています！　レリーが足止めしているうちに、急いで布でもお被りください！」

「え、ク、クラウシュ公爵令嬢って……？」

コラールはうろたえるスティーリアの横をすり抜け、長椅子の背にかけてあった毛糸のストールをひっつかむ。それをスティーリアの頭に被せたその時、派手な音を立てながら部屋の扉が開かれた。

「きゃあっ！　なに!?」

ストールに包まれ、おまけにコラールに頭部を抱きかかえられているせいで周りの状況がよくわからない。

「こちらに氷呪(ひょうじゅ)の巫女さまがいらっしゃると聞いたのだけど、どちらにいらっしゃるのかしら？」

自信に満ちた声と、ヒールが床を鳴らす音。そして頭上でコラールが舌打ちをした音が聞こえる。

「お待ちくださいい、クラウシュ公爵令嬢！　このお部屋は陛下の許可がないと入室することは許されておりません！」

焦りを含んだレリーの声も聞こえる。だが〝クラウシュ公爵令嬢〟は小馬鹿にするような声音で言い放った。

「あら、許可なんて必要なくってよ？　わたくしはジルヴァラさまの妻になる女ですもの」

令嬢が近づくにつれ、強い香水の香りが鼻をつく。コラールの腕の中で、スティーリアは思わず顔をしかめた。

「……我々は、そのようなお話を聞いておりません」

「あら、父から聞いていないの？」

「財務大臣がこちらにいらしたことは一度たりともございません。おっしゃっている内容につきましては確認をとりますので、ひとまずお引き取りを」

ストールの隙間から、駆け寄ってきたレリーが守るように立ち塞がっているのが見えた。

その前には、黄金の髪に菫(すみれ)色の目をした整った顔立ちの女性が立っている。

「いやだわ、貴女たちはなにを警戒しているのかしら。このミーア・クラウシュ、巫女さまと皇后が同一人物だということはちゃんと理解していてよ？　もっと言わせていただくと、氷呪の巫女さまがどうやって呪いを解くかも知っているわ」

　スティーリアは身体を強張らせた。これはまさか、皇太后ハルデニアが言っていた〝暗殺の危機〟なのではないだろうか。

　すでに呪いはほとんど凍りついている。ここでスティーリアが命を奪われてもジルヴァラ的には困ることはないのだろうが、スティーリア自身が困る。

「……なぜ、それをご存じなのです？　クラウシュ公爵令嬢」

　敵対心を隠しもしないレリーを恐れることなく、公爵令嬢は甲高い笑い声をあげた。

「次期皇后なのだから、色々知っていて当然じゃないの。さぁ、早く巫女さまを出しなさい。わたくしが平民の巫女に嫉妬などするとでも思って？　皇后として、皇帝の呪いを解いてくれた巫女さまにお礼を申し上げに来ただけですから」

　――ミーア・クラウシュ。

　ジルヴァラの言っていた、年上の元婚約者。

　皇太子ヘルトの妻、皇太子妃だったが今は皇籍を抜けていたはずだ。だが、元々は次期皇帝ジルヴァラの婚約者に選ばれたほどの女性。弟の妻だった、ということを差し引いてもこれほど相応しい相手はいない。皇太后ハルデニアも、そう考えたのだろう。

　言葉使いは丁寧だが、物言いは高圧的だし正直好きになれそうもない。けれど、かつてはジルヴァラが恋焦がれていた人なのだ。あまり悪く思ってはいけない。

「……待ってください」

スティーリアはコラールの手をやんわりと押しのけ、頭部を覆っていたストールを外した。そして静かに立ち上がり、目を見張る令嬢の前に行きゆっくりと頭を下げる。

「私が、氷呪の巫女でございます」

顔を上げると、令嬢ミーアはまるでゴミを見るような目でスティーリアを見つめていた。

「貧相な顔と身体に、老婆のような髪の色。取り柄といえば若さだけかしら？　いくら呪いを解くためとはいえ、ジルヴァラさまもさぞお辛(つら)かったでしょう。まぁいいわ、これからは妻のわたくしが精一杯お慰めをして差しあげれば良いのだもの」

なにがおかしいのか、ミーアは口元に手を当て小声で笑っている。

「それでは巫女さま、なるべく早くお城を出て行っていただけるかしら。わざわざ婚姻の儀をしたと聞いた時には仰天したものだけど、わたくしに浴びせられる妬(ねた)みを代わりに引き受けてもらったと思えばなんということもないわね」

「承知いたしました」

深々と頭を下げながら、スティーリアはそっと胸を押さえた。

――城を去る。

ずっと待ち望んでいたことなのに、胸が引き裂かれそうに痛むのはなぜだろう。

「そうそう、ジルヴァラさまにはわたくしがここへ来たことは内密にしておいてちょうだい。夫がお世話になったお礼を言うのは妻の務め。褒められたくて来たわけではないの」

相手は公爵令嬢。ここは素直に頷くべきなのはわかっているが、スティーリアはゆっくりと首を振った。

「いえ、クラウシュ公爵令嬢。陛下にはお知らせさせていただきます。確かに私は偽物ですが、だからこそ陛下に隠し事をするわけにはまいりません」

「……なんですって？」

ミーアの表情が変わった。

「わたくしに逆らうおつもり？　困った人ね、ジルヴァラさまのご寵愛を得たと勘違いするなんて」

「いえ、そういうわけではなく」

皇太后直々の依頼でここにいるとはいえ、ジルヴァラのことに関してはスティーリアが独断で決めていいことなど何一つありはしないのだ。

ただそれだけで、公爵令嬢に逆らうつもりなど微塵（みじん）もない。

「お黙りなさい！」

だが、ミーアはそう受け取らなかったらしい。いきなり右手を振りかぶり、スティーリアの左頰に向けて振り下ろしてきた。

「なっ……！　巫女さま！」

「おやめください！」

レリーとコラールが叫ぶ声が聞こえる。

こうやって当たり前のように手が出てくるということは、普段から使用人を虐げているのかもしれない。そうだとしたら、これ以上怒らせるのは得策ではない気がする。

スティーリアは頬を打たれる覚悟を決め、ぎゅっと両の目を閉じた。

「きゃあぁっ！」

だが、悲鳴をあげたのはミーアだった。

ミーアは右手を押さえながら、信じられないものを見る目でスティーリアを見つめている。

「だ、大丈夫ですか？」

「あなた、よくも！　このわたくしに魔法で攻撃してくるなんて、許されることではなくってよ!?」

こちらに向けられたミーアの右の手の平は、まるで焼きごてを押し当てられたかのように赤く爛れている。

「ち、違います！　私はなにもしていません！」

「では、これはなんなの!?　言ってみなさいよ！」

「そ、そうおっしゃられましても、私にもなにがなんだか……！」

自分は攻撃魔法など使えない。けれど、実際にミーアの手は火傷している。ここでなにを言っても信じてはもらえないだろう。

(ど、どうしよう……！　私じゃないけど、公爵令嬢に怪我をさせてしまったなんて、神殿に迷惑がかかっちゃう！)

——なぜ、こんなことになってしまったのだろう。

スティーリアの両足はがたがたと震え、両目にはじわりと涙が浮かぶ。

「巫女さま！」

「お下がりください、クラウシュ公爵令嬢！」

と、ミーアとスティーリアの間にレリーとコラールが飛び込むようにして割り入ってきた。

「お前たち、そこをおどきなさい！　私の肌に傷をつけるなんて絶対に許せない！　お父さまに頼んで、処刑していただくわ！」

ミーアの金切り声にも、二人はまったく怯む様子を見せない。

「いいえ、ご令嬢の傷は巫女さまのせいではありません！　ここは陛下がお過ごしになるお部屋です！　精霊の加護ある場所で暴力を振るうなど、到底許されることではありません！」

「その特徴的な火傷がなによりの証拠になるでしょう！　ご令嬢、仮に大臣へ訴え出たとして、その〝暴力の痕跡〟についてどうお話されるおつもりですか!?」

二人の言葉を聞いた途端、ミーアの顔色が一気に変わっていく。

「さすが公爵令嬢。ご理解が早くてようございました。では、お帰りはあちらでございます」

「もうじき陛下がお見えになりますので、急がれたほうがよろしいのではないでしょうか」

侍女たちは凍てつく眼差しでミーアをじっと見つめている。

ミーアはゆっくりと後ずさりながら、さりげなく右手を握って火傷を隠している。そして呆然と立ち竦むスティーリアを、鋭い目で睨みつけてきた。

「……いいわ、今日は帰ります。もういいですわ、二度とお会いすることはないでしょうから」

そう吐き捨てるように言いながら、ミーアは入ってきた時と同じようにヒールを鳴らして去っていく。

その姿が扉の向こうに消えると同時に、レリーとコラールが怒りの声をあげた。

「ちょっと、なんなの!?　衛兵はなにをしていたのよ！」

「レリー、まずは換気をしましょうよ。品のない香りで鼻が曲がりそうだわ」

侍女二人は今まで聞いたことのない悪態をつきながら、部屋中の窓を開け放っている。

「巫女さま、どうぞおかけになっていてください」

「はぁ、はい、ありがとうございます」

レリーに促され、スティーリアは安堵の息を吐きながら崩れ落ちるようにソファーへ座った。

「あの、このお部屋にそんな秘密があったなんて知らなかったです。暴力禁止ということは、毒虫とかが入ってきても叩いてはいけないのでしょうか」

寒くなってくると、普段は外にいる虫が暖かい場所を求めて窓から室内に入ってくることがある。

神殿では、無害の虫は逃がしていたがさすがに毒虫は始末していた。

どうすれば、と小首を傾げるスティーリアの前で、いきなり侍女たちが笑い出した。

「もう、巫女さまったらお可愛らしいことを」

「さっきのアレは、私どもの嘘ですわ。ああ言っておけば、ご令嬢は黙らざるを得ませんもの」

「え、そうだったんですか!?」

では、ミーアの手はどうして傷ついたのだろう。

(ん……？　もしかして、虹涙石？)

スティーリアは髪留めに触れた。

『虹涙石の加護は強力ですから』

あれは、ただの比喩だと思っていた。けれど、もしこの虹涙石がミーアの理不尽な暴力からスティーリアを守ってくれたのだとしたら。

（ううん、だからなんなの。虹涙石は身に着けている人を守ったっていうだけで、私を皇后と認めたわけじゃない）

どちらにしても、ジルヴァラはミーアを妻にするのだろう。性格にかなり難はあるようだが、いいように考えると帝国皇后になるにはあれくらい気位が高くないと務まらないのかもしれない。

「……よかった。うん、これでよかったの」

――胸が痛い。苦しい。呼吸が上手（うま）くできない。

部屋中の窓を開け放つべく、侍女たちはバタバタと走り回っている。その様子をしばらく眺めたあと、ゆっくりと両手で顔を覆う。

馬鹿馬鹿しい。なにを苦しむ必要がある。来るべき時が来ただけだ。むしろ、自分はこの瞬間を待ち望んでいたのではないのか。

それなのに、スティーリアはいつまでも顔をあげることができないでいた。

ジルヴァラが部屋に戻ってきたのは、ミーア・クラウシュが立ち去ってから二十分ほど経ってのことだった。

「遅くなってすまない。会議が長引いてしまった」

スティーリアの隣に座ったジルヴァラは、疲れた顔をしながら首を回している。

「いえ、陛下がお忙しいのはわかっていますから」

片手で肩をほぐしているジルヴァラに笑顔を向けながら、スティーリアは今の発言を即座に後悔していた。

（〝お忙しいのはわかっていますから〟？　なに奥さん面しているのよ。わきまえなさい、スティーリア）

先ほど部屋に入ってきた時、ジルヴァラは訝しげな表情を浮かべ指で鼻先を撫でながら、部屋の中を見渡している。

しっかり換気をしたはずだが、まだ香水の香りが残っているのかもしれない。

冷や汗をかきながら、スティーリアは素知らぬ顔を続ける。

レリーもコラールも同じように振舞っていた。考えた末、やはりミーアの来訪を黙っていようと思う、とスティーリアが言ったからだ。

冷静になってみると、皇后になるミーアの命令もジルヴァラの命令と同じくらい優先度が高いということに気づいた。彼女の意に背くことを、きっとジルヴァラも望まないだろう。

コラールはすぐに頷いてくれたが、レリーは難色を示していた。けれどなんとか説得し「訊かれたら正直に答える」ということを条件に、沈黙を守ってくれている。

「……俺がいない間、なにか変わりなかったか？」

漂う緊張感に気づいたのか、ジルヴァラが侍女たちに顔を向けた。

「はい、あの――」

「いいえ、なにもありませんでした！　ところで陛下、宰相閣下はなんとおっしゃっていました？」

スティーリアは慌ててレリーの返事に言葉を被せた。レリーが面食らっている気配が伝わってくるものの、ひとまず黙ってくれているようだった。

「なぜ、いきなりメーディセインが出てくる？」

ジルヴァラはクッキーを一枚つかんだまま、きょとんとした顔をしている。

「え!?　いえ、だって……」

――しまった、焦りすぎた。スティーリアは内心で歯嚙みをする。

ミーアが本物の皇后になるという事実を彼女の父である財務大臣が知っているのなら、当然宰相が知らないわけがない。思わずその前提で話をしてしまったが、これではミーアの来訪を話さないといけなくなってしまう。

「その、宰相閣下には解呪の進捗をご報告したのでそろそろご指示をいただけるかな、と思いまして」

「指示？　なんの？」

「なんのって、その、いつ神殿に帰れるのかな、とか……」

ジルヴァラの手から、クッキーが落ちた。

「か、帰りたいのか？」

もちろん、とスティーリアは頷く。

「帰りたいもなにも、私は神殿から派遣されているだけなので用が終わったら帰りませんと」

「それは、まぁ、そうなんだが……」

なぜかジルヴァラは苦い顔になった。スティーリアが物理的に離れて大丈夫なのか心配なのだろう。蛇喰いが完全凍結に至っていない今、ジルヴァラが不安になる気持ちもわからないでもない。

だが本物の皇后になるミーアが現れた以上、打開策もないまますずるずると日々を過ごすのは誰にとっても良い結果をもたらさないはずだ。

「しばらく呪いを凍らせる行為をしなくても、呪いが溶けている様子は見られません。このことは閣下にも報告してあります。その後の解呪は足踏み状態ですし、少なくとも一度は神殿に戻ってベンジーネに、祝炎の巫女に相談をしたいと思っています」

「……そのことなら、問題ない」

ジルヴァラは下を向いたまま、ぽつりと呟いた。

「問題ない、とは？」

「言葉のままの意味だ。それと、明日の午前中にドレスと装飾品、それから靴が届く。試着をしておいてくれ」

スティーリアは首を傾げた。なぜ、自分がドレスの試着などしないといけないのだろう。

(もしかしてミーアさまのドレス？　確かに背格好は似ていなくもないけど、それは本人に言えばいいのに)

「お言葉ですが陛下、試着はご本人のほうが……」

「あぁ、もちろんだ。だからそう言っているだろう」

当然のように言われ、スティーリアは困惑を隠しきれないまま侍女二人に救いを求める目を向けた。二人は眉間に皺を寄せながら、なぜかジルヴァラを半目で睨みつけている。

「陛下、ドレスのことは我々も存じあげませんでした。こういったことは、事前に言っておいていただかないと困ります」

「試着、ということは仕立て屋が来るのでしょうか。それと、ドレスが巫女さま用なのか皇后陛下用なのか教えてくださいますか」

二人はジルヴァラに詰め寄っている。

「りょ、両方だ」

用途は不明だが、少なくとも一着はスティーリアのドレスらしい。三人はなおも揉めているが、なんとなく口を挟む気にならず、黙ってやり取りを見守る。

「……まず、仕立て屋は来ない。実は以前、ウェディングドレスの他に数着分のドレスのデザイン画も届いていたんだ。バルンステールに戻ってすぐ、そのデザイン画に従ってドレスを作るように言いつけておいた。明後日、そのドレスを着て母上のところに行くからそのつもりで支度を調えておいてくれ」

「承知いたしました」

「完璧にお支度させていただきます」

——スティーリアにはますます意味がわからない。皇太后のところへ行く、というのはいい。そろそろお役御免のようだし、一応挨拶はしておくべきだと思うからだ。

だが、なぜわざわざ新しいドレスを身に着けていかなければならないのだろう。

「あの、お城を去るご挨拶のためだけにドレスを着用するというのもどうかと思います。以前も申し上げましたけどドレスは国民の税金で作られていますし、私がお城に来た時に着ていた服でもいいと思うのですが。ご挨拶が終わったらすぐ帰るわけですから」

「え、巫女さま……!? ちょ、陛下！」

「陛下！　今、今！」

スティーリアが色々と考えている前で、侍女二人が慌てふためいている。

「……落ち着け。それは母上の前ではっきりと言う。皇太后の前で宣言をして認められれば、あとから文句を言う者はいないだろう」

(宣言？　認める？　なにを？)

「スティーリア。キミはとにかく、俺を信じてくれ」

「え？　あ、はい」

反射的に返事をしてしまったスティーリアの横で、侍女二人が飛び跳ねて喜んでいる。

嬉しそうな二人を見ながら、ふと思った。これはもしかして、報奨金と屋敷のことだろうか。

ひょっとしたら〝皇帝を救うのは巫女の当然の務め〟だと、お金と皇太后別邸を与えることに難色を示した者がいたのかもしれない。

それならば、持ち主である皇太后の前ではっきりと譲渡について宣言してもらったほうがこちらとしては助かる。

「わかりました。陛下、そこまで考えていただきありがとうございます」

スティーリアはジルヴァラに向かって深々と頭を下げた。

契約皇后になったその日から、足払いをかけられたり暴言を浴びせられたりと散々な目にあったが、この人は本来とても優しい。

幼くして呪いにかかり、労わられるどころか辺境の地に追いやられ戦いに明け暮れる日々。

疲れた身体を引きずり城に帰っても、待っているのは温かい食事ではなくただ焼いただけの蛇。

これでは気持ちが荒(すさ)むのも無理はない。

急に優しくなったのは、蛇以外を食べることができるようになったからだ。

心に余裕ができたことで、皇太后が言っていた『辛い日々を送っていたあの時の自分』と決別できたのかもしれない。

本来持っている彼の穏やかな性格が、呪いの凍結とともに表に出てきたということなのだろう。

「俺は、キミにこれからもずっと……いや、それも明後日になったらきちんと言う」

「……はい、わかりました」

最初の部分は口の中でもごもごと言っていたせいで上手く聞き取れなかったが、とりあえず笑顔で頷いておいた。彼の不器用な優しさは、スティーリアをじわじわと苦しめる。

レリーとコラールは今にも鼻歌を歌いだしそうな顔で、クッキーを追加しカップに紅茶を注いでいた。彼女たちと過ごした時間はそう長くはないけれど、別れを〝寂しい〟と思うくらいには、親しみを感じている。

それが良いことなのか悪いことなのか、今のスティーリアにはよくわからなくなっていた。


夜。

当然のように押し倒してくるジルヴァラの胸を押し返しながら、スティーリアは昼間に考えていたことを口にした。

「あ、あの、陛下！　私、その、月のものが来てしまいまして」

「……月のもの？」

予想どおりというか、ジルヴァラは不思議そうな顔をしている。ここは素直に本当のことを告げたほうが早いかもしれない。

「あ、えっと、その、実はですね、月のものがあると一週間は解呪ができないのでお時間が無駄になってしまうじゃないですか。ですからそれ自体を凍らせていたんです。でも長期間続くと色々と身体に負担がかかりますので……」

ジルヴァラは驚愕に両目を見開き、飛びのくようにしてスティーリアの身体から離れた。

「だ、大丈夫なのか？　どこか痛いところは？」

「いえ、痛いところは特に」

「他に不調は？」

「……それも、特にはありません」

首元の膨らみについては触れなかった。まだ原因がわからない以上、うかつに口にするべきではないと思ったからだ。

「俺のせいで、すまなかった」

しょんぼりと肩を落とすジルヴァラを前に、スティーリアは慌てた。

〝月のものを凍らせろ〟と命令されたわけでもないし、これは自分が勝手にやったことだ。ジルヴァラはなにも悪くない。

「そんな、陛下はご多忙ですし一刻も早く陛下の呪いを解いて欲しい、というのは国民の総意でもあります。むしろ足踏み状態になっている今が本当に申し訳なくて」

「国民の、総意か」

「ええ、そうです。陛下は慕われていますから」

レリーやコラール、そして兵士たちの様子を見ていればわかる。彼を厭うのは〝呪いにかかっている〟という事実しか見ていない者たちだけだ。

「……キミは？」

「キミは、とおっしゃいますと？」

ジルヴァラは拗ねたように横を向いた。

「キミは、俺を慕っている？」

「もちろんです。でも正直、最初はなんて嫌な人なんだろう、って思いました」

「い、嫌な人……」

口元を引き攣らせるジルヴァラを見て、スティーリアは悪戯っぽく笑った。

「ですが、私もかなり失礼でしたよね。今はもう、きちんと反省していますから」

「その、式の時は足を引っかけたりしてすまなかった。次は絶対にあんなことはしないと誓う」

「それがいいと思います。陛下のお好きなチョコレートクッキーみたいに甘く甘く、ですよ？」

スティーリアはジルヴァラに精一杯の笑顔を向けた。

「わかった。まかせてくれ」

ジルヴァラは力強く頷きながら、両腕を伸ばしスティーリアを優しく抱き締めた。

「今夜はもう寝よう」

「はい。……おやすみなさい、陛下」

背中からすっぽりと包み込まれたまま、二人でベッドに横たわる。

じくじくと痛む胸。

ほどなくして、耳元に規則正しい寝息が聞こえてきた。

スティーリアは乱れる胸の内を鎮めるように、胸元をぎゅっと握りしめた。


「んん、ん……」

首の後ろが痛い。

ずきずきとした痛みに目を覚ましたスティーリアは、不快感に顔をしかめながら痛みの源である首の後ろに触れた。

「わっ、またある……！」

またもや謎の膨らみが現れた。心なしか朝よりも膨らみが伸びてきている上に、なんだか硬くなっているような気がする。

「え、形が変わってる？　三角、ううん、菱形（ひしがた）？　なんだか根元がくびれているみたい……ひゃっ!?」

スティーリアは思わず口元を押さえた。今、膨らみが動いた気がする。

角（かど）のないつるりとした菱形。項につながる部分はほんの少しくびれている。この形は、まるで。

「……蛇の、頭？」

違う。そんなはずはない。これは身体の不調によるただの吹き出物だ。

当然だろう。スティーリアは蛇髪族ではないのだから。村の跡地に行った時も、景色に見覚えなんてなかった。

「や、やだな、私ったら。ただ水膨れかなにかが大きくなっただけでしょ」

それを証明してみせる、と、スティーリアは膨らみに思い切り爪を立てた。

いや、立てようとした。

「……痛っ！」

指先に、鋭い痛みが走った。慌てて指を確認すると、人差し指の腹にごく小さな血の玉が二つ、盛り上がってくるのが見える。

「蛇に、噛まれた……？」

そう理解した瞬間、スティーリアの脳裏にものすごい勢いで記憶の奔流がなだれこんできた。

——七歳の誕生日。贈られたネックレス。村中に響き渡る悲鳴。乱暴な足音。抱き締める父の腕。スティーリアの青い髪を撫でる母の柔らかい手。真っ赤に染まった、真っ白なワンピース。駆ける馬。冷たくなっていく父と母。

「いや、いや、なに、やだ、これ、これはなんなの……!?」

記憶は流れる勢いを止めることなく、激しく脳内を渦巻いている。

——魔力の高い者から埋葬する、と宣言する声。動かない人々。真っ先に埋葬される両親。魔力が高ければ高いほど蛇髪は細くなる、と言っていた両親。

増える墓標。燃えずに残っていたお気に入りのワンピース。青い靴。戻ってきた帝国兵。

「殿下」と呼ばれる黒髪の少年。その少年の背に、スティーリアが投げつけた言葉。

『あんたなんか、蛇にお腹を食われちゃえ！』

——少年を包み込む青い魔力。駆け去る馬と少年。

悔しくて悲しくて、ふらふらとそのあとを追った無謀。辿り着いた湖畔の街ゼーアール。

王都へ向かう馬車に忍び込んだ寒い日の夜。王都で流れる噂。

たとえ捕まっても呪いを解いてたまるものか、と自らの記憶を凍らせ同時に蛇髪を引き抜いたあの日。

「あ、嘘、私、私が……？」

——記憶とともに色を失くした髪。優しく声をかけてきた祝炎の巫女ベンジーネ。傍らに控える熊男ロードボッシェ。靴を見つめるベンジーネの眼差し。

彼女が見ていたのはみすぼらしい服やぼろぼろの靴ではなく、記憶の凍ったスティーリアの足下で息絶えた青く細い二本の蛇髪。

「私が、陛下に、呪いを……！」

スティーリアは震える手で顔を覆った。呪いが完全凍結しないのも当たり前だ。

ジルヴァラに呪いをかけたのは他の誰でもない、スティーリア本人だったのだから。


翌朝、朝食のあとで部屋に戻ったスティーリアは届いていたドレスの試着を行っていた。

黒地に銀糸の細かい刺繡が施されたドレスに繊細なレースをふんだんに使用したドレス。

「うん、完璧です！」

「巫女さま、とってもお似合いです！」

どちらもスティーリアの身体にぴったりと合い、着心地も非常にいい。

「……ありがとう、ございます」

スティーリアは震える声を懸命にごまかしながら、なんとか笑みを浮かべることができた。

――昨夜。夜中に目が覚め、真実を知ってからは一睡もできていない。寝不足で頭は割れるように痛み、首の後ろはもはや触れるのすら怖い。

(……私は、罪人だったんだ)

両親を失った時は、絶望で我を忘れていた。

だから〝大切に守られている殿下〟に理不尽な怒りをぶつけた。

ジルヴァラが突然村にやってきた、というのはなんの関係もない。彼らが来ずとも村に野盗が襲来してくる事実は変わらなかっただろうし、どちらにしてもひどい目には遭っただろう。

ジルヴァラが再度村を訪れるまでひと月近くの期間があったが、その間野盗が再び襲ってくることはなかった。

むしろ、一瞬でも帝国兵が関与したことで野盗が警戒したのだと思う。

だから生き残った者は時間をかけて新天地へ向かう準備を進めることもできたし、亡くなった村人全員の墓も作ることができた。

ジルヴァラはなにも悪くない。次代を担う皇太子が優先されるのは当たり前のことだ。それに蛇髪族は一般の人々から距離を置かれがちではあったが、別に国から迫害などされていない。

恨むのは筋違いもはなはだしい。それなのに危険を冒してまでわざわざ戻って来てくれた彼に、自分はなんてひどいことをしてしまったのだろう。

ジルヴァラにはじめて会った時、彼は銀の瞳に鬱屈した闇を宿していた。

冷たい言葉も嫌みっぽい言葉もたくさん浴びせられたし、小馬鹿にするような態度だって取られた。

けれど、神殿で警備兵たちが言っていたではないか。

『ジルヴァラ殿下は朗らかで、太陽みたいな皇子だもんな』

そんな彼から、輝く光を奪ったのはスティーリア。

しかもスティーリアは逆恨みで、実に十六年もの間、ジルヴァラを苦しめていたのだ。

呪いというのは非常に一方通行なもので、術者がどんなに望んでも、解呪をしない限りは呪いから逃れることはできない。そして『蛇喰い』の呪いがこうまで強くなったのは、恨みを抱いたまま蛇髪を引き抜いてしまったからだ。

蛇髪の青蛇二匹の命を奪ったことにより、稚拙な呪いが〝命を犠牲にしてかける呪い〟に変化してしまったのだろう。

だが蛇髪が復活の兆しを見せている今、次に身体を重ねれば呪いは完全に凍結するはずだ。

今のスティーリアにはジルヴァラを恨む気持ちは欠片（かけら）もない。呪いの源が消えた以上『氷呪』はこれ以上ない力を発揮するはずだ。

「……あの、私、ドレスを陛下に見せに行きたいのですが、駄目でしょうか？」

スティーリアの申し出に、両目を瞬かせていたレリーとコラールは一瞬にして満面の笑みを浮かべた。

「ええ、えぇ！　もちろんですわ！」

「陛下は執務室にいらっしゃいます。書類仕事に関してはあまり集中力がおありではないご様子ですから、この時間はすでにぼーっとしてらっしゃるのではないでしょうか。巫女さまのお顔をご覧になったら、きっとお喜びになりますわ」

二人は手を叩いて喜んでいる。

スティーリアは二人に背を向け、ジルヴァラのもとに向かうべく部屋を出た。

「……私は、罰を受けなくてはいけないわ」

激しい罪悪感と後悔に圧し潰されそうになりながら、スティーリアはある一つの覚悟を決め執務室に急いだ。ジルヴァラの執務室は、スティーリアにあてがわれた部屋の真上にある。

階段を駆け上がり、角を曲がると槍を持った屈強な近衛騎士が一人、立っているのが見えた。

「こんにちは。お仕事中にごめんなさい」

特に緊張することなく声をかけた。常にジルヴァラの側に控え、アイスベーアにも同行していたこの近衛はすっかり顔なじみになっている。

「いいえ。巫女さま、陛下に御用ですか？」

「ええ。あの、陛下は中にいらっしゃいます？」

「はい」

護衛は頷きながら、扉の前から横にずれた。スティーリアは軽く会釈をし、扉を静かに叩く。

「陛下、氷呪の巫女です。少しだけお時間、よろしいですか？」

「あぁ、いいよ」

中から、穏やかな声が聞こえる。スティーリアは扉を開け、滑り込むようにして室内に入った。

「どうした、なにかあったのか？」

ジルヴァラは不思議そうな顔をしている。ぼーっとしていたわけではなさそうだが、書き損じの書類で折ったと思しき謎の物体が絨毯の上にいくつも転がっているのが見えた。

「いえ、ドレスの試着が無事に終わったのでお知らせにきました」

スティーリアはその場でくるりと回って見せる。ジルヴァラはふっと頬を緩め、スティーリアに向かって片手を伸ばした。

「こっちに来てよく見せてくれ。母上との話が終わったら、もう何着か作っておかないとな」

スティーリアはジルヴァラに近づき、引き寄せられるより早く膝の上に乗り首に両腕を回してしがみついた。

「どうした？　珍しいな、キミがこんな風に甘えてくるなんて」

腰に回される腕に、優しい声。これ以上聞いていると、泣いてしまいそうな気がする。

「……陛下。今なら、呪いが完全に凍りそうな気がするの」

耳元で甘く囁くと、腰に回った腕にわずかに力が入ったのが伝わってくる。

「そ、そうか。でもキミは今、月の——」

言いかけたジルヴァラの口元を手で押さえ、スティーリアはゆっくりと首を振る。

「また凍らせました。これも呪いを解くためです。それに、これで最後ですから」

「……最後？」

「ええ。呪いを解くためにこういうことをするのは、もう最後です」

耳元に口づけながらそう囁くと、ジルヴァラの喉がごくりと鳴る音が聞こえた。

本来ならば、静まり返っているはずの執務室。

荒い息づかいと水音、身体を打ちつける音が部屋中に響いている。

「はぁ、あ、陛下、ごめん、なさい……！」

スティーリアはドレスを脱ぎ捨て、レースのストッキングとビスチェだけを身にまとった状態で椅子に座るジルヴァラに跨(また)がっていた。ジルヴァラは下衣の前だけくつろげ、上に乗るスティーリアを下から突き上げている。

「なにを、謝る必要が、ある？」

飛び散る汗の雫(しずく)。揺さぶられ頬を撫でられるたびに、罪悪感で胸が切り裂かれるように痛む。

――ごめんなさい。私は貴方(あなた)にひどいことをした。そんな私を抱くなんて、きっと吐き気がするほど嫌なはず。でも完全に呪いを凍結させるには記憶の戻った私、呪いの術者であった私とこうする以外ないの。だから許して。でも、私自身のことは許さないで。

「ごめんなさい、ごめんなさい……！」

「俺の仕事を中断させたと思っているなら気にしなくてもいい。どうせ、そろそろ休憩をするところだったから」

あやすように揺すられながら、ひと際深く突かれる。すっかりジルヴァラに馴染(なじ)んだ身体は与えられる快楽を貪欲に受け取り、スティーリアは涙をこぼしながら背をのけ反らせた。

「あ、あ、陛下、私、もう……ッ」

「スティーリア、俺は、ずっとキミと一緒に……」

苦しげな声で囁かれたあと、ジルヴァラはスティーリアを持ち上げ己のものを引き抜いた。達する寸前だったスティーリアは戸惑い、涙の浮かぶ目でジルヴァラを見上げる。

「後ろを向いて、ここに手をついて」

言われるがまま、スティーリアは執務机に手をついた。そして今度は背後から勢いよく貫かれる。立ったままつながる、というはじめての経験に、気持ち良さより羞恥心が勝った。

「あっ、やだ、こんな、立ったまま、なんて……っ」

「嫌？　本当に？」

意地悪く囁かれながら、弱いところを抉（えぐ）られる。恥ずかしくて気持ち良くて、喘（あえ）ぐうちに木目が美しい執務机の上へ涎（よだれ）がぽたぽたと垂れた。

「あん、ん……ッ！　い、嫌じゃない、です……っ」

「そうか、よかった」

打ちつけられる腰の動きがどんどん速くなっていく。激しい動きにも重厚な執務机は微動だにせず、スティーリアは指先が白くなるほど強く机の縁をつかんで耐えた。

「う……っ！」

やがて、低い呻（うめ）き声が聞こえた。最奥を突かれ、身体が勝手に痙攣（けいれん）していく。

ジルヴァラは二度三度、と腰をゆすったあと、痛みを覚えるほど強く抱き締めてきた。

「はぁ、あ、陛下……」

「ん？　なんだ？」

甘い、蕩けるような声。

この声を聞くのも程よく筋肉のついた引き締まった身体に抱かれるのも、今日で最後になる。皇帝の呪いを凍らせたらこの関係は終わる。それは元々の約束でもあったが、今はもうそれだけでは済まされない。

スティーリアは罪を償わなくてはならないのだ。罪を正直に告白し、裁きを待つ。おそらく極刑が下る。それだけではない。いずれ銀の瞳はスティーリアを蔑んだように見つめ、優しく触れる手は首を落とす剣を握り、甘さを含んだ声は憎悪を孕んだ怒声に変わるだろう。

考えただけで心が痛くなり、泣きそうになる。それでも、犯した罪を黙っていることはどうしてもできない。

「疲れたか？　そこの長椅子で少し休んだら、湯でも浴びに行くといい」

まるでむずかる子供を宥めるように背中を撫でられる。それが嬉しくて離れがたくて、今一度しっかりとしがみついた。

「……はい。ありがとうございます、陛下」

スティーリアは顔を伏せたまま頷く。

頭の中はこれからの行動を整理するため、目まぐるしく動いていた。

部屋に戻るとすぐ、侍女二人に頼み紙とペンを用意してもらった。ジルヴァラに手紙を書く、と素直に言うと、二人は顔を見合せ嬉しそうにしていた。

「では、我々は部屋の外におりますのでなにかございましたらお声がけください」

一礼したのち、二人は部屋から出て行った。

スティーリアは試着していたドレスを脱ぎ、ごくシンプルなワンピースに着替え万年筆を手に取る。

「……えぇと、ドラウヴン帝国皇帝陛下。私、スティーリア・ロットの本名はスティーリア・リンデと申します。実は十六年前——」

——十六年前に呪いをかけたのはスティーリア。ジルヴァラが両親含め一般人だと思い込んだのは〝魔力が高い者ほど蛇髪が細く少ない〟という特徴のせいであり、自分たち親子は紛れもなく蛇髪族(じゃはつぞく)だということ。それから次の一文をことさら強調して記した。

『世間の噂と異なり蛇髪族は他者に害をなす魔法を使うわけではありません。生き残りの蛇髪族に関しましては、なにとぞ寛大な御心を持っていただきますよう切にお願いいたします』

しかしスティーリアは結果的にジルヴァラを呪ってしまっている。ゆえに説得力は皆無だが、ここは懇願するしかない。

次に、筋違いの恨みで呪いの言葉を投げかけてしまったことに対する謝罪を述べた。それから記憶と髪の色を失った経緯。どんな処罰も受けるという覚悟。

ベンジーネに会った時はすでに蛇髪を抜いていたため、彼女はなにも知るはずもなく純粋な善意でスティーリアを保護してくれただけだ、ということ。

とはいえ、あの時スティーリアの足下を凝視していたベンジーネは薄々気づいていたのではないかと思う。

だがこの部分だけは、絶対に真実を記すわけにはいかない。

『身勝手とはわかっていますが、最後にベンジーネへ育ててもらったお礼を言いたいので一度神殿に帰らせてください。それが終われば、必ず罰を受けるために戻ってきます。私は逃げも隠れもいたしません。スティーリア・リンデ』

「うん、これでいい」

伝えるべき言葉をすべて書き終わると、手紙はすっかり分厚くなっていた。それを丁寧に折りたたみ封筒に入れ、テーブルの上に置く。

「陛下の人生をめちゃくちゃにしておいて、自分だけ恩人にお礼もなにもないわよね。おまけに早く処刑されて楽になりたいなんて、私って本当に自分勝手で嫌な女」

スティーリアはそっと項に手を触れた。蛇髪はまた長くなり、触れる指に甘えるように巻きついてくる。

「……ごめんね。せっかく戻ってきてくれたのに」

蛇髪の蛇を撫でながら、スティーリアは時計を確認した。時刻は夕方の十六時過ぎ。ジルヴァラが仕事を終えるまであと二時間弱。

「急がなきゃ」

スティーリアは部屋を飛び出し、廊下の掃除をしているレリーとコラールのもとに駆け寄った。

「あの、すみません。えぇと、ちょっとお湯を浴びたくて、準備をしていただいてもよろしいですか？」

二人は手を止め笑顔で頷く。

「もちろんですわ、巫女さま」

「ただちに準備してまいります。そのままお部屋でお待ちくださいね」

「ありがとうございます」

礼を言うと、スティーリアは再び部屋に戻った。そして髪から虹涙石の髪留めを外し、それを手紙の下に入れ隠しておいた。

「あとは、洗濯室横の勝手口から抜け出すだけね」

以前、葡萄パンを手作りした時に厨房(ちゅうぼう)や洗濯室のある一階は一通り見て回っていた。

その時は単なる好奇心と暇つぶしだったが、まさかここに来てその知識が脱出に役立つとは思わなかった。

「一時的にとはいえ逃げ出すのはよくないけど、ベンジーネに会う前に有無を言わさず処刑されたら困るもの。そのあとは拷問だろうがなんだろうが、好きにしてもらって構わないわ」

これでますます罪を重ねることになるが、それはむしろ望むところだと言っていい。

どれだけ罵られようとひどい苦痛を与えられようと、ジルヴァラの受けた悲しみと苦痛には遠く及ぶはずがないのだから。


書類仕事を終え、部屋に戻るべく廊下を歩いていたジルヴァラは、前方を見てふと眉をひそめた。

スティーリア付きの侍女が二人、ものすごい形相をしながらこちらに向かって走ってくる。

「……なんだ？」

あまりの勢いに、横を歩いていた近衛騎士が一歩前に進み出た。だが相手は彼にとっても見知った二人。近衛自身も困惑した顔をしている。

「陛下――！」

「大変です、陛下！　巫女さまが！」

――巫女。

そう聞いた途端、ジルヴァラの心臓がどくりと鳴った。まさか、スティーリアになにかあったのだろうか。

「待て、巫女がどうした？」

二人の侍女は護衛を押しのけジルヴァラの前に立った。肩で息をする侍女たちの顔は蒼白で、汗をびっしょりとかいている。

「い、いらっしゃらないんです、どこにも！」

「我々は巫女さまのために浴室の準備をしておりまして……！」

予想だにしない言葉に、一瞬理解が遅れた。

「いない、とはどういうことだ？」

「お風呂の支度を終えてお部屋に戻ったら巫女さまのお姿が見えませんでした。もしかして寝室で眠っていらっしゃるのかと思いそちらにうかがったのですが、お声がけしてもなかなか出ていらっしゃらないので心配になり、無礼を承知で中に入らせていただきましたがそこにもお姿がなくて……！」

彼女らに限らず、使用人は入室許可がない限り部屋に入ることはない。

だが、緊急事態だと判断した場合には、許可がなくとも入室をすることを許している。

「それどころか、廊下にも書庫にもいらっしゃらないんです！」

――城内ではスティーリアの行動をさほど厳しく制限していない。けれど彼女は城内の間取りにはそこまで詳しくないだろう。そしてこのバルンステール城を知り尽くした侍女たちが見つけられないということは。

「まさか、城の外に出たのか？」

そういえば、彼女は神殿に帰りたがっていた。でも正式な皇后（妻）にしたあと、神殿や養母のもとを訪ねるくらい許可するつもりだったのに。

「それにしてもなぜ、俺に黙って……？」

額を押さえ悩むジルヴァラの前で、いつも仲のいい侍女二人が珍しく言い争っている。

「やっぱり、ご令嬢が押しかけてきたことを陛下に報告すべきだったのよ！」

「今さら言っても仕方がないじゃない！　それに、巫女さまのお気持ちもわかる！」

「コラールは巫女さまに甘すぎるわ！　お守りするためには、時に厳しく申し上げないといけないこともあるの！」

「それはわかってるわよ！　でもレリーだって、巫女さまがミーア・クラウシュを気にする気持ちもわかるから最終的には納得してくれたんでしょ!?」

二人はなおも揉めている。だがそこで聞こえた名前に、ジルヴァラは目を見開いた。

「……待て。クラウシュ公爵令嬢が城（ここ）に来たのか!?　いつ!?　それより、なぜ俺に報告をしなかった！」

二人は言い争いをやめ、真っ青な顔のままでついには泣き出してしまった。傍らの近衛がはらはらとしているのが伝わってくる。

「さ、昨日、です。陛下が会議に出ていらっしゃる時に突然押しかけてこられて、それで」

「我々も阻止しようとしたんです！　でも財務大臣のお名前まで出されては、衛兵もどうしようもなかったようで……」

ジルヴァラは舌打ちをしながら、昨日のことを思い出していた。部屋に戻った時、一瞬鼻先をよぎった違和感。今思えば、あれはミーアが好んでつけていた香水の残り香だったのだ。

「大体、ミーアはここになにをしに来た？」

侍女たちはエプロンで涙を拭い、怒りを滲ませた表情を見せた。

「……ご自身が皇后になることが決まったから、巫女さまに早く出て行けと。皇后として巫女さまにお礼を言いに来ただけだから陛下には言うなと、偉そうに命令までしてきましたわ」

「最初は巫女さまもそれはできない、とおっしゃったんです。陛下に隠し事はできない、と。そうしたらあの女が、いきなり巫女さまの頬を打とうとして」

「なんだと!?」

――スティーリアが殴られた？　ミーア・クラウシュに？

瞬時に湧きあがる激しい怒り。次いで、全身の血液が沸騰しそうな感覚に囚われる。

「お前たちはなにをしていた!?　公爵令嬢に逆らえない、というのであればその時点ですぐ俺を呼べばよかっただろう！」

思わず、感情のままに怒鳴り散らしてしまった。

だが侍女たちはジルヴァラの怒声に怯(おび)えることもなく、なぜか二人で顔を見合わせている。

「なんだ？　言いたいことがあるなら早く言ってくれ」

わずかに逡巡(しゅんじゅん)する素振りを見せたあと、侍女コラールがおずおずと口を開いた。

「ご令嬢は確かに巫女さまの頬を打とうとしましたが、巫女さまはご無事でした。その、弾かれてしまった、ので」

「弾かれた？　なにが？」

「ご令嬢の手が、です。見えないなにかに阻まれて巫女さまに触れるどころか逆に手の平に火傷を負っていました。巫女さまご自身も驚いておられたので、その理由についてはなにもご存じないかと……」

ジルヴァラは驚愕の眼差しを侍女たちに向けた。

「まさか、虹涙石が？　では、皇后に与えられる〝加護〟は本物だったと？」

いや、そんなはずはない。それなら、マリー妃はどうして病から守られなかったのだろう。

「それよりも陛下、巫女さまにはもう、お気持ちをお伝えになったのですよね？　ですから、巫女さまも陛下にお手紙を書いてお返事をなさったのだと思っていましたのに、どうしてこんなことになったのですか!?」

考え込みながら思わず呟いた独り言は聞こえていなかったらしい。コラールはつかみかからんばかりに接近し、必死な顔で訴えている。

「手紙……？」

とりあえずスティーリアに怪我がなかったのはわかった。ひとまず虹涙石のことは忘れ、ジルヴァラはコラールの話に耳を傾ける。

「はい。巫女さまが陛下にお手紙を書くとおっしゃったのです。巫女さま、かなり長いお時間をかけて書いてらっしゃいました。お手紙をどうなさったのか、まだよく確認をしてはいないのですがお部屋のどこかにあるのではないかと――」

コラールの言葉を最後まで聞かず、ジルヴァラは踵を返しスティーリアに与えていた部屋に走った。

「手紙、手紙……！　どこだ！」

部屋に飛び込み、視線を左右に走らせる。と、テーブルの上に蔓葡萄の箔押しがしてある封筒が置いてあるのが見えた。

「これか……！」

急いで手に取りひっくり返す。宛名は書かれておらず封蠟も押されていない。手紙にしてはやけに分厚いそれを抜き出す手が、みっともなく震える。

無理やり折りたたまれた手紙をゆっくりと広げ、書かれた文字を見つめた。はじめて目にするスティーリアの字。ところどころ焦ったような形跡はあるものの、非常に几帳面な文字にジルヴァラはふっと口元を緩めた。

『ドラウヴン帝国皇帝陛下、私スティーリア・ロットの本名は――』

手紙の中身は、本人の性格が伝わってくるような真っ直ぐな文章が綴られていた。

焦る気持ちを抑え、時間をかけて手紙を最後まで読みこんだジルヴァラは再び全速力で駆け出していた。

「馬を引け！　これから神殿へ向かう！」

走りながら、ジルヴァラは後悔に苛まれていた。

なぜ、自分はいつもこうなのだろう。良かれと思ったことがことごとく裏目に出ていく、そういう星の下に生まれでもしたのだろうか。

「スティーリア、俺は……！」

――十六年ぶりに食べた野菜スープ。星形に切られた人参。ゆで卵。手作りの葡萄パン。丸焼きの蛇を目の当たりにしても、気味悪がるどころか調理法を提案してきた真剣な眼差し。躊躇なく蛇を齧り、毒蛇は美味しいと笑っていた顔。

女なんか二度と信じない、と決めていたのに、気がつくと狂おしいほど彼女に惹かれてしまっていた。

けれど、気持ちを伝える勇気が出なかった。最初に気持ちを弄ぶような真似をしたせいで、すっかり信用を失っていたことがわかっていたからだ。

それなのに、自分はなにもしなかった。わかっているなら手を打つべきだったのに、優しく丁寧に扱えば好意は伝わるはずだと思い込んでいた。

「好きじゃないと、優しくなんてしないだろう？　それに俺は……」

昨夜、スティーリアを抱き締めて眠っていた時。ふとなにかの気配に目を覚ました。

ベッドの上には自分とスティーリアだけ。窓の下と扉の外には護衛の近衛騎士がいるため、侵入者とは思えない。

気のせいだろう、と再び目を閉じようとしたその時、スティーリアの真珠色の髪が妙な動きをしたのが見えた。

なにげなく真珠の髪をかきあげた先に見えたもの。

その時ジルヴァラは〝運命〟というものを思い知った。

「スティーリア、俺は、むしろ嬉しかったんだ。キミが、あの時の子供だと知って」

——だから、呪いをかけたことなんか気にしなくていい。

誰だって、目の前で親の命が奪われたら絶望くらいするだろう。ましてや必死に助けを求めたのに、助けることができる技量を持っているはずの騎士(大人)に見捨てられたのだ。

スティーリアはなにも悪くない。逆の立場なら、自分だって恨む。

確かに、この十六年が苦しくなかったと言えば嘘になる。正直なところ、自ら命を絶とうとしたことだって一度や二度ではない。

「……それでも、俺はこれでよかったと思っている。呪いにかかったおかげで、どんな俺でも真っ直ぐに向き合ってくれる人に、スティーリアに出会えたから」

ジルヴァラは翌日、ドレスを見せに来たスティーリアを抱いたあと彼女を部屋に帰して自らは母のもとに足を運び、スティーリアの素性を説明した。

当然だが、母は非常に驚いていた。

そして巫女を気に入っていた皇太后としての気持ちと、ジルヴァラの苦しみに寄り添い、見守ってくれていた母としての気持ちに葛藤していた。

『ジルヴァラ。私は身分など関係なく、巫女さまがあなたの妻になってくれたらいいと思っていたの。私が後ろ盾になって支えるつもりでいた。でも……』

『母上のお気持ちはわかります。ですが、俺は彼女を愛している』

そこでジルヴァラは、これまでは妻を持つ気がなかったこと、巫女を皇后として発表したあとで命を奪い、生涯喪に服す皇帝として生きようとしていたこともすべて話した。

ジルヴァラの真剣な思いが届いたのか、母は強張っていた表情を次第に和らげ、最後にはスティーリアを皇后にするために尽力を惜しまない、と約束してくれた。

これでなにもかも、上手くいくと思っていたのに。

「……違う。なにも言葉にしないで伝わるわけがない。そんなのは、子供だってわかることじゃないか」

自分はまたしても間違ってしまった。

それでもスティーリアを失いたくない。彼女を失ってしまったら、今度こそ自分は二度と立ち上がることができない気がする。

「陛下！」

ジルヴァラは近衛が連れて来た愛馬に飛び乗るようにして跨り、手綱を強く引いた。

「俺が神殿から戻るまでの間、財務大臣とその娘を呼び出しておけ！」

土煙を巻きあげながら、ジルヴァラは馬を駆る。

胸中は色々と混乱しているが、今はとにかくスティーリアを無事に連れ戻すことを優先に考えないといけない。

スティーリアがいなくなったことをジルヴァラが知る少し前。

「すごく久しぶり。やっと帰ってこられたわ」

神殿の前に立ったスティーリアは、懐かしい〝我が家〟を見上げていた。

ここを出て行ってからまだ半年も経ってはいないのに、なんだか年単位で留守をしていたような気がする。

「……ベンジーネは元気にしていたかな」

独り言を呟きながら、正面階段をゆっくりと上っていく。

神殿にやってくる参拝者とともに階段を上るスティーリアの横を、顔見知りの警備兵や神殿の人間が何人も通り過ぎて行くが誰も気づく素振りすらない。

スティーリアは特に顔を隠してはいない。

ただ、己の〝存在を凍らせている〟だけだ。バルンステール城を脱出してからずっと、気配を凍らせて神殿(ここ)まで来た。

「みんなの顔や景色をしっかり見ておかなきゃ。もう、見られなくなっちゃうからね」

七歳から十六年間、暮らした神殿。悲しい別れもあったけど、本当に幸せな日々だった。

罪のない皇太子を呪い、苦しめ続けた自分はきっと両親のいる天国には行けないだろう。

それでもここでの楽しかった思い出は、スティーリアの心をひっそりと温めてくれた。

「……あ」

――階段を上り切ったところにある柱の陰に、ひっそりとベンジーネが立っている。

他の人間は一切スティーリアに気づかないのに、ベンジーネの瞳は真っ直ぐにスティーリアを捉えていた。

「お帰りなさい、スティーリア」

「ただいま、ベンジーネ。元気だった？」

「ええ、元気だったわ」

ベンジーネは柔らかな笑みを浮かべている。その顔を見ているうちに、なんだか急に泣きたくなってきた。

「ごめんね、ベンジーネ。勝手なことして、本当にごめん。せっかくお務めに集中しなさいって言ってくれていたのに、結局こんなことになっちゃった」

「いいのよ。優しいあなたなら、きっとそうすると思っていたわ」

「ううん、優しくなんかない。だって私は罪人だもの。だから裁かれるその前にお礼を言いたかったの。ベンジーネ、今まで育ててくれてありがとう。それから、色々とわかっていたはずなのに私を助けてくれた恩は絶対に忘れない」

スティーリアの言葉にも、ベンジーネは表情を変えなかった。

城から連絡がないにもかかわらず、戻ってきたスティーリアを見て薄々察していたのだろう。

「……思い出したのね」

「うん。蛇髪も生え始めているの。多分、呪いが完全に凍ったせいだと思う」

ベンジーネは目を伏せ、小さく息を吐いた。

「陛下には？」

「手紙を書いてきた。神殿のみんなやベンジーネはなんの関係もないからって書いておいたけど、少しは迷惑をかけるかもしれない」

「気にしないで。……と、言いたいところだけど、そういうわけにもいかないわ」

スティーリアは無言のまま、養母をじっと見つめた。

「蛇髪族は生まれながらの魔力で結界を張ったり幻を生み出したりするのが得意な一族。城に仕える魔術師だって、祖先に蛇髪族がいる者だって少なくないでしょう。けれど陛下に呪いをかけたことが明らかになれば、あっという間に蛇髪族は〝危険な一族〟になってしまう」

そこまで考えてはいなかった。スティーリアは今さらながら自分の罪の重さに震える。

ベンジーネは静かに両手を広げた。

「私の、呪いを焼き尽くす祝福の炎。一度人を呪ったことのある貴女なら、この炎で完全に燃やし尽くすことができる。私の可愛い子、どうせ裁かれるのなら、私の手で」

――養母の手に揺らめく金と青の炎。

その炎が意味することはすぐにわかったけれど、不思議と恐怖は感じなかった。最後の最後まで迷惑をかけて申し訳ないという思いはあるが、祝炎で焼かれるのなら本望だ。

それに、このほうが皇帝の怒りも神殿から逸れるだろう。

「ありがとう。最後まで迷惑をかけて、ごめんね。愛してる、ベンジーネ」

「……私も愛しているわ、スティーリア。遠くの世界で、幸せになって」

大好きな養母の頬に、一筋の涙が伝っていく。

その涙がこぼれ落ちるのを目にする前に、スティーリアはそっと両の目を閉じた。

＊＊＊＊＊＊＊

ジルヴァラは神殿に到着すると同時に愛馬から飛び降り、マントを翻しながら正面階段を駆け上がった。

警備兵は突然現れた皇帝に驚きながらも、参拝客が不必要にジルヴァラに近づかないよう素早く誘導を始めている。

長い階段を上り、正面入口へと足を踏み入れた。と、すぐ先で小柄な老女がひっそりと立っているのが見えた。

紅色の髪。スティーリアが会いたがっていた、祝炎の巫女ベンジーネ。

「皇帝陛下、お待ちしておりました」

「祝炎の巫女、スティ……氷呪の巫女が来ただろう。彼女は今どこにいる？」

紅色の老女はふっと目を伏せ、巫女服の懐に手を入れた。

「……こちらに」

「は？　どういう意味――」

老女の懐から取り出されたものを目にした瞬間、ジルヴァラの周囲から一切の音が消えた。

――それは飾り紐で結わえられた一房の髪。一部が焼け焦げているが、真珠色の髪を持つ者はたった一人しかいない。

「ま、まさか……」

あまりの衝撃に声がまともに出てこない。視界がグラグラと揺れ、急速な眩暈と吐き気がジルヴァラを襲う。

「本人から、罪の告白を受けました。私はあの子の養母として、このように重大な罪を見過ごすわけにはいきません。当然です、次代の皇帝に呪いをかけるという大罪を犯したのですから」

「お、俺は、処刑をしろ、などと、一言も言っていない……！」

祝炎の巫女はゆっくりと首を振った。

「陛下。本来ならば断頭台にかけるのが相応しいということはわかっています。ですが、せめて私の手で罪に圧し潰されそうになっていたあの子を救ってやりたかった。どうか、お許しを」

ジルヴァラは震える手を伸ばし、祝炎の巫女の手から焦げた髪を奪い取った。

焼けた髪の匂いが鼻先をつく。指先で髪を撫でると、澄んだ瑠璃色の眼差しとふんわりとした笑顔が脳裏に蘇ってくる。

「……俺は結局、また守ってやれなかった」

――あの時と同じだ。救われたのはまたしても自分だけで、そのスティーリアに救われた自分は記憶を取り戻し一人で苦しんでいた彼女に対してなにもしてやることができなかった。

「では陛下。これで神殿に咎人はいない、ということでご納得いただけましたでしょうか」

祝炎の巫女は涼しい顔でこちらを見上げている。

「……あぁ、わかった。神殿にも貴女にも、なんの落ち度もない」

神殿側を責めない。それはスティーリアの望みでもあったし、元よりそんなつもりはない。

けれど、心の中ではもやもやとした思いが渦巻いている。

最初スティーリアと祝炎の巫女がバルンステール城に来た時、二人は本当の祖母と孫に見えた。その〝孫〟を自ら手にかけたというのに、なぜこの老巫女はこんなにも他人事のような顔をしているのだろう。

「悲しくはないのか？　実の孫ではなかったとはいえ、貴女は彼女を可愛がっているように思えたが」

「もちろん悲しいですわ。あの子は私の手の届くところにずっといたのに、遠くへ行ってしまったのですから」

ジルヴァラは思わず、老巫女に軽蔑の眼差しを向けた。

「……遠くへ連れて行ったのは、いや、追いやったのは貴女だろう」

「愛しているからこそ、あの子を罪の重さから楽にしてやりたかったのです」

老巫女はジルヴァラの手にある真珠色の髪を見つめていた。その眼差しには愛情がこもっているように見える。だが本当に大切に思っているなら、こんな風に無残な最期を遂げさせたりはしないはずだ。

「愛しているのに彼女を燃やしたのか。貴女の愛はずいぶん恐ろしいんだな」

精一杯の嫌みにも、老巫女は気にする素振りすら見せない。

「どうぞ、お好きなように思ってくださいませ。それから今、探らせていただきましたが陛下から〝蛇喰い〟の呪いはすっかり消えております。もうあの子のことは忘れて、正式にお迎えになる皇后陛下のことだけをお考えください」

ジルヴァラは鋭い目で老巫女を睨みつけた。

「貴女には関係ない。余計なことを言わないでくれ」

老巫女は怯むことなく薄く笑っている。

「これは失礼いたしました。ところで陛下。先ほどから陛下はあの子を気づかっていらっしゃるようですが、あの子をお恨みではないのですか？」

「恨んでなんかいない。スティーリアはなにも悪くないんだ。それに俺は、彼女のことを」

そこでジルヴァラは口を噤んだ。この先は、本人に伝えたかった言葉だからだ。

「おや、私の送った手紙に対するお返事もいただけず、あの子に〝務めに集中するように〟と言ってもいないことを私の言葉として伝えていらしたり、てっきり陛下はあの子を厭うているのかと思っておりました」

――痛いところを突かれた。

「あ、いや、それは。……すまない、俺が悪かった」

これに関しては言いわけのしようもない。ジルヴァラは素直に頭を下げる。

「陛下、もうよろしいでしょうか。呪いのかかった装具は毎日のように持ち込まれてきますし、あの子の分も私がやらないといけませんので」

そう言うと、老巫女は慇懃に頭を下げさっさと奥へと引っ込んでいく。

悔しいが、祝炎の巫女を罰することはできない。高名な巫女を処罰するにはそれなりの理由がいる。騒ぎ立てるとスティーリアの正体を公表せざるを得なくなってしまうし、そもそも彼女は〝罪を犯した身内を処罰した〟だけだ。

「スティーリア……」

ジルヴァラは無力感に苛まれながら、真珠色の髪をただ強く握り締めていた。

失意のうちに城へ戻ったジルヴァラを出迎えたのは、置いてきた側近たちとレリーとコラールだった。

「お帰りなさいませ、陛下！　あの、巫女さまは!?」

「陛下、巫女さまは神殿にいらっしゃらなかったのですか？」

ジルヴァラは無言のまま、軍服のポケットから真珠色の髪を取り出した。両目を瞬かせ不思議そうに見上げていた二人の顔が、瞬く間に色を失っていく。

「こ、これは、どういうことですか？」

「巫女さまの御髪が、なぜ……？」

それには答えないまま、ジルヴァラは髪をポケットに戻した。

「ルーゼル・クラウシュとミーア・クラウシュはもう来ているか？」

「は、はい。ちょうど十分ほど前に到着されました。応接室でお待ちいただいております」

「わかった。すぐ行く」

ジルヴァラは馬から飛び降り、駆け寄ってきた厩舎係に手綱を渡す。

「クラウシュ親子は話が済んだらすぐに帰らせる。茶菓子の用意など不要だからな」

侍女たちは同時に頷いた。

「はい、そのつもりでございました」

「ご到着後、お水の一杯も出しておりませんわ」

「うん、それでいい」

——城内に入り、足早に歩きながら真珠色の髪を忍ばせたポケットを手で押さえて深呼吸を繰り返す。別に緊張をしているわけではない。少しでも気持ちを落ち着かせておかないと、怒りでなにをしてしまうかわからなかったからだ。

「陛下」

応接室の手前に、宰相メーディセインが立っていた。呼んだ覚えはないが、この有能な宰相は城内で起きた出来事をほとんど把握している。ジルヴァラと入れ替わるようにクラウシュ親子が現れたことで、色々と察していたのだろう。

「メーディセイン。さっそくだがクラウシュ公爵令嬢に適当な縁談を用意してくれ」

宰相は困っているように見えるが呆れているようにも見える、なんともいえない表情になった。

「クラウシュのご令嬢に縁談、でございますか。そうですね、かなり厳しいですが相応の条件でよろしければ、なんとかなるかもしれません」

「あぁ、やっぱり厳しいのか」

ジルヴァラは鼻で嘲笑う。今の貴族は庶民と同じく晩婚化の傾向があるため、ミーアが三十歳を超えていることは関係ない。

公爵家の令嬢にして財務大臣の娘。そして〝元皇太子妃〟という肩書はむしろ歓迎されるだろう。それにもかかわらず〝厳しい〟というのは、夫であった皇太子亡きあとミーアがあちこちで遊び歩いていたからだ。夫を失っているのに悲しむ素振りも見せず、毎晩のようにシャンパングラスを片手に、若い男をはべらせて高笑いをしていたという。

「どんなに美しい花でも爛れた香りを漂わせていては、買う者は誰もいないだろう」

「買ってくれる相手、ではなく、売りつける相手を探すしかないでしょうな」

「確かに。悪いな、メーディセイン。頑張って探してくれ」

苦笑を浮かべながら深々と頭を下げる宰相の肩を軽く叩き、ジルヴァラは応接室の扉を勢いよく開けた。


「ちょっと！　ジルヴァラさまはまだいらっしゃらないの!?　それにお茶もお菓子も出てこないのだけど？　役に立たない使用人は、今すぐ辞めてもらいますわよ？」

扉を開けると同時に、甲高い声が耳を突く。

「それは聞き捨てならないな。城内の使用人を解雇する権利は、貴女にはないはずだが」

ジルヴァラは足音荒く入室し、長椅子に座っているクラウシュ親子の向かい側に座った。父親のルーゼル・クラウシュは呼び出された意味を理解しているのだろう。神経質そうな顔に、不貞腐れたような表情を浮かべている。

「ジルヴァラさま！　もう、どこに行っていらしたの？　わたくし、待ちくたびれてしまいましたわ」

そんな父親とは逆に、満面の笑みを浮かべたミーアが立ち上がり、弾むような足取りでジルヴァラに近寄ってくる。ジルヴァラは黙って片手を上げた。背後の近衛が素早くミーアの前に立ちはだかる。

「な、なんなの、お前は。下がりなさい！」

「その必要はない。それよりルーゼル。俺は婚姻の予算については貴殿に相談をしたが、詳細については皇太后と宰相、それから俺の側近を含めたごく少数の者にしか話をしていない。それをなぜ貴殿が、そして娘が知っている？」

ルーゼルは大袈裟な動きで肩を竦めた。

「陛下。私は国庫を管理する財務大臣として、国民の税金を食いつぶす恐れのある輩を陛下に近づけさせるわけにはまいりません。そのために我がクラウシュ家の情報網を使っただけでございます」

「なるほど。それで俺の許可なく城内を探らせていたわけか」

書記官や文書管理官といった、城内での業務に携わる者の中にクラウシュ一族が何人かいる。そんな彼らを世話係と称し間諜として紛れ込ませていたとしたら、さすがにすべてを把握することはできない。

「おや、なにか問題がございましたか？　特別な力を持っているとはいえ、ヴール神殿で暮らしているのは身寄りのない者ばかり。そんなどこの馬の骨とも知れぬ娘と同衾するなど、呪いを解くためとはいえさぞお辛かったことでしょう。ですが、やっと我が娘を娶っていただけます」

好き勝手に妄想を語る、その悪びれない様子にジルヴァラは容赦なく舌打ちをした。

それを耳にしたルーゼルの眉が、ピクリと上がる。

「……問題があったか、だと？　問題しかないな。俺は異母弟の妻だった女性を皇后にするつもりはない」

ジルヴァラは冷たく言い放つ。

「亡くなった兄弟の配偶者を残った兄弟が娶ることなど、歴史書から見ても特別珍しいことではございません。それに帝国次代の皇帝、すなわちお世継ぎを産むに相応しいのは家格、教育、美貌。すべてにおいて優れている我が娘ミーアしかおりません」

大袈裟な動きで両手を広げる父親の横で、ミーアがうんうんと頷いている。ジルヴァラは大きく溜め息をついた。

「……〝蛇を食べた口にキスしなければいけないなんて、おぞましいにもほどがある〟だったか？」

父娘の動きが、ぴたりと止まった。みるみるうちに二人の顔色が悪くなっていく。

「き、聞いていらっしゃったのですか!?　いえ、あの、それは誤解ですわ。えぇ、誤解です」

ミーアはしどろもどろになっている。

「まぁ、そんなことはもうどうでもいい。俺が貴女を愛することは絶対にない。それは昔の意趣返しなどではなく、他に愛する人がいるからだ。俺は彼女以外の女性を欲しいとは思わない」

長椅子に肘をつきながら見据えるジルヴァラの前で、ミーアの顔が屈辱と怒りの色に染まっていく。

(くだらない。この程度の女だったとは)

ジルヴァラはかつての婚約者からそっと目を逸らした。

愛する相手の心が己のもとにないと知った時、ジルヴァラは大いに傷つき絶望したものの、怒りの気持ちは湧いてこなかった。

すべての人間がそうだとは言えないが、少なくとも自分が愛している相手に『愛さない』ときっぱり言われた場合、咄嗟に出てくる感情はやはり〝悲しみ〟なのではないだろうか。

〝怒り〟というのは、本来は自分のための感情だ。つまりミーアは昔も今も、ジルヴァラのことなど愛してはいなかったのだろう。

「……愛する人、とは氷呪の巫女のことをおっしゃっているのですか？」

「他に誰がいる？」

ミーアは信じられない、とばかりに目元を引き攣らせた。

「み、身分が違いすぎます！　それにあんな貧相な娘、皇帝陛下の妻に相応しくありません！　わたくしと比べていただいたら一目瞭然ですわ、今すぐ巫女をここに呼び出してください！」

「……彼女は今、別の場所で静養中だ。呼び出すことはできない」

そう嘘をつきながら、ジルヴァラはそっと瞼を押さえた。過去の自分はなぜ、こんな下劣な女に恋をしていたのだろう。

「しかし、陛下……！」

「なんだ、皇帝である俺の決定に不服でも？　それは困ったな。ではルーゼル、貴殿の財務大臣の任を解こうか？　空いた時間を使って皇帝がどういう存在か、ご息女に教育を施してくれ」

「……いえ、申し訳ございませんでした、陛下」

ジルヴァラの本気を感じ取ったのか、ルーゼルは即座に頭を下げた。

「お、お父さま!?」

「黙りなさい！　陛下、大変失礼いたしました。ルーゼル・クラウシュ、このたびの件は重々反省いたしました。知り得たことも、一切口外しないことを精霊に誓います。それでは、私どもはこれで失礼いたします。行くぞ、ミーア」

「は、はい……」

ミーアもさすがに父親には逆らえないのか、渋々と父親の後ろをついていく。親子の姿が扉の向こうに消えたのを見届けたあとで、ジルヴァラはようやく肩の力を抜いた。

「メーディセインには面倒をかけるが、養子の件も早めに頼んでおかないといけないな」

まだしばらくは〝皇后〟が生きている設定でいく予定だか、病弱設定にしていた以上、彼女が亡くなったことを事実を捻じ曲げ公表したところで国民に不信を抱かれることはない。

しかし養子を迎えるのを後回しにすると、いくら亡くなった皇后を溺愛していた、と言い張ってもいずれは国民も新しい妻を迎えることを望むだろう。

それだけは、絶対に嫌だ。

「……スティーリア。公表することができなくとも、俺の妻は生涯でキミだけだ」

――養子を迎え、愛する彼女を思いながらその子供を次代の皇帝として育てあげる。そのあとで自分は身を引き、亡きスティーリアに祈りを捧げる日々を送るのだ。

ジルヴァラは今や、その日が来るのを待ち遠しいとすら思っていた。

# 第五章　新たな人生

Chapter 5

草の香りが混ざったような、爽やかな風が吹いている。

スティーリアは大きな花輪を二つ持ち、石畳の上をてくてくと歩いていた。

「やっぱり、もっと頻繁に来ないと駄目だなぁ。すぐ雑草が生えてきちゃう」

向かう先は、両親の墓。

先日ようやく、村の跡地にある墓をすべて新しく綺麗なものに変えた。ひっそりと生きていた蛇髪族の人々と力を合わせ、一年かけて村の跡地を立派な石造りの墓が並ぶ墓地に変えた。

現在はここも、そして今スティーリアが暮らす蛇髪族の隠れ里も結界で覆ってある。

墓地が完成したあと、隠れ里と同じく蛇髪族以外は入れないようにした。入り口も、蛇髪族以外には見えないようになっている。

スティーリアがジルヴァラとともに跡地へ来た時、何度か聞いた鈴の音。それは蛇髪族でありながら蛇髪を失っていたスティーリアが、結界に引っかかった音だったのだ。

「もう一年か……。私のように罪を犯した人間が、こんなにのんびり生きていていいのかな……」

——目を閉じるたびに思い出す、強く温かな腕と柔らかな黒髪。そして美しい銀の瞳。

忘れるのは簡単だ。蛇髪が完全に復活し、真珠色の髪から元どおりの青髪に戻った今のスティーリアなら、一瞬にしてその部分の記憶だけを凍らせることができる。

けれど、それだけはできなかった。

「ごめんなさい、陛下。罰を受けると言いながら逃げ出してしまったのに、どうしてもあなたを忘れたくない……」

村人の何人かは、蛇髪を隠してフリンデッル湖の近くの街ゼーアールへミルクや雑貨を売りに行っている。スティーリアは街に出ない代わりに、隠れ里の中にある丘を利用して作られた小さな牧場で働かせてもらっている。

その彼らから伝え聞いたところ、皇帝はこれまでのようにアイスベーアへ行くことなくずっと城にいて、皇后と非常に仲睦(なかむつ)まじいらしい。ただ、皇后は今まで以上に人前へ現れていない、ということだった。

「ミーアさまもお身体(からだ)が弱いのかしら、とてもそんな風には見えなかったけど。でも、陛下がお幸せそうで良かった」

彼の幸せを心から願っている。それは紛れもない本心だ。けれど胸を渦巻くどろどろとした嫉妬心だけはどうにもなってくれない。

それでも、この醜い思いも抱えて生きることが、今のスティーリアの罪滅ぼしになっている。

神殿へ戻ったあの日。

養母ベンジーネの両手に揺らめく炎を見たスティーリアは、覚悟を決めて両目を閉じた。

炎が全身を包み、頬が熱に炙られる。そして、髪がじりじりと焼ける音。

だが、その熱と音はすぐに消えた。

「……ベンジーネ？」

目を開けると、ベンジーネが微笑んでいた。その手には炎はなく、代わりに一房の髪が握られている。

「え、ど、どういうこと？」

手で髪を触ると、左側頭部の髪が焼けて短くなっていた。

「スティーリア。ゼーアールへ行きなさい。以前ロードボッシェが言っていたの。ゼーアールで蛇髪族を見かけたことがあるって。その時はたまたま髪を覆っていた布の隙間から蛇髪が見えてしまったみたい。同族の貴女なら、どんなに隠しても気配ですぐにわかるはずだから」

そう言うと、ベンジーネは懐から小さな袋を取り出した。そしてそれを、スティーリアの手にしっかりと握らせてくれた。

「中には金貨と、貴女が着けていた〝七星の祝い〟のネックレスが入っているわ。これを持っていきなさい。城から追手が来たら、貴女は私が燃やしてしまった、と言っておくから」

「え、でも……」

それは〝死を偽装する〟ということだろうか。

「呪いは完全に凍ったのだし、私には死をもってあがなうほどの罪とは思えない。それより、私こそごめんなさい。陛下から呪いを解くよう言われた時、宰相閣下になにを言われても貴女を連れて行かなければよかった」

「ううん、閣下はものすごくしつこかったじゃない。あの雰囲気で逆らうのは無理だよ」

ベンジーネは力なく笑う。

「それだけじゃないのよ。連れて行ってもどうせ私一人で解呪できるだろうから、貴女の出番はない。だから大丈夫。そう軽く考えていたの。でも、甘かったわ」

肩を落とすベンジーネの手を取りながら、スティーリアは首を横に振った。

「ううん。あのね、ベンジーネ。私、後悔はしていないの。あ、後悔してないっていうのは呪いをかけたことじゃなくて契約結婚をしたこと。陛下が本当は嫌な人じゃなくて、ちょっと……いや、かなり、かな、ともかく不器用だけどすごく優しい人だってわかったから」

スティーリアは微笑みながら養母を見つめた。

「だから、そんな優しい人を苦しめた罰を受けないといけない。ううん、受けたいの」

養母はしばらくスティーリアを見つめたあと、目を伏せ深い溜め息をついた。

「まったく、頑固な子ね。それなら、生きて罰を受けなさい」

「生きて、罰を受ける……？」

スティーリアはたじろいだ。処刑ではなく、生きたまま罰を受ける。それは絶え間ない拷問に耐えろ、ということだろうか。

ジルヴァラが望むならそれも仕方がないとは思うが、養母に言われるとさすがにショックが大きい。

「近いうちに、皇帝陛下は貴女と入れ替わる皇后陛下をお迎えになるでしょう。お二人が仲睦まじく、この国を支える姿を生きてその目で見守りなさい」

「そ、それは……」

ステイーリアは口籠った。そして気づく。自分がここまで罰を受けたがっているのは、罪滅ぼしではなく正にその光景を見たくないがためなのだ、ということに。

「やっぱり、貴女は陛下に恋をしているのね」

「……違う。そういうのじゃないわ」

あんな残酷な呪いをかけておいて、今さら好きだなんて言えるわけがない。

「素直じゃないのね。でも、私はどうしても貴女に生きていて欲しい。どちらにしても、私たちはもう二度と一緒に暮らすことはできないのよ？　それなら貴女が生きていたってなにも変わらないじゃない。貴女が自分の行動を罪だというなら、私にもその罪を背負わせて」

養母の必死の懇願を受け、ステイーリアは天を仰いだ。鼻の奥が、つんと痛い。

「……ずるいよ、ベンジーネ」

そんな風に言われたら、これ以上意地を張りとおすことなどできない。

——こうしてステイーリアは、養母ベンジーネに〝処刑された〟という名目で秘密裏に生きることになった。


「うわ、結構人がいる」

隠れ里を出発して約二十分。

スティーリアはミルク缶を載せた馬車に乗り、湖畔の街ゼーアールに来ていた。

普段は牛の世話や牧場の清掃を主に行っているスティーリアだが、雇い主ハルナスが落馬事故にあい怪我をしてしまったため、代わりに町へミルクを売りに行くことになったのだ。

ゼーアールには子供の頃に一度だけ来たことがあるが、景色の記憶はほとんどない。あの時は、気持ちがぐちゃぐちゃになっていたからだろう。

「えっと、まずは届け出を出して……」

馬車を操り、街の中心にある役場へと向かった。ここで『代理人販売届』を提出しないといけないのだ。スティーリアは窓口の手前で一旦止まり、長く伸びた青髪を持っていた紐で手早くポニーテールに結わえた。そしてスカーフを三角形に結び、蛇髪を隠す。

「すみません、受付をお願いします」

「馬車の方はこちらにどうぞ」

誘導に従い、役場の裏手に進む。そこには、馬に乗ったまま手続きができるような窓口があった。

スティーリアはそこであらかじめ用意しておいた一枚の紙切れを係員に渡した。

「はいはい。えーと、牧場主ヴァル・ハルナスさんの代理販売人のリンデさんですね。ハルナスさんの代理になった理由は、ここに書いてあるとおりですか？」

「はい、そうです」

スティーリアはハルナスの牧場の従業員ではあるが、こうして申請書を出さないと税金を二倍払わなくてはならなくなってしまうのだ。

大きなミルク缶には歯車と蛇口がついていて、歯車を回すと新鮮なミルクが蛇口から一定の量で出てくるようになっている。それを一回につきいくら、という計算で売っているのだ。

「期間は二か月ですね。延長の場合はまた別紙で延長手続きをご提出いただきます」

判を押された紙を受け取り、御者台の下に張りつける。これがないと、街の住人以外がここで商売をすることはできない。

「販売場所は町の東側と中央になりますが、湖畔でしたらどこでも大丈夫ですよ。今は護岸工事で業者や役人がたくさんうろうろしていますから、町中よりも湖のほうが売れ行きがいいかもしれません。彼らの昼食はほとんどが持参した黒パンですから」

「なるほど、ありがとうございます」

係員の丁寧な説明に礼を言い、スティーリアは馬車を湖側に動かした。

「お昼にパンを食べるなら、ミルクは必須よね。少しでも多く売れてくれるといいけど」

代理とはいえ商売をするのははじめてだ。緊張はするが、どこかわくわくもしている。

本当は〝楽しみ〟なんて気持ちを抱いてはいけないのかもしれない。けれど皇帝ジルヴァラはもう本物の妻と新たな幸せを築いている。自分も生きると決めたのなら、胸を張って精一杯生きていくしかない。

「さぁ、頑張って売らなきゃ」

スティーリアは両手で頬を叩き、自らに気合を入れた。


橙色の夕日が木々の間から射す森の中。

機嫌良く帰路につきながら、スティーリアは馬車の荷台を振り返る。ミルク缶は空になったため、横倒しにしておいた。缶の横には小麦粉の袋と干し葡萄(ぶどう)の袋も積んである。

「よかった、全部売れて」

フリンデッル湖のほとりに行くと、係員が言っていたように護岸工事の作業員や現場監督をしているらしい役人などが大勢いた。

貴重な資材を守るためか、積み上げられた木材や石材の横には武器を持った軍人も立っている。

だがスティーリアは特に緊張などしなかった。

今は髪が元の青髪に戻っているし、正体がばれることはまずないだろうと安心している。

事実、その軍人が交代休憩の時にスティーリアの馬車へミルクを買いにきたがごく普通に世間話をして終わった。

「あっという間に売れちゃったけど、もう少しミルクの量を増やした方がいいかしら」

これも係員が言っていたとおり、工事に携わる人々は黒パンやライ麦パン、様々なパンを持参し食べている者が多かった。だがその大半はなにもつけていないパンをミルクとともに流し込むだけ。

忙しい彼らには仕方がないのかもしれないが、スティーリア的にはかなり味気ない昼食に見えた。

「それとも、チーズとか加工品も売る？　葡萄パンなら私が作れるし、帰ってハルナスさんに相談してみようかな」

ベンジーネにもらった金貨は、なにかあった時のために常に一枚だけ持ち歩いている。試しに、と金貨(それ)を使って大量の小麦粉と干し葡萄を購入しておいた。これで得意の葡萄パンを作って売れば、その分の収入を手にすることができる。

「神殿ではお金のこととかなにも考えてなかったから、これからはちゃんとしなきゃ」

スティーリアは髪をほどき、頭を軽く振って青髪を風になびかせた。

首の後ろでは、ようやく解放された、と言わんばかりに蛇髪二匹が上下左右にふわふわと動いている。

「帰ったら葡萄パンの試作でもしようかな。ずっと作ってなかったもの。上手くいったらパン売り用の馬車でも借りようかしら」

こうやって未来に思いを馳せていても、〝なにもかも忘れて一からやり直す〟という気分にはなれない。〝償い〟というのは目に見えるものではないし、正確には〝罪を償った日〟というのは永遠に来ることはないだろう。だからスティーリアは家庭を持つつもりはないし、恋人を作るつもりもない。

日々に祈りを捧げながらこの先もずっと、たった一人で生きていく。

そうすれば次に生まれ変わった時、人に理不尽な恨みと怒りをぶつけるような浅はかな人間ではなく、少しはましな人間になっているような気がする。

この時のスティーリアは自らに大いなる運命の手が忍び寄っていることを、なにも気づいていなかった。

スティーリアが雇い主の代わりにミルクを売りに行くようになってから、ちょうど二か月が経った。申請書に記載した代理販売の日付は今日までになっている。

ミルク売りは楽しかったが、それも今日で終わりだ。

雇い主ハルナスはこの二か月間の売り上げにいたく満足していたらしく、自分の怪我が治っても継続して売り子を頼むつもりだったらしい。

『ごめんなさい、ハルナスさん。私、今度から自分で作ったパンを売ってみようと思うんです』

『うーん、そうか。まぁ、スティーリアのパンは美味しいからな。そうだ、それなら積み込める分だけでいいからミルクも一緒に売ってくれよ』

ハルナスは少し残念そうな顔をしていたが、それならスティーリアのパンに合わせて自分の商品も必ず売れるはず、と商売人らしく気持ちをさっさと切り替えていた。

今、馬車にはミルク缶の他にスティーリアが作った焼きたての葡萄パンとチーズパンが積み込んである。パンはハルナスに頼み、売り上げ確認のためにひと月前から少しずつ持ってくるようになった。

売り上げは上々だが、もう少しパンの種類を増やしたい。自信を持って販売できるパンが完成するまでは自分は試作に取り組み、チーズパンと葡萄パンはハルナスに代理販売してもらうことになっている。

「うん、準備完了」

お客からパンを見やすいように荷台に並べたとたん、一気に大勢の人々が馬車の前に並んだ。

「やぁ、コーネディア。今日は葡萄パンを二つとチーズパン三つ、それからミルクを二杯分ね」

「はーい！　いつもありがとうございます」

あっという間に長蛇の列になっていく。

こうして常連が増えるにつれ、名前を訊かれる機会も増えた。そこで一応、スティーリアは偽名を名乗ることにしている。

『コーネディア』というのは、亡き父コーネインと母レンディーアの名前を組み合わせたものだ。

父はおっとりとして物言いも常に優しかったが、悪戯をしたスティーリアを叱る時は震えあがるほど怖かった。

母が作る料理やお菓子は本当に美味しくて、両親はいつも仲睦まじかった。

〝スティーリア〟という名前も、二人が新婚旅行に行ったフィークス王国の言葉でつけてもらった。

スティーリアの人生の中で最も満ち足りた幸せに包まれていたのは、家族三人で暮らしたあの七年間だけだったと思う。

その両親を合わせた名を名乗っていると、二人に側で見守られているような気分になるのだ。

「こんにちは、いらっしゃいませ」

次の客を見た途端、スティーリアは素早く大きめの蜜蠟紙を手に取った。

「葡萄パン一つとチーズパンを二つにミルク一杯。あと、いつもの持ち帰りも」

「はい、葡萄パンとチーズパン二つですよね。すぐお包みします」

スティーリアは背広を着た若い役人に蜜蠟紙の大きな包みを手渡した。

この役人はパンを売り始めた初日に買いに来てくれたのだが、その日は食べる暇がなくパンを持ち帰ったという。

そのパンを彼の妻と子供がいたく気に入ってくれたらしい。

彼は自宅へ三日おきに帰っているらしく、その時は毎回こうして家族分も購入してくれるようになった。

「はい、お次はチーズパンとミルク一杯ですね。お会計は――」

その後もパンとミルクはどんどん売れ、ついには昼を少し過ぎたところで葡萄パンもチーズパンも完売してしまった。

「パンだけを売るならもっと量を持って来られると思うけど、そうしたら大きいオーブンを買わないとだなぁ。パン焼き窯を作ってもいいけど、慣れるまでは焼きむらが出るのも怖いし……」

魔石の一種、熱焼石(ねつしょうせき)を使ったオーブンならその心配はない。だが相当高価な品で、残った金貨を全額投入してようやく中型のものが買えるくらいだ。

「あんまり大きなお金を一気に使うのも怖いし、買ったら買ったでオーブンを村に搬入してもらう時に結界を解かないといけないのが難点よね」

その場合は他の蛇髪族の仲間にも相談をしないといけないし、移動パン屋の開店を遅らせてでも魔石を使わない昔ながらのパン焼き窯を作り、ひたすら練習を積むしかない。

「……お嬢さん、パンはまだあるかな」

色々と考えながら片づけをしていると、作業着を着た一人の中年男が寄ってきた。少々強面(こわもて)だが、表情は柔らかい。体格がかなり良く、長身で腕には筋肉が盛り上がっている。

見かけない顔で、少なくとも常連ではない。新規のお客だろうか。だが、もう売るものはなにもなかった。

「ごめんなさい、もう売り切れちゃったんです」

作業員と思(おぼ)しき男は、あからさまにがっくりと肩を落としている。

「そうかー。いや、今日からここの配属になったんだが美味しいミルクとパンを売る女の子がいるって聞いていたから楽しみにしていたんだが」

　スティーリアは考えた。新規のお客は惜しい。けれどそれ以上に、楽しみにしてくれていた気持ちを無下にする形になってしまうのは申し訳ない気がする。

「あの、近いうちにもっとたくさんのパンを売りに来る予定なんです。準備ができるまではミルク売りの者に二種類のパンを委託するので、明日以降はその者から買っていただければ。よろしければ取り置きを依頼しておきましょうか？　パンを作っているのは私ですので、味に変わりはないと思います」

「そうか、じゃあそうしてもらおうかな。……あぁ、そうだ」

　肩を竦(すく)めながら、帰りかけた男がふと足を止めた。

「……？　どうしました？」

「いや、街外れに珍しい木の実を売る店があるのを見かけたんだよ。それをパンに練り込んだら美味しいんじゃないかと思って。いや、思っただけなんだ。すまないな」

　珍しい木の実の店。知らなかったが、それはかなり興味がある。

「あの、お店の詳しい場所を教えていただけませんか？　木の実のパンも試作してみたいです」

「もちろん。えーと、街外れっていうか街道の手前。小さい林の中だったかな」

「林の中、ですか。ありがとうございます」

　男は片手をあげて去って行く。

　林の中に店を構えるなんてあまり聞かない話だが、木の実を扱う店というならむしろ雰囲気が出ていいかもしれない。スティーリアは片づけを終え、御者台に急いで乗り込んだ。

街へ向かう街道から外れた場所。

男が言っていたように、薄暗い小さな林がある。スティーリアは首を傾げた。

「え、本当にここ？　私、なにか聞き間違えちゃったかしら」

こんな場所に店を構えるなら目立つ看板なりなんなりあると思っていたが、辺りには立て札一つ見当たらない。

「結構奥にあるのかなぁ。それとも、今日はお休みとか？」

だが、そもそも奥に進む道がない。木々も切り払われておらず、このまま馬車で進むことは難しい。スティーリアは仕方なく馬車を端に停め、御者台からひらりと飛び降りた。

「すぐ戻って来るから、ここでちょっと待っていてね」

馬の鼻面を撫で、林の中へと足を踏み入れる。と、横からいきなり低い声が聞こえた。

「……お嬢さん」

「きゃあっ！　なに!?」

反射的に飛び上がったスティーリアの前に、先ほどの作業員がゆらりと姿を現した。柔和な笑顔はかき消え、冷たい無表情でスティーリアを見下ろしている。

「あ、あの、ここ、お店が見当たらないんですが……」

なにかおかしい。本能的な危機感に従いながら、ゆっくりと後ずさる。

「そりゃそうだろう。こんなところに店なんてあるわけがない」

男は背中に手を回した。かちゃり、という音とともに、銀色に光る細長い刃が取り出される。

それを目にしたスティーリアの喉がひゅ、と鳴った。

「ご、強盗だったの……？　あの、パンの売り上げでしたら差し上げます！　でも、ミルクの方はお預かりしているお金になるので、ちょっと無理なんです、けど……」

――息ができない。野盗に襲われた、幼い頃の記憶が脳裏をよぎる。

口の中はからからに乾き、足が震えて上手く動かせない。男が枯れ草を踏みしめながら歩く足音が、耳の奥でガンガンと反響している。

「いやいや、金は取らないよ。金は、な。ところでお嬢ちゃん、あんた皇都に住んでいたことは？」

「な、なんでそんなことを訊くんですか……？」

男は口の端を歪めて笑った。

「あぁ、住んでいたんだな。こんな質問、さらっと嘘ついときゃいいのに正直なことだ。じゃあ次、クラウシュ公爵令嬢に会ったことは？」

「クラウシュ、公爵令嬢……？」

なぜ今、その名前が出てくるのだろう。

蔑みの視線をぶつけてきた美しい令嬢。そして今、ジルヴァラの側で愛され大切にされている皇后。

――そうだ。彼女はもう、〝公爵令嬢〟ではない。〝帝国皇后〟のはずだ。

「……あの、皇后陛下、ですよね？　もう公爵令嬢ではないのではないですか？」

男は一瞬ぽかんと口を開けたかと思うと、すぐに大声で笑い出した。

「お前、なにわけのわからないこと言ってんだよ。ま、馬鹿正直な田舎娘で助かった。公爵令嬢なんか知らないって言っておけばよかったのに」

小馬鹿にしたように言われ、スティーリアは押し黙った。あっさりと誘導尋問に引っかかった自分が情けない。

「顔は似顔絵にそっくりだが、髪色がまったく違うから少し迷ってた。アレは根性の腐った嫌な女だが、それこそ腐っても教育を受けた公爵令嬢ってとこだな、記憶力がいい」

「に、似顔絵……？」

「そう、これ」

男は作業着のポケットから紙切れを取り出した。今気づいたが、男の作業着はまったく汚れていない。護岸工事に携わって汚れないわけがないのに、なぜ気づかなかったのだろう。

「そっくりだろ？」

男が見せてくれた紙には、スティーリアの顔が描かれていた。

「あ、それ……」

そこでようやく思い出した。

――自分が、ミーア・クラウシュにはっきりと顔を見られていたことに。

「それにしても、ずいぶんと手間をかけさせてくれたよなぁ。城内にいる気配がないのは早々にわかったから城外を重点的に探した。だが別荘地にも皇太后のもとにもいない。そうなるとロッツ城かと思ったが、そこにもいなかった。それがまさか、髪色を変えて南側にいたとはね」

男は喉奥で笑っている。

スティーリアは震える足を叱咤しながら、じりじりと後ろに下がった。だが、逃げ切れる自信はない。馬車までは遠いうえに、仮に乗れたところで小回りのきかない馬車では、この男を振り切って逃げることはまず不可能だ。

「俺が取りにきたのは、金じゃなくて命。〝皇帝陛下を誑かす女〟と聞いているがそれはどうでもいい。こっちも仕事なんだよ。悪いな、お嬢ちゃん」

「や、やだ、ちょっと待って……！」

恐怖のあまり足がもつれ、スティーリアは地面に倒れこんだ。男はスティーリアを跨ぐようにして立ち、銀色の刃を振りかぶった。

「ご、ごめんなさい！」

スティーリアは咄嗟に男の足をつかんだ。そして瞬時に記憶を凍らせるべく、魔力を右手に集中させる。

「残念だったな、お嬢ちゃん」

「え……っ？」

暗殺命令の記憶を凍らせたはずなのに、男の目に漲る殺意は消えていない。

「ど、どうして？」

男は左手の袖をまくり、スティーリアに見せつけるようにかざした。

太い腕に鈍色の腕輪。そこには菱形に削られた紫の魔石が三つもはめ込まれている。

「俺は慎重な性格なんでね、仕事の時は相手が誰であれ、予想外の反撃を喰らうことを予想して対策はきっちりと取ってるんだよ」

へらへらと笑う男の顔を見上げながら、スティーリアは絶望に身を震わせた。

菱形に加工してある魔石は魔力防御専用のもの。その中でも紫の魔石はかなり上級の石だ。それを三つも使って防御をされては、恐怖で集中力が乱れている今の状況でこの男を呪うことはできない。

男の雇い主はクラウシュ家のようだが、なぜ彼の家は似顔絵で探し出してまでスティーリアを殺そうとするのだろうか。

大体〝皇帝陛下を誑かす女〟とはなんだ。ミーアはすでに皇后になっている。ジルヴァラとの仲もいいと聞いているのに、誑かすもなにもないはずだ。

「待って、どうして私が……？」

「じゃあな、お嬢さん」

男は軽薄な表情から一転、冷たい暗殺者の顔になった。一閃する銀の煌めき。

眼前に迫る刃を見つめながら、スティーリアは自分がどこまでも甘い考えを持っていたのだと、今さらながら思い知っていた。

――あんなに処刑を望んでいたはずなのに、今、ここで死ぬのがすごく怖い。

そんなスティーリアの恐怖が伝染したのか、馬車の馬たちがいななきながら忙しなく足を踏み鳴らす音が遠くから聞こえた。

「……ジルヴァラ、さま」

ぽつりと名前を呟いた次の瞬間。

風圧で髪が舞い上がると同時に、スティーリアの視界が真っ赤に染まった。

滴り落ちる鮮血。

スティーリアは呆然と、目の前の光景を見つめていた。

――男の胸から、銀色に光るなにかが生えている。

「え、えっ!? やだ、嘘、なに!?」

わけがわからないまま、スティーリアは両手で口元を押さえ悲鳴をあげた。

振り上げられた刃が、まるで時の流れが変わったかのように男の指から離れゆっくりと落下していく。信じられない事態に頭も目もおかしくなっているのだ、とどこか冷静に思いながら、ただ呆然とその光景を見つめ続けた。

男は目を見開いたまま首を動かし、己の胸元に視線を向けた。

男の胸から突き出ているのは、細長く幅の広い金属。

「こ、これ、剣? 違う、槍だわ……」

流れ出す赤い血により、金属に刻まれた模様が次第に浮かび上がってくる。刃に刻まれた、血に染まる翼。スティーリアは、それと同じ模様を見たことがある。

「クソッ! お前、一体、なにを……っ」

男は口から大量の血を吹き出しながら、突き出した刃を震える手でつかんだ。

「えぇ!? いえ、わ、私じゃな、ちが、違います!」

スティーリアはなにもやっていない。胸から槍を生やすような魔法なんて知らないし、そんな呪いだってかけていない。

「俺の妻に手を出すとは、ずいぶんと勇気のある男だな」

「え……？」

聞こえるはずのない声に、スティーリアは両目を大きく見開いた。そんなはずはない。これは幻聴だ。槍の模様も幻覚に違いない。

――だって、この声は。

「スティーリア、少し下がっていてくれ。槍を抜いたら、キミにこの男の血がかかってしまう」

「あ、は、はい」

〝幻の声〟に言われるがまま、スティーリアはずりずりと後ずさり男から距離を取る。

と、男が膝をつきがくんと前に倒れた。その胸から、ずるりと槍が引き抜かれていく。

「一体なにが、おきているの？　……っ!?」

倒れた男の向こう側にいたのは、漆黒の馬に乗った皇帝ジルヴァラだった。槍を無造作に振って血を払いながら、涼しい顔でスティーリアを見下ろしている。

「すまない、迎えに来るのが遅くなった」

スティーリアは土埃をはたきながら立ち上がり、改めて目の前の人物を見つめた。きっちり着込んだ軍服。風になびく黒髪。鏡のように美しい、銀の瞳。

「へ、陛下？　どうして、ここに？」

「それはあとでゆっくり話す。ともかく、まずは城に戻ろう」

「いえ、私は、きゃあっ！」

ジルヴァラは馬上から手を伸ばし、スティーリアを軽々と抱き上げた。懐かしい腕の感触。しがみつきたい気持ちを我慢しながら両手の持って行き場に悩んでいると、複数の馬の足音が近づいてくるのが聞こえた。

「陛下ー！」

「ご無事ですか、陛下！」

駆けて来るのは、見知った二人の近衛騎士。駆けつけた彼らは、地に倒れる男を見て呆れたような声をあげた。

「陛下、殺さないように注意してください、と散々申し上げたと思うのですが、ご理解いただけませんでしたか？　これでは尋問ができないではありませんか」

追いついてきた他の部下も男を槍で突っつき、残念そうに首を横に振っている。

「仕方がないだろう、俺のスティーリアが危なかったのだから。それに実行犯を尋問してもしょうがない。雇い主を直接叩けば問題ないと思うが」

ジルヴァラは肩を竦めている。だが、側近たちも珍しく引く素振りを見せない。

「雇い主があの方々だというのは、あくまでも陛下の推測に過ぎません。実行犯であるこの男本人からはっきりと名前を言わせるべきでした。これでは、言い逃れを許してしまう結果にもなりかねません」

「それに、暗殺者がこの男一人だけなのかどうかも不明です。単独活動なのかどこかの組織に属しているのか。まぁ、組織に依頼する場合は費用が高額になりますし口封じも困難ですから、おそらくは単独活動の者を使ったとは思いますが、確証がない以上まだ油断は禁物です」

部下たちに詰められたジルヴァラはたじろいでいる。そして無言のまま、拗ねたようにそっぽを

向いた。その子供っぽい仕草に、スティーリアは思わず吹き出してしまう。

「笑わないでくれるかな。俺が怒られたのはキミのせいなのだから」

「わ、私のせいですか？」

「キミのことになると、俺は冷静でいられなくなる。だからキミのせいだ」

見下ろす銀の瞳に、明らかな熱がこもっている。思わず顔を逸らしかけたスティーリアの顎がつかまれ、無理やり目線を合わせられた。

「……目を逸らさないでくれ」

「でも、あの、私」

声が上ずり、握られた指が震える。

「なにも言わなくていい。それより、生きていてくれて良かった」

呟かれた言葉とともに、そっと唇が重ねられた。温かい感触。角度を変えては幾度も与えられる口づけに酔いかけていたスティーリアは、はっと我に返った。

「だ、駄目です、陛下！　こんなの、皇后さまに失礼です」

「どうして？　まさかキミ、俺から離れていたこの一年で新しい男ができたのか⁉」

「あ、新しい男⁉　そんなわけないじゃないですか、私は、ずっと、陛下を……！」

そこでスティーリアは言葉を止めた。これ以上は、口にしてはならない。

「陛下に、謝罪すると言いながら恥知らずにも逃げ出してしまい、誠に申し訳ございませんでした。この上は、どんな罰もお受けいたします」

つい先ほどまでは、ジルヴァラの顔を見られて嬉しかった。けれど今は、忘れようとしていた温もりを与えられたことに苦しさを感じてもいる。

「……ですが、その前に馬車を返してきてもよろしいでしょうか。この馬車は預かりものなんです」

罰は受ける。だがハルナスの大切な馬車を置いていけない。かといって隠れ里には蛇髪族しか入れないため、馬車の返却を誰かに頼むわけにもいかないのだ。

「その前に聞いてくれ、スティーリア。俺はキミの手紙を読んだ。そしてキミのことを知った。でも、俺は怒ってなんかいない。むしろキミに恨まれても仕方がないと思っている」

スティーリアは目を見開き驚いた。

――恨む？　皇帝陛下を？　なぜ？

「私が陛下を恨むわけがありません！　だって私は、十六年も陛下を苦しめた犯罪者ですよ？」

恨まれるのならわかるが、恨むなんて筋違いもいいところだ。

「……キミは犯罪者じゃない」

ジルヴァラの唇が、耳の下に押しつけられた。

「城に戻るまで待っていられないな。今、ここで話そう」

そう言うと、ジルヴァラは馬を馬車の横に止めた。そして、銀の瞳をスティーリアに向ける。

「俺はキミの手紙を読んですぐ、神殿へ行った。そこで待ち構えていた祝炎（しゅくえん）の巫女（みこ）からキミを処刑したと聞いて絶望した。でも俺は、キミ以外の女を妻にしたくはなかった」

しかしスティーリアはジルヴァラに妻がいるのを噂（うわさ）で知っている。それなのになぜ、スティーリアにこうして甘い言葉を囁（ささや）いてくるのだろう。

「陛下、私は平民ですので皇族の方々のように一夫多妻を理解するのは難しいです……」

ジルヴァラが積極的に自分を愛人にしようとしていると思ってはいないが、呪いの溶け出しを懸念した皇太后や宰相に懇願されたとしたら、優しい彼はきっと断れないだろう。

「あぁ、わかっているよ。……言いにくいが、ここも正確に説明すべきだな。順を追って説明するから聞いてくれ。俺は当初、首尾よく呪いを封じ込めることができたらキミの命を奪うつもりだった」

「はい。……ん？　い、命を奪う!?」

ステイーリアは反射的にジルヴァラの胸を押し返した。だが、すぐに強い力で抱き締められる。

「怯えるのも無理はないが、俺から離れようとしないで欲しい。今はもう、そんなことなど微塵も考えていないから」

「でも、あの、どうして私を殺そうと？」

ジルヴァラは決まり悪げな顔をしながら、ぽつりぽつりと語り出す。

「俺は極度の女性不信に陥っていたせいで妻を持つつもりはなかった。呪いを解くのは構わなかったが、結婚はせず母上の実家から養子でもとればいいと思っていた。母上からキミを偽装皇后にすると聞かされた時、それを利用しようと考えたんだ。できるだけキミを隠しておいて、事が終わったら命を奪う。そのあとで後妻を勧められたとしても、妻を忘れられないだのなんだの言っておけば周囲は納得するだろうと」

ステイーリアは小さく溜め息をついた。途端に、巻きついているジルヴァラの腕がびくりと動く。

「陛下ったら正直に話しすぎです。そんなの、適当にごまかしながら話してくれればいいのに」

「キミには嘘を、つきたくない」

「はい。話してくださって、ありがとうございます」

正直、複雑ではないと言ったら嘘になる。けれど、怒る気はまったく起きなかった。これが惚れた弱み、というものだろうか。

「でも俺は今回、皇后の死を発表することができなかった。失ったことを認めたくなかったんだ。だから気持ちに折り合いがつくまで、キミが生きているように偽装していた。病弱設定のおかげで、いない者をいるように振舞うのはそう困難ではなかったよ」

いない者をいるように。

ということは、つまり。

「〝陛下と仲睦まじい皇后陛下〟って……」

「キミのことだよ。この一年は、本当に幻だったが」

ジルヴァラはスティーリアの髪に指を差し込み、後ろ髪に触れた。驚いたのか、蛇髪がバタバタと暴れている。

「細くて可愛い蛇だな。まるでキミみたいだ」

「ちょ、ちょっと、触らないでください！　噛まれてしまいます……！」

「そうなのか？　あぁ、俺の指に巻きついてきた。懐いてくれたのかな」

スティーリアはジルヴァラの腕の中で身を捩り、蛇髪に触れる指から逃れた。

蛇髪がなにをするかわからない、という心配もあったが、一番は呪いをかけた蛇髪族だとジルヴァラにあらためて認識されるのが嫌だったからだ。

「そ、そんなことより、どうしてここに？　陛下は私が死んだと思っていたのでしょう？」

「……葡萄パン」

「ぶ、葡萄パン？」

訊いたのは〝なぜジルヴァラがここにいるのか〟だ。その答えがなぜ〝葡萄パン〟なのだろう。

「湖の護岸工事の経過報告書を持ってきた役人の一人が興味深いことを話していたと侍女が報告してきた。フリンデッル湖のほとりで美味しいパンとミルクを売る娘がいた。持ち帰ったそのパンを子供がとても気に入り、現場に行くたびに買って帰るようになった。妻と子供が喜んだのは、味もだがなによりもその形だったと」

「パンの、形」

スティーリアの脳裏に、馬車を訪れるたびに持ち帰りのパンも買ってくれる役人の顔がよぎった。

彼にはほんの数時間前にパンを売っている。スティーリアは目を閉じ記憶を追った。いつも作業服ではなく、背広を着ている彼。背広の襟にはバッジ。そのバッジの刻印は『鴫と蔓葡萄』。

――彼は、軍属だったのだ。

「そう。チューリップの形のパン。……キミが俺に作ってくれたものだ。だから俺は、その報告を聞いてすぐゼーアールに向かった。湖に行ったらパン売りの娘は帰ったという。でも諦めきれずこの辺りを探していた。そうしたらキミの悲鳴が聞こえた。一瞬息が止まったよ。間に合って、本当によかった」

「……パンの形で居場所がわかるなんて、思ってもみなかったです」

結果的には命を救ってもらったが、ジルヴァラが逆の意味でスティーリアを探していたとしたら、他の仲間に迷惑をかけるところだった。

「それに、よく考えたら祝炎の巫女がキミをそうあっさり殺すはずがないからな。まぁ、パンの話を聞くまで俺は完全にキミを失ったと思い込んでいたわけなんだが」

ジルヴァラはスティーリアの前髪をかきわけ、額に音を立てて口づけた。スティーリアは目を細めながら、上目遣いでジルヴァラを見上げる。

「で、でも陛下、クラウシュ公爵令嬢のことは……」

「あぁ、アレのことか。俺の妻に相応しいのは自分しかいないと馬鹿馬鹿しいことを言っていたようだが、ただの妄想だ。然るべき対処はするから、俺に任せて欲しい」

頷き（うなずき）ながら、スティーリアはほっと息を吐いた。先ほど男が言っていた話の意味がようやくわかった。

「それにしてもまさか、ここまで執念深くキミの命を狙ってくるとは。俺が迂闊（うかつ）だった。怖い思いをさせて本当にすまない」

スティーリアは苦しげに顔を歪めるジルヴァラの頬を、そっと撫（な）でた。

「いいえ。助けに来てくださってありがとうございます。それから、その、またお会いできて嬉しいです。……ジルヴァラさま」

はじめて口にする名前。恥ずかしくて、消え入りそうな声でそっと呟く。

「お帰り、スティーリア」

甘い声とともに再び唇が重ねられ、今度はスティーリアも手を伸ばしてしっかりとしがみつきながら口づけに応える。

「馬車を持ち主に帰したら、俺と一緒に城へ帰ろう」

「いいえ。お気持ちは嬉しいですが、それはできません。罪を犯した私にそんな資格はないんですから」

会えて嬉しい。それは本当だ。でも、ジルヴァラとともに城へ戻ってしまったら罪深き自分は幸せになってしまう。

「だからキミは罪など犯していないと言っているだろう。呪いを受けた俺が言っているのだから、もうこの話は終わりにしてくれ。それに、キミが俺から離れるほうがよっぽど困る」

ジルヴァラはむすっとした顔をしている。

「で、でも……。私で、本当にいいのですか？」

「キミじゃないと嫌だ。キミが教えてくれたとおり、チョコレートのように甘く振舞うからどうかこれまでの俺を許してくれ」

――スティーリアの両目から、涙がこぼれ落ちていく。

あの言葉は本物の皇后に対するものとして向けた言葉だったのに、ジルヴァラはスティーリアのこととして考えてくれていた。

「……記憶を思い出した時、すぐにお話をすればよかった。罰を受けると言いながら、結局あなたに嫌われるのが怖かっただけなの」

「俺も、キミの髪に気づいた時点で話すべきだった。いや、キミへの想いを自覚した時にすぐ言葉にして伝えるべきだった。〝いつも行動が遅い、おまけにずれている〟と侍女たちにも散々叱られてしまったよ」

スティーリアは泣きながら笑った。侍女レリーと侍女コラール。二人が左右からジルヴァラを詰めている様子が、容易に目に浮かぶ。

「ふふ、ジルヴァラさま、かわいそう」

「だろう？　だから早く、俺を慰めて欲しいな」

ジルヴァラの銀の目に、明確な欲が宿り始める。

スティーリアはジルヴァラにしがみつき、軍服の胸にそっと頬をすり寄せた。


バルンステール城に戻ったスティーリアを真っ先に出迎えてくれたのは、レリーとコラールだった。

「巫女さまー！」

「お帰りなさいませ、巫女さま！」

二人は転がるようにして駆け寄り、スティーリアの右手と左手をそれぞれしっかりと握った。

「あの、すみません、あの時はお二人を騙（だま）してしまって……」

一年前、スティーリアは親切にしてくれた二人を出し抜き城から逃げ出した。仕方がなかったとはいえ、ずっと申し訳ない思いを抱いていたのだ。

「いいえ、お気になさらないでください。私たち、巫女さまがお戻りになってとっても嬉しいんです」

「その青いお髪も素敵ですわ、巫女さ……いえ、皇后陛下」

二人は手を握ったまま、いきなり跪（ひざまず）いてきた。

「や、やだ、やめてください、お二人とも！」

「皇后陛下、これからは私どもになんでもお申しつけくださいね」

「今まで、どこか遠慮をしていらしたでしょう？　そういうお気遣いはもう、必要ございませんので」

〝なんでも〟と言われても困る。

そもそも自分は彼女らに頭を下げてもらう資格はない。それに髪の色について触れてきたということは、スティーリアの〝罪深き正体〟も知っているのだろう。

だが、ひとまず城に戻ることには同意したものの、正直なところまだ自分が皇后になることに対して今一つ覚悟ができていない。

――馬車を返しに行った時、ハルナスや他の蛇髪族の面々は事情を聞いて非常に喜んでくれた。

大人になったスティーリアがのちに思っていたように、村が野盗に襲われた件について当時の皇太子ジルヴァラを恨んでいた者は誰一人としていなかったのだ。

『それなら皇都の墓地にお前の両親の墓を移してもらわないといけないな』

ハルナスはそう提案してくれたが、スティーリアにはそのつもりはない。あの村はスティーリアの幸せな思い出そのものなのだ。墓と村。その両方に意味がある。

「……あの、実を言うと私はまだ――」

「皇后さま、チョコレートと木の実のバターケーキとクッキーもご用意しておりますよ。お茶をお淹れしますので、どうぞこちらに」

「陛下、陛下もついでにどうぞ」

はしゃぐ二人に手を引かれながら、スティーリアは困惑の表情をジルヴァラに向けた。ジルヴァラは肩を竦めはするものの、止める素振りは見られない。

「……俺がキミの考えていることを察していないとでも？　ともかく、まずはお茶でも飲んでくれ」

「ジルヴァラさま、でも」

彼の側にいたい。それは偽らざる本心だ。

けれど、蛇髪族であることを捨てたくもない。再会の喜びに浮かれた状態でつい城まで戻って来てしまったが、気持ちが落ち着き始めた今、自分がここにいてもいいのだろうか、という不安がむくむくと湧きあがってくる。

「安心してくれ、キミの気持ちを無視して強引に事を進めるつもりはない。ただ俺がなにをどう考えているか、それを聞いてから決めて欲しい」

「……はい」

ジルヴァラは皇帝だ。

命令をすることだってできるのに、スティーリアの意志を尊重しようとしてくれている。

仮にスティーリアが「どうしても皇后になれない」と言い張れば、彼はおそらくそれを許してくれるだろう。けれどそのあとは、自らが耐えがたい喪失感に襲われることもよくわかっている。

誇りと愛情。

本来は両立させるべき二つの感情を、天秤（てんびん）にかけなければならないことに胸がひどく痛んだ。

「わ、すごい……」

侍女たちに連れて行かれたのは、以前与えられていたよりも数倍は大きな部屋だった。

「ここが俺の妻の部屋になる。……その、ひとまずはここで過ごしてくれないか」

ジルヴァラは気まずそうにうつむいていた。まさかここにきて、スティーリアが迷いを見せるとは思っていなかったのだろう。落ち込んだように見えるその姿に、じわじわと罪悪感が込みあげてくる。

「はい、ありがとうございます」

「いや、俺こそ、ありがとう」

二人の間に流れる空気はどこか硬い。その微妙な空気を察したのか、侍女たちはことさら明るく振る舞いながらスティーリアを椅子に座らせた。

「相変わらず華奢でいらっしゃるわ。力をつけていただきたいですもの、バターケーキは大きめにお切りいたしますね」

「クッキーは焼きたてでございますよ、どうぞ」

スティーリアの目の前に、分厚く切られたケーキとクッキーがたっぷり盛られた皿が置かれる。

「あ、ありがとうございます……」

実を言うと村では夜遅くまでパンの試作を行い、試食を繰り返していた。

そのせいでスティーリアはむしろ少し太っている。痩せて見えているのならよかった、とひそかに内心で安堵していた。

「そうか？　先ほど馬に乗っていた時には、前より肉づきが良くなったと思っていたが」

ジルヴァラは不思議そうな顔で首を傾げている。

（ば、ばれてた……！）

羞恥のあまり、顔から火が出そうになる。せめて試食は朝にすべきだった、と頭の中で自分を責める声がぐるぐると回った。

「ご、ごめんなさい、その、おっしゃるとおり、実は少し太ってしまいまして……」

「やっぱり。だが、キミはもう少し太ったほうがいい。脇腹のぷよぷよしている感じはなかなかいいと思うが、二の腕あたりが少し細すぎ――」

「陛下、陛下！　お紅茶いかがですか！」

「そうだ、ケーキ！　陛下はバターケーキがお好きですよね？」

涙目でぷるぷると震えるスティーリアの横で、侍女たちがジルヴァラの前に音を立てて皿やカップを置いていく。

雑に切られたケーキやカップの縁を飛び越える紅茶の雫にジルヴァラが顔をしかめたその時、廊下から近衛騎士の怒声が聞こえた。

「お帰りください、クラウシュ大臣、ご令嬢！　陛下は今、休息をとられております！」

「〝皇后陛下〟にご挨拶をと思っただけですわ。皇后さまはお身体が弱いと聞いておりますし、なにかと不慣れでいらっしゃるでしょうから貴族としての教育を積んだわたくしならなにかお力になれるかもしれませんもの」

「ま、待ちなさい、ミーア！」

――焦ったような男の声と余裕を含んだ甲高い声。後者の声には聞き覚えがある。その二つの声が聞こえたかと思うと、レリーとコラールがスティーリアの前に素早く立ちはだかった。

二人は銀のトレイを持ったまま隙間なく並び立ち、スティーリアの姿を完全に隠している。

「……スティーリア、そこから動かないでくれ」

ごく小さな声で呟きながら、ジルヴァラがゆっくりと立ち上がった。

「陛下！」

ジルヴァラが一歩踏み出すと同時に、派手な音を立てて扉が開いた。スティーリアは思わず身を竦ませる。

「そこで止まれ。ここは妻の部屋だ」

「ごきげんよう、ジルヴァラさま。そう堅いことをおっしゃらないで。それで、皇后陛下はどちらにいらっしゃいますの？」

ミーア・クラウシュの無遠慮な声と、ヒールの足音。知らず、スティーリアの背筋が震えた。

不穏な気配を察したのか、蛇髪が忙しなく髪の間で蠢いている。

「妻は休ませている」

ジルヴァラの言葉に、侍女二人もうんうんと頷いている。どうやら、スティーリアは不在の設定らしい。それならば、と静かに両手を持ち上げ口元を覆い、そっと息を殺す。

「まぁ、どこか具合でもお悪いのですか？　それでしたら是非、お見舞いをさせていただきたいですわ」

「必要ない。ルーゼル、貴殿はこの前言ったことをもう忘れたらしいな」

ジルヴァラはなんの感情もこもっていない低い声で呟いた。

「あーあ、愚かな人たちね」

「いい気味だわ」

侍女たちは小声で呟きながら、呆れたように肩を竦めている。ジルヴァラの表情は相変わらず見えないが、彼女らの様子から察するとどうやら相当怒っているらしい。

「お、お待ちください、陛下！　娘は過去、愛する陛下が呪いにかかったという混乱から心にもない言葉を口にしてしまいました。ですが、それは娘の愛情があまりにも深かったがゆえでございます！　陛下も娘を大切にしてくださっていたではありませんか、ですからどうか、寛大な御心をもって――」

熱弁をふるっていた男、クラウシュ公爵の声がぴたりと止まった。

「……？」

スティーリアは侍女の背中越しに、そっと顔を覗かせた。

「あ……」

ジルヴァラのすぐ目の前にいるのはミーア・クラウシュ。その後ろに、神経質そうな顔立ちの中年男が立っている。ミーアの父、クラウシュ公爵。

――公爵の首元には、音もなく忍び寄った近衛騎士により銀の刃が突きつけられていた。

「……クラウシュのご令嬢が愛しているのは〝皇帝〟であって俺ではない。そして〝元婚約者〟のことなどどうでもいい。だがルーゼル、俺の大事な妻を害そうとした〝貴殿の娘〟のことだけは、一生許すつもりはない。蛇を食べて育った俺は、蛇のように執念深い男だからな」

クラウシュ公爵の顔は蒼白になり、汗が滝のように流れている。それでも状況を理解してはいるのか、慌てたように娘ミーアの腕をつかんだ。

「お父さま、なんですの？」

「行くぞ、ミーア。お前はもう金輪際、陛下に近づいてはならない。わかったか？」

公爵が娘にはっきりと命じた直後、背後の近衛がそっと離れていく。

だが、そこで予想外のことが起きた。ミーアが父親の手を振り払い、強い眼差(まなざ)しで睨(にら)みつけたのだ。

「お父さま！　私を皇后にしてくださるのではなかったの!?」

「ミーア！　ミーア、やめなさい！」

叫ぶ娘の腕をつかむ公爵の顔が、蒼白を通り越し土気色に変わっている。

その様子があまりにも奇妙で、スティーリアは思わずジルヴァラに目を向けた。ジルヴァラも困惑を滲ませた表情で、揉(も)める父娘を見つめている。

「嘘つき！　お父さまのせいで、わたくしの人生が台無しになってしまったじゃない！　お母さまがいつもぼやいていらしたわ、お父さまはお金の管理以外なんにもできない役立たずだって！　あの時だって、お父さまが使える野盗を手配していればこんなことにならなかったのに！」

「ミーア！」

――その瞬間、スティーリアの蛇髪がざわりとざわめいた。

「お父さまのことだもの、野盗に支払う報酬を値切りでもしたのでしょう!?　だから質の悪い連中しか食いついてこなかった！　あの場でジルヴァラさまを父親の皇帝ともども始末できていれば、愚鈍なヘルトを次の皇帝にして私が皇后になれたのに！」

「黙れミーア！　お前が無能だからだろう！　せっかくマリーさまがジルヴァラ殿下を辺境の地に追いやってくれたのに、お前がヘルトを上手く操れなかったせいで！」

「わたくしが悪いの!?　悪いのはヘルトよ！　皇帝陛下を狩りに誘って傷ついた黒銀砂鳥(クロギンサチョウ)を荷物に忍ばせるだけでいいと何度も言ったのに！　あの馬鹿で間抜けな男が、わざわざお腹(なか)を裂いていたなんて知らなかったわ！」

――この二人は、一体なにを言っているのだろう。

「野盗に支払う報酬……？　ジルヴァラさまを、始末……？　黒銀砂鳥のお腹を裂いた……？」

スティーリアは侍女たちを押し退(の)け、ふらふらと前に出た。

「もしかして、あなたたちが村を襲わせたの？　病気を流行(はや)らせたのも？　どうして？　どうしてそんなひどいことをしたの？」

首の後ろで蛇髪が揺らめいた。振り向いたミーアの両目が、段々と見開かれていく。

「あ、あなた、そこにいたの!?　それに、その髪……！」

「村のみんながあなたたちになにかした？　なんの罪もない人々は？　優しいロードボッシェやミカは？　あの子は十六歳だったのよ？　カンナと二人で、やっと幸せになれるはずだったのに」

あれは偶然ではなく人為的に狂わされた運命だったのだ。目の前で怯えた顔をしている、この親子によって。

「……絶対に、許さないから」

胃の腑(ふ)が、まるで炎の欠片(かけら)を飲み込んだかのようにかっと熱くなっていく。

あの時、ジルヴァラに呪いをかけた時と同じ感覚。魔力を含んだ文言が、喉のすぐそこまで来ている。

　スティーリアはジルヴァラを見つめた。親子に向けられたジルヴァラの銀の瞳には、激しい怒りが浮かんでいる。

（ジルヴァラさま、ごめんなさい……）

　自分は本当に学習しない女だと思う。いや、学習どころか反省すらできない愚かな人間だ。

　なぜならば自分は、これから再び過ちを犯してしまう。だが、後悔はない。

「その代わり、あなたたちには後悔をしてもらうから」

　スティーリアはゆっくりと息を吸い、そして言葉を吐き出した。

　持てる魔力をすべてこめた、呪いの言葉を。

『食べ物は氷。飲み物は水。あなたたちが口にするものはすべて、水と氷に変わる』

　スティーリアの放った言葉は、青い靄となって大きく広がり、クラウシュ親子を包んでいく。

「ま、待って！　どういうこと!?」

「貴様、公爵である私に呪いをかけるなど、正気か!?」

　靄は二人の身体に吸い込まれた。これで、呪いは成立する。

「……自分たちがやったことの結果でしょう？　だって、あなたたちのせいで亡くなった人々はもうなにも食べることはできないのよ？　それなのに、その原因であるあなたたちが毎日美味しい食事をとるなんて割に合わないわ」

　――彼らに『蛇喰い』の呪いをかけるつもりはなかった。こんな親子を生かすために、食料として狩られることになる蛇が気の毒だったからだ。

「水と氷だけだと栄養不足が心配よね、でもそれは安心して。焼きたてのパンを食べてもこんがりと焼かれたお肉を食べても、温かいスープを飲んでも甘い果汁を口に含んでも、口の中に入った途端に冷たい氷と無味の水に変わるというだけで、栄養は本来のままだから」

スティーリアはもはや動くこともできない親子を睨みつけながら、右手をそっと後頭部に回した。

ここで再び蛇髪を引き抜き〝呪いの記憶〟を凍らせる。そうすれば、たとえベンジーネに泣きついたところで解呪することのできない強力な呪いに変化する。

それに、呪いをかけた記憶を失ったスティーリアができることはなにもない。

「ごめんね……！」

スティーリアは震える手で蛇髪をつかんだ。意図を察したのか、二匹の蛇髪は大人しくしている。

「……やめろ、スティーリア」

低い声とともに、蛇髪を握るスティーリアの手首がやんわりとつかまれた。見ると、ジルヴァラがどこか怒ったような顔で見下ろしている。

「ジ、ジルヴァラ、さま」

「少し落ち着いてくれ。彼らがあまりにもかわいそうだ」

ジルヴァラの咎めるような眼差し。その視線を受け、スティーリアは項垂(うなだ)れながら肩を落とした。

今度こそ軽蔑された。当然だ。

いくら彼らが策略を企てたせいで蛇髪族の村が滅び、帝国中に病が蔓延(まんえん)したとしても実際にジルヴァラに〝呪い〟という害を与えたのはスティーリア自身だ。

おまけに相手は公爵家で財務大臣。貴重な人材に対して個人的な恨みを晴らすためだけに呪いをかけ、さらにその呪いを永続固定しようとするなど皇帝の立場からすると到底容認できるものではないだろう。

けれど、それでも彼らを許すという選択肢はなかった。

「申し訳ございません、陛下。でも、ご存じでしょう？　私は〝氷呪の巫女〟です。その名に相応しく、彼らに〝氷の呪い〟をかけたまでですわ」

スティーリアはつかまれた手首を振り払い、一歩後ろに下がった。

こうなったら、全部の記憶を凍らせてしまおう。そうすればなにもかも終わらせることができる。恨み、後悔、怒り。幸せな思い出もあたたかな愛情もはじめての恋も、すべて。

「さようなら、ジルヴァラさま。私はあなたを、心から愛していました」

そしてスティーリアは、蛇髪を引き抜くために後頭部へ手を回した。ジルヴァラの銀の目が大きく開かれていく。続いて聞こえる、耳障りな悲鳴と掠れた怒声。

だが、蛇髪を引き抜くことはできなかった。ジルヴァラに止められたわけではない。

「え、どうして……？」

――蛇髪が、いない。

スティーリアは思わずジルヴァラを見つめた。ジルヴァラの銀の視線は、安堵を多分に含みながらスティーリアの足下に向けられている。

「う、嘘……」

足下には、元気に動き回る細く青い二匹の蛇がいた。おそらく、いや確実にスティーリアの髪だったはずの青い蛇。

スティーリアは慌てて自らの髪を一房つまんだ。青い髪は、再び真珠色に変化している。

「キミの蛇髪は賢いな。主に負担をかけないよう、自ら脱出をはかるとは」

戸惑うスティーリアの前で、ジルヴァラは膝をつき二匹の青蛇に向かって右手を差し出した。青蛇は当然のように、ジルヴァラの指に巻きついていく。

「キミが蛇髪を引き抜こうとした時には焦ったよ。彼らは俺に懐いてくれていたし、なによりもキミの一部なのだから絶対に命を落として欲しくはなかったからな」

遠巻きに見ていた侍女たちも駆け寄り、興味深そうに青蛇を眺めている。しばらくその様子を呆然と見つめながら、スティーリアはそこではっと両目を見開いた。

「あ、じゃあ、さっきのは……」

「さっきの？　なに？」

「か、彼らがかわいそうだとおっしゃっていたではないですか。ですから私、クラウシュ公爵さまたちのことをおっしゃっているのかと思って……」

「ん？　キミはおかしなことを言うな。彼らのどこがかわいそうなんだ」

ジルヴァラは心底不思議そうな顔をしている。

「陛下のおっしゃるとおりですわ」

「大変、笑いが止まらないですわ」

二人の侍女、レリーとコラールが遠慮のない大爆笑をする中、当のクラウシュ親子はもはや立っていられなくなったのか、蒼白な顔で床に座り込んでいた。

「……ジルヴァラさま、私を軽蔑しないのですか？」

「だって、私は呪い、を」

――自分は一度、感情に任せて許されない罪を犯した。それを反省したはずだったのに、公爵親子(彼ら)のせいで大勢の命が奪われ運命を狂わされたのだと思うと、湧きあがる怒りを抑えることができなかった。

「いえ、彼らに呪いをかけたことに後悔はしていません。でも後悔をしていない、というところが駄目なのだと思うの」

そもそも、こんな短絡的な女が皇后に相応しいとは思えない。それにこれからも、こんな風に怒りにまかせて他人に呪いをかけてしまうかもしれない。

あまりの情けなさに、両目にじわりと涙が浮かぶ。だがその時、ジルヴァラの長い指が優しくスティーリアの涙を拭った。

「スティーリア、さっきの言葉をもう一度言ってくれないか?」

「え、さ、さっきの言葉?」

さっきと言えば、〝軽蔑しないのか〟という部分だろうか。なぜその部分を言わされるのかわからないが、ジルヴァラが望むなら、とスティーリアは同じ言葉を口にする。

「ジルヴァラさま、私を軽蔑――」

「いや違う。それじゃない」

「え、違う?」

スティーリアはジルヴァラを見上げた。なにかを期待するような眼差し。だが、なにを期待されているのかわからない。

「その、えっと……」

「……はぁ、キミは本当に俺を焦らすのが上手いな。言ってくれただろう、俺を愛していると」

頬を染めながら、照れたように咳ばらいをするジルヴァラに向けて侍女たちが冷たい視線を送っている。

言われたことを理解したスティーリアの頬も、負けじと赤く染まり始めた。

「あ、それは、その」

「ほら、早く言ってくれ」

「いや、でも」

さっきはこれで本当に最後だと思っていたから言えたのだ。

それなのに、あらためて言われると途方もなく恥ずかしい。おまけに、すぐそこには精気を抜かれたような顔の公爵親子がいる。

「わ、わかりました」

それでも、まるで少年のようにわくわくしながらこちらを見下ろしているジルヴァラの願いを無下にすることはできない。スティーリアは胸元に手を当て、大きく息を吸った。

「ジルヴァラさま、愛していま、す……っ」

言い終わる前に、全身を大蛇に締め上げられているような勢いで抱き締められた。ぎしぎしと、骨が軋む音が聞こえる。

「俺も愛している。スティーリア、俺が愛するのは生涯でキミだけだ」

「あ、ありがとう、ございます、あの、ちょっと力を緩めていただけると、嬉しいのですが」

人前で抱き締められ恥ずかしい、というよりも単純に苦しい。

「せっかくキミとゆっくりお茶を飲もうと思っていたのにとんだ邪魔が入ったな。気晴らしに湯でも浴びて、二人でゆっくりしようか。お菓子はまたあとで運ばせるから」

蕩けるような甘い顔と声で囁かれては、拒むことなどできるはずがない。スティーリアは締めつけられる苦しさも忘れ、真っ赤な顔で頷いた。

「レリー、コラール、彼らのことを頼めるか？　あぁ、彼らというのは床に這いつくばっているそのアレのことではないからな」

言いながら、ジルヴァラは二人の侍女の前に右手を突き出した。大きな手の甲に乗った二匹の蛇が、ジルヴァラと侍女たちを見比べるように頭を動かしている。

「もちろん承知しております、陛下」

「あとであの場所は徹底的に清掃いたしますわ」

恭しく頭を下げながら、二人が左右から両手を差し出した。青く細い蛇は少し考えるような素振りを見せながらも、やがて胴をくねらせそれぞれの手に絡みついていく。

「まぁ、鱗がすべすべ！」

「お目々もくりくりで可愛らしいわ！」

侍女たちは嫌がるどころか歓声をあげている。そんな彼女らに苦笑を浮かべながら、ジルヴァラはスティーリアをひょいと抱きあげた。

「行こう、スティーリア」

「は、はい、ジルヴァラさま」

「それから先に謝っておくが、やっぱり俺はもうキミを手放すことができない。無理強いをしたくないのは本当だが、ずっと俺の側にいて俺を守ってくれると嬉しい」

「ま、守る!? 私がジルヴァラさまを、ですか？」

ジルヴァラは優しい顔のまま、首を縦に動かした。スティーリアは戸惑う。

守るもなにも、『蛇喰い』の呪いは完全に凍結している。頭部だけとはいえ蛇髪が復活した状態で身体を重ねたのだ。もう絶対に、呪いが溶け出すことはない。

逆に今は、再び蛇髪が抜けてしまっている。今、スティーリアの魔力は並程度だ。

結界魔法を期待されているのかもしれないが、元々スティーリアが結界を張る能力はそれほど高いものではない。

「あの、ジルヴァラさま。今の私の力では、ジルヴァラさまをお守りしきれません」

「違うよ。俺は身体や国を守って欲しいわけじゃない」

小さな笑い声とともに、ジルヴァラの顔が近づいてくる。

「キミは俺の心を守ってくれる。キミが側にいてくれたら、俺はきっといい皇帝になると思う」

真珠色の髪を映す、美しい銀の瞳。スティーリアは手を伸ばし、ジルヴァラの頬をそっと撫でた。

「ジルヴァラさまは、もうすでにいい皇帝でいらっしゃるわ。私が保証します。……妻の、私が」

スティーリアは今度こそ覚悟を決めた。

もう迷わない。後悔もしない。

怒りにまかせて他人に呪いをかけるような自分が皇后に相応しいとは今でも思わないし、実際そうなのだろうとは思う。けれど側にいることでジルヴァラの心を守れるというのなら、己の罪悪感ごとき恐るるに足らない。

「……可愛いことを言う。湯を浴びるのはやめて、このまま寝室へ行こうか？」

「いいえ、それは駄目」

むぅ、と不貞腐れるジルヴァラの胸に頬をすり寄せながら、スティーリアは横目でクラウシュ親子の様子をそっとうかがった。父ルーゼルは先ほどと変わらず抜け殻のようになっている。

娘ミーアは多少立ち直ったのか、青褪めながらも涙に濡れた目でスティーリアを睨みつけていた。

だがどれだけ強い眼差しを向けられても、もう委縮する気持ちは湧いてこない。

人を表層しか見ようとせず、己の欲望のために大勢の人間を平気で不幸にすることができる親子には、ただただ憐れみの思いしか感じなかった。


香りの良い湯気の立ち込める大きな浴室。

スティーリアはジルヴァラの腕に抱きこまれながら、純白の湯に浸かっていた。

「ロッツ城と比べて、なんとなくお湯の質が柔らかく感じますね」

「バルンステールの湯は湧き水を沸かしたものだが、ロッツは天然の温泉だからな」

「な、なるほど。えぇと、いつもは透明なお湯なのにどうして今日はお湯が白く濁っているんですか？」

「あぁ、これは東の小国から取り寄せた風呂用の粉なんだ。湯に入れて溶かすと身体にいいらしい」

「そ、そうなんですか。あ、なにか白いお花みたいなものがいっぱい浮いているわ。これは一体なんでしょう」

スティーリアは緊張を和らげようと、どうでもいいことをひたすら喋り続けていた。

——落ち着かないのだ。

ロッツ城の浴室で一瞬すれ違ったことがあるだけで、こうしてきちんと一緒に入るのははじめてになる。

これまで何度も一糸まとわぬ姿で身体を重ねてきたはずなのに、ベッドではないというだけでどうしてこうも緊張してしまうのだろう。

「身体が硬いな。緊張している？　ひょっとして、俺と風呂に入るのは嫌だったか？」

しゅん、とするジルヴァラを見て、スティーリアは慌てた。

「いいえ、そういうわけでは……！　ただ、その、今さらですが恥ずかしくて……。だってこれまでは一応、裸で近くにいても呪いを凍らせるため、という大義名分がありましたから」

「あぁ、そういうこと」

焦りながら弁解をするスティーリアが愉快だったのか、ジルヴァラは楽しそうに笑っている。

「ひゃっ!?」

唐突に、大きな手が両胸をふわりと包んだ。そのままやわやわと揉みこまれ、スティーリアはたまらず声をあげる。

「あ、あの、ジルヴァラさま……！」

「ん？　どうした？」

「ど、どうしたって……」

湯に浸かっているせいで胸はふわりと浮きあがり、顔のすぐ近くで胸を揉まれる様子がまざまざとうかがえる。それがどうにも恥ずかしい。

「あぅ……っ！」

胸をつかむ指の力は段々と強くなり、柔らかな胸は形を変えていく。そして耳元に聞こえる荒い息づかい。思わず身を捩ったところで、背中にぐり、と硬いものがあたった。

「あ、ジルヴァラ、さま……」

「大丈夫、風呂では抱かない。でも、少しだけベッドの上とは違う反応を見せてくれるキミを見てみたいな」

ジルヴァラの声が、次第に低く掠れていく。

「ここを、こうした時とか」

爪先で胸の先端を軽く引っ掻かれ、スティーリアはびくりと背を跳ねさせた。

「あっ、い、意地悪……！」

「俺が意地悪なのは、キミが一番よく知っているだろ？」

ジルヴァラは胸を弄りながら首筋に軽く吸いついてきた。そんな風にされると、腹の奥が切なく疼く。両足をもじもじとさせながら、スティーリアは恨みがましげに呟いた。

「……ジルヴァラさまのせいだわ」

「ん？　俺がなに？」

「ジルヴァラさまのせいで、私の身体が変になっちゃったじゃないですか」

「そうか、俺のせいなのか」

ジルヴァラは嬉しそうに右手をスティーリアの腹部に滑らせた。長い指が臍の周囲をくるくると回り、やがて踊るように下へと降りていく。

「こ、ここではしないって……」

「うん、しないよ」

宥めるように首筋をひと舐めされたあと、足の間に指が滑り込んできた。止める間もなく、指は当然のように割れ目の奥深くに潜り込んでいく。

「やだ、待って、だめ……っ」

「だめ？　本当に？」

甘く囁かれ、スティーリアは頬を熱くする。

ジルヴァラは決して力ずくで迫っているわけではない。その気になれば秘部に触れられるのを防ぐどころか、抱き締められている腕から逃れることだってできるのだ。

「うぅ、本当じゃ、ないです、けど……」

「それはよかった。でも、もっと素直になって欲しいな。キミが本当に嫌がることはしないから」

スティーリアはむずかるように首を振った。心も身体もとっくに素直になっている。

ただなんというか、じゃれて甘えているだけなのだ。ジルヴァラがそこのところを汲んでくれないのが、どことなく腹立たしく感じる。

「……ジルヴァラさまったら、本当に鈍いんだから」

「ん？　なにか言った？」

「な、なんでもないですっ」

こういう鈍いところも魅力だと思えてしまうから不思議だ。そう思いながら、スティーリアは自らの身体をジルヴァラに委ねた。首や耳を舌で嬲られながら、体内で蠢く指の刺激を懸命に耐える。

「あ、んん、んん……ッ」

指の動きが一段と激しくなるにつれ、湯の表面が波立ち始める。自分が無意識に腰を振っていることに気づいた瞬間、もっとも感じる場所を指で強く抉られた。

「あっ、あっ！　そこ、だめ……ッ」

スティーリアは腰を突き出すようにしながら、予想よりもずいぶんと早い一回目の絶頂を迎えた。


湯の中で早々に果てたあと、スティーリアは即座に抱きあげられ浴室から連れ出された。濡れた身体は部屋へとつながる室内廊下を歩いているうちに、壁に埋め込まれた温熱石（おんねつせき）で自然と乾かされていた。

二人が全裸で現れることを見越していたのか、部屋に侍女たちの姿はない。

ジルヴァラは今にも鼻歌を歌い出すのではないかと思うくらいに機嫌よく、寝室に入っていく。

だがスティーリアをベッドに横たえた途端、ジルヴァラの顔つきが変わった。

まるで獲物を前にした獣のような目つきで、スティーリアを視線で舐め回している。

「ジルヴァラ、さま？」

「……すまない、スティーリア。優しくできないかもしれない。俺にとって、この一年は長すぎた」

そう言うと、嚙みつくようなロづけが降ってきた。まるで、本当に食べられてしまうのではないかと思うような激しい口づけを受けていると〝愛されている〟という実感がじわじわと湧いてくる。

「私も、あなたを忘れたことなんてなかった……！」

より深くなる口づけ。スティーリアは両手を伸ばし、しっかりとジルヴァラの首にしがみついた。口内をかき回す舌を積極的に求めながら、引き締まった腰に両足を絡める。

「待ってくれ、スティーリア……っ」

掠れた声で懇願され、スティーリアは潤んだ瞳でジルヴァラを見上げた。ジルヴァラは苦しそうな顔で、肩を大きく上下させている。

「……今、一年が長かったと言っただろう。俺はキミがずっと恋しかった。毎日のようにキミと身体を重ねた時のことを夢に見ていたのに、そんなに可愛く甘えられたらもたないじゃないか」

——なにが〝もたない〟のだろう。

そう疑問に思いながらも、スティーリアはひとまず謝罪の言葉を口にする。

「ご、ごめんなさい……？」

「……うん、わかった。キミはしばらく黙っていてくれるかな。これから俺が好きにするけど、ともかくキミはなにもしないでいて欲しい」

「……？　わかりました」

よくわからないが、ここはジルヴァラに従おう。スティーリアは両手を顔の横に置き、全身から力を抜いた。

「うん、それでいい。あぁ、鳴くのは構わないから」

ジルヴァラは満足そうに頷き、身を起こすといきなりスティーリアの両腿（りょうもも）をつかんだ。そして両足を大きく広げたかと思うと、いきなり足の間に顔を埋（うず）めてきた。

「きゃあぁっ！　やだ、それされるの、嫌だって……！」

何回抱かれたところで、自身の秘部を舐められることにはどうしても慣れない。神経を直接嬲（なぶ）られるような強い刺激は元より、背徳感に耐えられないのだ。

だが全力で暴れてもジルヴァラはびくともせず、延々と舌を動かし続ける。

「あ、ひぅ、あん、ん……ッ　ひぁぁッ」

舌先が敏感な突起を掠めるたびに、背筋がびくびくと跳ねあがる。派手に響く水音。わざと音を立てているのだと気づくのに、そう時間はかからなかった。

「あん、あっ！　だめ、あ、そこ、もう舐めちゃだめ……！」

激しい快楽に耐えられなくなり、思わずジルヴァラの黒髪を強くつかむ。と、ぬるぬると蠢（うごめ）く舌が急に離れた。ほっと安堵の息をついた瞬間、硬く尖（とが）った肉の芽が強く吸いあげられた。

「〜〜〜っ！」

声にならない悲鳴。もう目を開けていられない。手に力を込めすぎて、ジルヴァラの黒髪が何本かぷちぷちと抜ける感触が伝わってくる。

彼に痛い思いをさせている、とわかっているけれど、強すぎる刺激を耐えることができない。

「……痛いよ、スティーリア」

足の間から飛沫（しぶき）を飛び散らせながら、がくがくと身体を震わせる。

痙攣（けいれん）がおさまった頃に、ようやくスティーリアの手が黒髪から離れた。涙で潤む目を開けると、苦笑を浮かべるジルヴァラと目が合った。

「あ、ご、ごめんなさ……」

「あぁ、謝らなくていい。ごめん、つい夢中になった俺が悪い」

「ち、違うわ、ジルヴァラさまは悪くないの。ごめんなさい、上手に我慢できなくて……」

ジルヴァラだけではない。触れ合うことのなかった一年の空白期間は、スティーリアの身体をすっかり貪欲に変えてしまった気がする。

「我慢できないのは俺のほうだよ。……スティーリア、もうキミの中に入ってもいい？　それとも、二回も果てたから少し休む？」

頬を撫でながら優しく聞かれ、スティーリアは素直に頷いた。が、すぐに首を横に振る。視線を下げた時に見えてしまったからだ。先端から悲しげに透明な液体をこぼす、ジルヴァラのものが。

「……ううん、休まない。だって、ジルヴァラさまに早く愛して欲しいもの」

スティーリアは再びジルヴァラにしがみついた。銀の瞳を見つめながら、先ほどのようにゆっくりと足を絡めていく。

「俺を誘惑するのが本当に上手くなったな、スティーリア」

「ジルヴァラさまは私のことをなにもご存じないのね。呪いを凍らせるため、と言いながら、私はずっとあなたが欲しくてたまらなかったんだと思うの。……こんな私を、はしたないって思う？」

「思うわけがないだろう。もっと乱れてくれてもいいのに、とはいつも思っているよ」

「……頑張ってみるわ、陛下」

ぎゅ、と抱きつきながら、耳元で甘く囁いてみる。数秒ののち、ジルヴァラの大きな溜め息が聞こえた。待ち望んだ瞬間が訪れる期待に、スティーリアの胸が高鳴っていく。

「……困った皇后だな」

低い声で呟かれた直後、身体の中心に甘い衝撃が走った。足のつま先まで痺れるような快楽。

宣言通り、手加減なく肉の槍を穿たれていく。一突きされるたびに、絶頂に達しているのがわかる。

「はぅ、あっ、あぁぁ……ッ！　ジルヴァラ、さま、好き、大好き……！」

「俺も好きだよ、愛している……！」

一年前は秘めていたこの想い。

それを堂々と口にしながら愛し合うことができるだけで、泣きたいほどの幸福感に包まれていく。

「スティーリア、スティーリア……！」

「ジルヴァラさま、もっと呼んで、私の名前……！」

――ひたすら互いの名を口にし、名を呼ばない時は唇を重ね合う。

激しい息づかい。加速度的に快楽が高まっていく。スティーリアは最後の力を振り絞り、銀の瞳を真っ直ぐに見つめた。ジルヴァラの瞳も、スティーリアの瑠璃色をはっきりと捉えている。

見つめ合う中、腰の動きが段々と速くなりジルヴァラの顔が苦しげに歪んでいく。やがて、ひと際最奥を突き上げられると同時に、つながり合った身体が小刻みに震えた。

熱など感じるはずもないのに、なぜか体内に温かな精が広がっていく感覚がわかる。それが本当に嬉しくて、スティーリアはジルヴァラを見つめたまま汗ばんだ顔にふわりと笑みを浮かべた。

「私、幸せです」

「あぁ、俺も」

優しく頬を撫でる手に、スティーリアは頬をすり寄せ遠慮なく甘える。

「……はじめての時、こうして甘えてくれたキミに俺はひどいことを言ったな」

「ふふ、そうですね。気持ちを試すようなことをするなんて、なんてひどい人だと思ったわ」

「……俺を憎んだことはある？」

「ええ。私、毎日あなたを憎もうと努力していたの。憎いはずのあなたを好きになっていく自分のことも、嫌いだった」

ジルヴァラは苦く笑いながら、上体を起こしベッド脇に手を伸ばした。戻ってきた手には、虹色に煌めく虹涙石（こうるいせき）の髪留めが握られている。

「これをつけてもいいか？　皇后」

「喜んで。陛下」

――この先どんなことがあろうと、思い込みが激しくて無神経で不器用で、優しくて穏やかで愛情深いこの人から絶対に離れない。たとえ世界が敵に回ろうと、自分だけは彼の味方でいる。

髪に戻ってきた虹色に触れながら、スティーリアはそう心に誓った。


「なんだか不思議な香りがするな。お菓子でも焼いた？」

馬上で揺れるスティーリアの髪に鼻先を突っ込みながら、ジルヴァラが首を傾げている。

スティーリアはジルヴァラと馬に乗っていた。馬車ではなく馬に乗って出かけるため、ドレスではなく華やかな小花の飾りがついた黒いワンピースを着ている。ジルヴァラの普段着に合わせて、スティーリアの服も黒が基調のものが多くなった。

「ううん、お菓子ではなくて葡萄パン。墓守さんに差し入れようと思って、作っていただいたパン焼き窯を使ったの。ずっと焼ける様子を見ていたから、焼いた香りが移ったのかもしれないわ」

——今日は墓参りに行く。皇太后ハルデニアが私財を投げうち、両親のお墓がある蛇髪族の村の跡地に工事の手を入れてくれた。

そのおかげで今、跡地は季節の花が咲き乱れる美しい霊園に変わっている。その管理のために、霊園内に墓守の家まで建ててくれたのだ。

ちなみにスティーリア専用である小型のパン焼き窯は、厨房(ちゅうぼう)で使っているパン焼き窯の隣にいつの間にかひっそりと作られていた。

「……手作りパンの、差し入れ」

途端に不機嫌になるジルヴァラに、スティーリアは慌てる。

「だ、だって、両親にパンを食べてもらいたいって思ってもお墓にお供えするわけにはいかないじゃない。だからお世話になっている墓守さんにお渡しして食べてもらって、パンの魂を間接的に両親や村のみんなに届けたいっていうか……」

「パンの魂、ね。霊園の工事を何度か視察したが、供え物を置く台座には魔法石が埋め込んであった。だから次に行く時までパンは腐ることなく無事だと思うんだが」

「いえ、そういうことではなくて……」

これはどう伝えたものだろう。

ジルヴァラはスティーリアが作る料理やお菓子、パンなどを自分以外の他人が口にするのを非常に嫌がる。なんとか許してもらえるのは皇太后ハルデニアだけで、レリーやコラールに対してですらあまりいい顔をしない。

「お願い、ジルヴァラさま。帰ったらお茶の時間に合わせてチョコレートクッキーを焼いてあげる。それともバターケーキがいい？」

おそらく、これは価値観の違いであり話し合ったところで完全な解決は難しい。そう判断したスティーリアは、甘えるようにジルヴァラの黒いシャツを引っ張った。

「わかった、ここは折れておく」

「ありがとう、ジルヴァラさま」

スティーリアは顔を上げ、ジルヴァラの頬に軽く口づけた。

「焼くのはバターケーキにしてくれ。……ところで今、俺に呆れているだろう」

ジルヴァラは頬を赤く染めながら、胡乱な眼差しでスティーリアを見つめている。

「い、いえ、そんなことないわ」

――正直なところ、実はちょっとだけ呆れていた。それを見透かされた動揺で、思わず声が上ずってしまう。

「自分でもわかっているよ。俺は少しおかしい。キミをずっと見ていたいし、キミのなにもかもが欲しくて仕方がない。誰にも触らせたくないし見せたくないはずなのに、キミが俺のものだと道行く人々すべてに大声で叫びたいとも思う。スティーリア、俺はなにかおかしな呪いにかかってしまったのかな」

「もう、そんなわけないじゃないですか……。そこまで呪いが心配ならジルヴァラさま、来週の祝賀パレードは取りやめにします？」

来週、皇后の病気が完治したことを祝う祝賀パレードが開かれる。もちろん、スティーリアは病になどかかっていない。けれどジルヴァラがこの機会を利用しスティーリアを堂々とお披露目する、と言って聞かなかったのだ。

「それは絶対に駄目だ。なにがあってもパレードは中止しない」

スティーリアは苦笑を浮かべた。

「あら、でもジルヴァラさまは私を誰にも見せたくないのでは？」

「それとこれとは別の話だな。キミはこんなに可愛いのだから、この皇帝（俺）の妻だと知らしめておかなければ心配で夜も眠れない」

「も、もう、なにをおっしゃっているんですか……！」

「本心だよ、本心」

スティーリアは額を押さえた。彼が真面目に言っているのはわかる。だが真面目すぎるのも考えものだ。なんだかジルヴァラがどんどん妙な方向に進んでいる気がする。

「当日は医療部隊を大勢配置しておかなければ。キミの可愛さに目が眩んだ国民が大勢――」

「ちょ、やめてください！」

願わくは、周りに人がいる時にこんな寝ぼけたことを言わないで欲しい。

スティーリアはまだなにか言いたげなジルヴァラの口元を押さえながら、こらえきれなかった溜め息を一つ、静かにこぼした。

もちろん彼は呪われてなどいないが、ひょっとしたら呪われているのでは、と思ってしまうほどジルヴァラの溺愛はすさまじい。

まず、スティーリアには護衛のために近衛騎士が八人もつけられている。ジルヴァラですらついている近衛は二人なのに、スティーリアには実にその四倍もの人数がついているのだ。

そこまでしてもらわなくても大丈夫、と繰り返し訴えても、ジルヴァラは頑として護衛の数を減らしてくれない。むしろ、さらに増やそうとすらしていたのを必死になって止めたのだ。

それでも、どこにでもついて来られるのは少々閉口する。それに、彼らとてただついて回るだけ、というのは本意ではないだろう。大勢の男たちに囲まれる威圧感よりも、申し訳なさのほうが先に立つ。

いつだったか、筋骨隆々とした近衛騎士八人の圧に耐え兼ねてレリーとコラールに愚痴をこぼしたことがある。

『ジルヴァラさまは過保護すぎるわ。せめて城内くらいは自由にさせてくれてもいいのに……』

『そうおっしゃらず。ゼーアールで皇后陛下が襲撃された時のことを、陛下はいまだに心配しておられるのですよ』

『私たちも、護衛は多いほうが安心ですわ』

結局、訴えに賛同してもらえなかった。彼女らの言うことも理解できるが、今のルーゼル・クラウシュとミーア・クラウシュにスティーリアを再び襲う気力はないと思っている。

スティーリアにより〝氷呪〟をかけられたクラウシュ親子の現在は、というと。

父ルーゼルは財務大臣の任を解かれたが、長らく国庫を管理していた経験と知識は必要、ということでこれまで自分の部下だった者の下についている。

大臣だった頃は部下に対して相当に横柄だったようで、今は身を小さくして働いているようだ。

ちなみに公爵位は剝奪（はくだつ）されている。

そしてあれから娘ミーアの姿を見かけた者はいない。時折、屋敷内から泣き叫ぶような声が聞こえるらしい。

正式に皇后となることが決まったあと、スティーリアはベンジーネにすぐ手紙を書いて送った。

そして都合をつけて神殿まで会いに行き、自分の口から改めてゼーアールに行ってからジルヴァラと再会し、皇都に戻って来るまでの経緯について説明をした。

やはりというか、クラウシュ親子から何度も「呪いを解いて欲しい」と依頼があったという。

『私には無理だ、と言ったわ』

ベンジーネは澄ました顔で肩を竦めていた。

ジルヴァラにかけた〝蛇喰い〟のように、蛇髪の命を対価にしていない今回の〝氷呪〟はベンジーネなら燃やすことができるだろう。にもかかわらず、ベンジーネは〝無理だ〟と言った。だが、それは決して嘘ではない。

――無理に決まっている。彼女（ベンジーネ）が長き時をずっと一緒に過ごしてきた大切な人を、私利私欲にまみれた彼らの策略が奪ってしまったのだから。

スティーリアは軽く頭を振り、彼ら父娘のことを頭から振り払った。

後悔はしていない。かといって、天に代わって裁きを与えたと思っているわけでもない。

再び人を呪った責任は、ずっと背負っていかなくてはならないものだ。

けれど自分を呪った相手を恨むどころか気遣っていたジルヴァラのように、いつか憎む気持ちが薄らぐ日がくればいいのに、と少しだけ思っている。

## 最終章

# 虹と蛇の帝国

Epilogue

祝賀パレード当日。

スティーリアはバルンステール城の城門前に停（と）められた馬車の中で、ジルヴァラが来るのを待っていた。年始のパレードなどでスティーリアも何度か見たことがある、天井のない馬車。

だが今乗っている馬車は真珠色に塗装され、色とりどりの花で飾りつけられている。馬車を引く馬も、わざわざ銀毛の馬が用意されていた。

そして今日のドレスはこの日のためにジルヴァラが用意してくれたものだ。

まるで流れる銀の光で織られたような、最先端のデザインで作られたドレス。真珠色の髪は虹涙（こうるい）石（せき）の髪留めを使い、後ろで緩くまとめてある。そして皇太后ハルデニアが贈ってくれた黒瑪瑙（ブラックオニキス）の耳飾り。防寒用に用意された毛皮のマント。

すべてが、ジルヴァラの黒と銀でまとめられている。

「皇后陛下、とってもお綺麗（きれい）です」

「ええ、本当に誇らしいですわ」

侍女のレリーとコラールは二人して目を潤ませている。彼女らの肩には、それぞれ細く青い蛇がちょこんと乗っていた。元はスティーリアの蛇髪だった彼らは『カノン』『マイン』と名前をつけられ二人から非常に可愛がられている。

「レリー、コラール。二人とも本当にありがとう。それと、これからもよろしくお願いします」

――はじめて二人の名前を口にした。それに気づいたのか、二人は顔を見合わせ嬉しそうに笑っている。

「本当に綺麗だわ、スティーリア」

後ろから、涼やかな声が聞こえた。振り返ると、皇太后ハルデニアが優しい笑みを浮かべて立っている。

「こ、皇太后陛下……！」

スティーリアは慌てて立ち上がり、急いで馬車から降りた。侍女たちは深々と頭を下げ、馬車から数歩ほど遠ざかっている。

「皇太后陛下、はやめてくれないかしら？　あなたはもう、わたくしの義娘なのよ」

「す、すみません……。まだ慣れなくて」

ハルデニアとは、ジルヴァラと互いの思いを確認し合ったあとで改めて面会をした。

母として呪いに苦しむ息子を思い辛い日々を送っていた皇太后。

どんな罵倒でも素直に受け止めよう、と覚悟を決めて会いに行ったのだが、予想に反して皇太后はスティーリアを温かく迎えてくれた。

ジルヴァラが懸命に説得をしてくれたと聞いた時には、あふれる涙を抑えることができなかった。

「いいのよ、これからゆっくりと慣れてくれればいいわ」

スティーリアはハルデニアのドレスに目をやった。普段は水色のドレスを着ていることが多い皇太后だが、今日は珍しく濃い青のドレスを身にまとっている。

「皇太后陛下。ドレス、すごく素敵です」

「お義母(かあ)さま、と呼んでちょうだい。……そうね、久しぶりに元夫の色を身に着けてみたの」

「え、元夫……？」

ハルデニアの元夫といえば、前皇帝ウェーゼル。確かに、前皇帝は海のような青色の髪だった。

ちょうど今、ハルデニアが身に着けているドレスのような。

「ど、どうしてですか？　だって前皇帝は呪いにかかったジルヴァラさまを追放して、皇太后……お義母さま、を離縁して実家に追い返したような人ですよ？」

ハルデニアは寂しげに笑った。

「そうね。あの人は名君と呼ばれていた父、セルデライ帝にずっと劣等感を持っていたの。確かにウェーゼルさまは平凡な人。もっと言ってしまえば〝国を統べる皇帝という職業〟にはまったく向いていなかった」

さすがにその言葉に頷(うなず)くわけにもいかず、スティーリアは無言で義理の母の話に耳を傾ける。

「だからマリーのような女に癒しを求めたのでしょうね。彼女はわたくしほど優秀ではないから」

ハルデニアは芝居がかった仕草で肩を竦(すく)めた。

「おまけにマリーはルーゼルと通じていた。彼女はウェーゼルさまを〝ゼルさま〟と呼んでいたわ。あの人は嬉しそうだったけど、それは〝ルーゼル〟とうっかり呼び間違えを起こさないようにマリーが考えた愛称なのよ」

「えぇ!?　そうだったんですか!?　し、信じられない……！」

いくら自分の他に正妃がいるとはいえ、皇帝の側妃ともあろう者が事もあろうに財務大臣と浮気をするなんて許されるはずがない。

「ウェーゼルさまにはそれとなく忠告をしたのだけど、聞き入れてもらえなかった。確たる証拠をつかもうとしていた矢先に病が流行って、あっという間にあの人もマリーもいなくなってしまったわ」

「そんな……」

運命の皮肉に、スティーリアは唇を噛んだ。

ウェーゼル帝がもっと早く正妃ハルデニアの言葉に耳を傾けていれば、マリー妃とクラウシュ公爵が策略を企てることはなかっただろう。

そうしたら自分はジルヴァラを呪わずに済み、ロードボッシェは今もベンジーネの側にいたのかもしれない。だが、今さら考えても仕方のないことだ。

「スティーリア。虹涙石があなたを守ってくれた話をジルヴァラから聞いたわ。もしかしたらウェーゼルさまがわたくしを離縁し実家へ追いやったのも、虹涙石がウェーゼルさまのお心を後押ししてくれたのではないかと考えてしまったの。……単に愛を失っただけかもしれないのに、馬鹿みたいでしょう？」

切ない笑みを浮かべるハルデニアの手を、スティーリアはそっと握った。

「いいえ。馬鹿みたいだなんて思いません。だってお義母さまは、前皇帝陛下を愛していらしたのでしょう？　愛する人の心を信じたいと思うのは、当然のことです」

ハルデニアは、水色の服を好んで身に着けていた。

——水色は青と緑が混ざってできる色。ウェーゼル帝の青と、ハルデニア皇后の翠が。

「あなたの虹涙石はとても大きい。精霊王はあなたがのちに強い絆で結ばれるジルヴァラの運命だと、わかっていたのね。虹涙石の加護は本物だったのだわ。だからこそ、汚れた心を持ったマリーを守ることはなかった」

「運命だなんて。そう言っていただけるのは嬉しいですが、私に皇后なんて務まるのか自信がまったくありません」

自分が平民だということを抜きにしても、ハルデニアのように色んな仕事ができる皇后にはどうしたってなれないと思う。

「大丈夫。あなたはあなたのままでいいのよ」

最初〝形だけでも貴族に〟と宰相メーディセインの養女になる話が持ち上がっていた。けれど、ジルヴァラが反対をしたのだ。

『スティーリアは精霊王にかつてないほど加護を与えられた女性だ。その出自を恥じることなどない』

結局、スティーリアは平民のままで今日のこの日を迎えている。

「ほら、見てごらんなさい。あなたが困っているのを感じ取ってジルヴァラがやって来たわ」

ハルデニアが示す方向に目をやると、漆黒の軍服の上に真珠色の羽毛を使ったマントを羽織るジルヴァラが足早に歩いて来るのが見えた。手には槍を模した錫杖が握られている。錫杖には、大粒のサファイア。

契約の結婚式とは明確に違う、互いの色を身に着けた今日の装い。それはスティーリアの心を幸福感でいっぱいにしてくれた。

それだけではない。本当に皇帝の妻になったのだ、という実感もじわじわと湧きあがってくる。

「スティーリア」

「ジルヴァラさま」

「あぁ、母上がスティーリアの相手をしてくれていたのですか。待たせてすまないな、祝炎の巫女と押し問答をしていたせいで、こちらに来るのが少し遅くなった」

「ベンジーネと押し問答？」

スティーリアはハルデニアと顔を見合わせた。

「ジルヴァラさま、なにがあったの？　だってベンジーネ、出席してくれるって……」

――祝賀パレードは、まずジルヴァラとスティーリアが乗った馬車が先に発進する。次に皇太后ハルデニアと宰相メーディセインが乗った馬車が続く。

打ち合わせをしている最中、ジルヴァラは自身の母が乗る馬車にスティーリアの養母であるベンジーネを同乗させることを提案してくれた。

スティーリアは非常に喜び、ベンジーネにその話をするためすぐ神殿へ向かった。

『……私のことなど気にしないで。沿道から一国民として、お祝いをさせてもらうわ』

やはりというか、ベンジーネは固辞した。

『ベンジーネは私のもう一人のお母さんだと思ってる。だから皇太后さま、ジルヴァラさまのお母さまと同じ馬車に乗ってもらいたいの。……駄目？　どうしても嫌？』

『嫌じゃないのよ。ただ、私が出て行くとあなたの出自も知られる。蛇髪族だからとかじゃなくて、平民出身だと国民に印象づけることはないじゃない』

ベンジーネはそう言って渋っていた。だが、どう転んだってスティーリアは平民なのだ。ここで貴族ぶることに、なんの意味もない。

だからスティーリアはベンジーネが絶対に折れるだろう手を使った。

『うぅっ、お願いベンジーネ……』

なんのことはない。泣き落としを使ったのだ。

それでベンジーネは承諾してくれたはずだった。今朝、迎えの馬車から降りてきたベンジーネに抱き着いた時には、優しく頭を撫(な)でてくれたというのに。

「いや、そうじゃない。こちらが用意した服ではなくていつもの巫女服でいい、と言い張るものだから説得を続けていただけだ。だが結局聞いてもらえなかった」

ジルヴァラは苦笑しながら、スティーリアの手を取った。同時に、皇太后ハルデニアが後方の馬車へと下がっていく。

「なんだ、そういうこと。それなら私もベンジーネに賛成だわ。だって私はいつものベンジーネに側(そば)にいてもらいたいんですもの」

「……そうだな。祝炎の巫女にも言われた。〝ここで私を着飾ることになんの意味があるのですか〟と。キミを立派に育ててくれたのは巫女の彼女なのに、俺は危うくそこを否定するところだった」

スティーリアはジルヴァラに手を引かれながら、真珠色の馬車に乗り込んでいく。

「ジルヴァラさまのお気持ちは、ベンジーネもわかってくれていると思うわ」

「だといいが。キミの母は怒ると怖いからな」

「あら、怒られたの？」

「……少し」

恥ずかしそうにこめかみを指でかくジルヴァラを見上げながら、スティーリアは声を出して笑った。


馬車は祝砲とともにバルンステール城を出発し、街道をゆっくりと進んで行く。

道の両端には、〝鴫（しぎ）と蔓葡萄（つるぶどう）〟の国旗を手にした大勢の国民が並んでいる。

このまま神殿近くまで進み、皇都ヴリホデックスの中心街をぐるりと回って城に戻る。

スティーリアは沿道の人々に手を振りながら、立ち並ぶ屋台の一つに目を留めた。

「あ、林檎（りんご）の揚げケーキのお店！　私、年始の祝賀行事でこの揚げケーキの屋台に行くのがとても楽しみだったの」

「揚げケーキ？　俺は食べたことがないな」

ジルヴァラは興味深そうに屋台を目で追っている。

「林檎を輪切りにして、ケーキ生地をまとわせて揚げるだけなの。今度、作りましょうか？」

「本当に？　それは楽しみだな」

他にも、表で肉を焼いている店や砂糖菓子を売る店など、普段は見かけない屋台がたくさん出店していた。幼い子供たちは、皇帝のパレードより屋台の菓子に夢中になっている。

「わぁ、なんて素敵な飾り」

家屋や街路樹には、紙や布で作られたチューリップの飾りがいくつも飾られていた。皇后スティーリアがチューリップ形の葡萄パンを作るのが得意、という噂がいつの間にか皇都に流れていたらしい。これは侍女コラールに教えてもらった。

馬車が通過したあとには金や銀の紙吹雪が舞い、大人も子供もみんな、満面の笑みで手を振ってくれている。

「皇后陛下、おめでとうございます！」

「お元気になられて本当に良かった！」

〝病気の快癒〟を喜ぶ声が届くたびになんとなくいたたまれない気持ちになるが、そこはもう開き直るしかない。スティーリアは国民に向かい、笑顔で手を振り返した。

途端に、湧きあがる歓声。

なんとなく気恥ずかしくて、後方の馬車を振り返る。

見慣れた巫女服を着たベンジーネはすでにこちらを向いている。その、薄い唇が動いた。

『とても綺麗よ。落ち着いて』

声には出さず、唇の動きだけでスティーリアを励ましてくれる。

スティーリアの両目に、涙が自然と浮かんでくる。思えば、幸せの始まりにはいつもベンジーネの優しい眼差しがあった。

「……スティーリア」

「は、はい、なんでしょう、ジルヴァラさま」

隣で同じく手を振っていたジルヴァラが、そっと声をかけてきた。スティーリアは涙をそっとぬぐい、ジルヴァラに顔を向ける。

「……いい天気だな」

「はい、本当に。そういえば契約結婚の日もいいお天気だったけど、どうしてかしら、今日のほうが何倍も綺麗に見えるわ」

あの時は緊張とジルヴァラから浴びせられる暴言、おまけに足払いまでくらわされ散々な思いをした。だが、今はあり余るほどの幸せに包まれている。

気持ちの持ちようで景色がこうも変わって見えるのかと、どこか不思議な気持ちになった。

「……今さらだが、自分の身勝手さに改めて気がついた。こうして祝賀パレードを強行したのも、キミにひどい言葉をぶつけ、乱暴に足を払うというあの日の過ちをなかったことにしたかったからなのだと思う。それで俺の罪が消えるわけでもないのにな」

ジルヴァラはしょんぼりと肩を落としている。スティーリアは手を伸ばし、ジルヴァラの手をそっと握った。

「私なんて、もっとひどい罪を抱えているわ。それをなかったことにはできないし、するつもりもない。それは意地になっているわけでも卑屈になっているからでもないの。それはジルヴァラさま、あなたを愛しているから。だから、あなたに関わるすべての思いを私は絶対に手放したくない」

ジルヴァラはなにも言わない。

だが、力強く握り返された手がその胸の内を確かに物語っていた。

真珠色の馬車は、光射(さ)す道を国民の歓声を浴びながら進む。

それは、二人が歩む先には輝く未来が広がっているのだと、予感させてくれるような光景だった。

＊＊＊＊＊＊＊

ドラウヴン帝国の紋章は建国当時から『鴫と蔓葡萄』であったが、ジルヴァラの時代からそれに小さな蛇が加わるようになった。

ひっそりと暮らしていた蛇髪族も、蛇髪を隠すことなく堂々と生活をしている。スティーリアが自らの出自を明らかにし、蛇髪族についての誤解を解くために力を尽くしたからだ。

スティーリアが平民出身だということはなんの障害にもならなかった。本人が巫女であり、養母であったベンジーネも高名な巫女ということで精霊信仰の帝国では受け入れやすかったのかもしれない。

ただ、さすがに『蛇喰い』の呪いについてはジルヴァラの強い希望もあり伏せている。

スティーリアは他の蛇髪族を守るためにも、己の罪を封印し一生背負っていくことを決めた。

そして皇帝ジルヴァラと平民出身の皇后スティーリア。

周囲が呆れるほど、そして当のスティーリアが困ってしまうほどジルヴァラは妻を舐めるように甘やかし、溺愛した。

「ジルヴァラさま、そんな顔をなさらないでください。特殊な能力を持った少年が現れた、と精霊教会から連絡が来たんです。彼の能力を確かめて神官として認定できるかどうか判断するには、巫女の私が行かないといけませんから」

「キミが行くのは構わないよ。ただ、俺もついて行く。……止めても無駄だからな」

ジルヴァラがスティーリアにまとわりつき、それを侍女たちに咎められる光景も珍しいものではなくなった。

そんな二人の間には三人の皇子と二人の皇女が誕生した。

――黒髪の皇太子ロート、同じく黒髪の第二皇子ヴィト。青髪の第三皇子ズワルトに第一皇女セピア、第二皇女オンウィーア。

ロートとオンウィーアには、スティーリアの蛇髪が遺伝した。ロートは右側頭部、オンウィーアは後ろ髪が蛇髪になり、それぞれの髪色である黒と青の細蛇が揺れている。

またアイスベーアに出向くことがほとんどなくなったジルヴァラの代わりに第三皇子ズワルトが自ら志願し、奇しくもジルヴァラと同じく十二歳でロッツ城の主になった。

第二皇子ヴィトは兄を献身的に支え、第一皇女セピアは隣国ヴァインシュトックの王族に嫁ぎ両国の友好に貢献した。

そして第二皇女オンウィーアは蛇髪だけではなく『氷呪』の力も受け継いでおり、祝炎の巫女ベンジーネ亡きあとはオンウィーアがヴール神殿に在籍した。

国内唯一の皇族直下の神殿において、母を上回る高い魔力で人々を救っている。

そして皇帝ジルヴァラの時より始まる『虹と蛇の帝国』は、長期に渡り安寧の時代を築いていくことになる。

番外編

# 幸福の庭

Extra Story

スティーリアは中庭に用意された長椅子に腰かけ、膨らんだお腹をさすりながら庭の一角に柔らかな視線を向けていた。

「僕は悪くありません」

右側頭部に揺れる漆黒の細蛇を指に絡めながら、つん、とそっぽを向く十歳の長男ロート。

「そうですよ、兄上は悪くないです。ちなみにオレもセピアも悪くありません」

兄である皇太子の側にひっそりと控えながら、眼差しは決して気弱ではない次男ヴィトは八歳。

「セピアは絶対に謝らないわ。だって、なにがいけないのかわからないもの」

頬を膨らませる五歳の長女セピアは、ふわふわとした青い髪に銀色のリボンを結んでいる。

「みてー、みてー」

庭をころころと転がり、着ている服を芝まみれにして無邪気に笑う二歳の三男ズワルト。

ズワルト以外の三人は、スティーリアの座る長椅子から少し離れた場所に設置してあるお茶会のテーブルを囲んでいる。

「……子供たちを止めなくていいのか？」

困惑した顔でこちらを見つめる夫ジルヴァラに向けて、スティーリアはゆっくりと首を振った。

「いいの。もう少し様子を見ていましょうよ」

「そうか。キミがいいなら俺もいい」

ジルヴァラはスティーリアの頬に口づけながら、包み込むように両手を握ってきた。そんな夫の頬へ同じように口づけを返しながら、スティーリアは子供たちの様子を見守る。

「なぜ、おばあさまのことをおばあさま、と呼んではいけないのでしょうか。僕やヴィトにセピア、ズワルトはまぁいいとして、とにかく僕たちが納得できるように明確な理由をお願いできますか」

長男である皇太子ロートが銀の眼差しを向ける先には、スティーリアの養母である『祝炎の巫女』ベンジーネがいる。

今日はお腹の中にいる第四子の皇女に祝福の祈りを捧げてもらうため、という名目でヴール神殿からベンジーネを呼び出していたのだ。

「理由もなにもございません。私のことは〝ベンジーネ〟とお呼びくださいませ」

「嫌です。そして理由がまったく明確ではありません」

きっぱりと言い切るロートの姿に、スティーリアは思わず吹き出してしまった。

「ロートの物言い、ジルヴァラさまにそっくりだわ」

「……俺はあそこまで頑固じゃない」

ジルヴァラは呆れたような顔をしている。

「私はスティーリア・リンデを一時保護していただけであり、スティーリア皇后の母親ではありません。皇后陛下の血縁者ではないのです。つまり皇太子殿下や第二皇子殿下に第三皇子殿下、そして皇女殿下から〝おばあさま〟と呼ばれる身分ではないのですよ」

ベンジーネは怯むことなく、澄ました顔で紅茶を一口飲んだ。

「それより皇太子殿下。一国民を、次期皇帝が〝おばあさま〟と呼ぶのは非常によろしくございません。どうかお気をつけくださいませ。殿下のお祖母さまは皇太后陛下ただお一人。……まったく、何度申し上げればおわかりいただけるのでしょうか」

――本日、皇太后ハルデニアはこの場にはいない。

『ごめんなさいね、せっかくご招待いただいたのに。その日はどうしても外せない用事があるのよ。祝炎の巫女さまによろしく伝えておいてくださる？』

ハルデニアは微笑みながらそう言っていたが、おそらく久しぶりの〝母娘〟の再会に気を遣ってくれたのだと思う。

「母上が実の母のように慕っていらっしゃるということは、僕たちのおばあさまということです」

「オレも兄上が正しいと思います、おばあさま」

「セピア、おばあさまの髪のお色みたいな紅のリボンが欲しいわ」

「ばぁばー、みてー」

ロートは意見を曲げず、ヴィトはそんな兄を全肯定。セピアは飽きたのか話題を強引に方向転換し、ズワルトはどこまでも無邪気。

「もう、仕方がないわね」

スティーリアは溜め息をつきながら、ジルヴァラの手を借り立ちあがった。さすがに子供たちが自由すぎる。

「あなたたち、私の養母を困らせないで」

ジルヴァラに支えられながら、子供たちとベンジーネのもとに向かう。

「ごめんなさい、ベンジーネ。困っているのはわかっていたんだけど、子供たちと触れ合ってる姿をもう少し見ていたくて」

「ふふ、構わないわ。私の立場的に〝おばあさま〟呼びを堂々と享受するわけにはいかないけれど、こうして殿下がたとお話をするのは本当に楽しいの。それにしても、全員がここまで個性的だと見ていて飽きないわね」

ベンジーネは肩を竦めて笑っている。

「……やっぱりそう思う？」

「ええ、思うわ」

スティーリアは傍らのジルヴァラを見上げた。

結婚してから十二年。渋みの加わった顔には苦笑が浮かんでいる。

「ロートは小さなジルヴァラさま。とっても真面目なの。勉強熱心だし、時々びっくりするような政策を打ち出してきたりするのよね」

「確かに、俺に似て少し融通がきかないところがあるかもしれない」

ジルヴァラはロートの蛇髪を指で軽くつっついた。ロートは照れたように頬を赤く染めている。

「逆に柔軟な発想を持っているのがヴィト。少しだけ〝お兄ちゃん〟を尊敬しすぎるところがあるけれど、心酔しているのとは違う。駄目なことは駄目、とはっきり言えるものね」

「……羨ましいことだ。俺にはそんな弟はいなかったからな」

寂しげに笑うジルヴァラに、スティーリアはそっと寄り添う。

「セピアは一見、自由奔放だけど場の空気を読むのがすごく上手。社交界でお披露目するのが楽しみだとお義母さまがおっしゃっていたわ」

セピアは席を離れ、芝生の上を転がる弟ズワルトを止めていた。

「そういうところは貴女に似たんじゃないかしら？」

ベンジーネの言葉に、スティーリアは両目を瞬かせる。

「え、そうかな」

「そうよ。貴女が来てから神殿の空気がすごく明るくなったって、ロードボッシェも言っていたもの」

「ロードボッシェ……。久々に現れたな」

ぼそりと呟くジルヴァラに気づかないふりをしながら、スティーリアはケラケラと笑うズワルトを見つめた。

ズワルトは口の中に入った芝を、姉のセピアに取り除いてもらっている。

周囲に侍女や護衛は控えているが、この中庭でのお茶会は基本的に家族だけで過ごす決まりにしているため、誰も手を出さず遠巻きに見守っているのだ。

「あの子はまだまだ無邪気だけれど、この我が道を突き進むところは大きくなっても変わらない気がするわ」

「……ああいう子が、大人になるとけっこう頼りになったりするものなのよ」

ベンジーネはどこか懐かしそうな顔で空を見つめている。

「この子は、どんな子なのかしら」

スティーリアは大きく膨らんだ腹に目を向けた。

性別は女の子だと判明しているものの、ここまで他の子供たちが個性的だとお腹の中の赤ん坊がどんな性格なのか楽しみで仕方がない。

「性格まではわからないけど、この子も皇太子殿下と同じく貴女の蛇髪を受け継いでいるわ」

「ふぅん。……え、待って、本当!?」

「本当よ。魔力を三つ感じるもの。一つは皇女殿下、二つは蛇髪のものね。貴女は今、妊娠中だから逆に魔力を感じられなくなっているのだと思うわ。それから」

「え、なに？　まだなにかあるの？」

スティーリアはジルヴァラと顔を見合わせた。ベンジーネが特に焦った様子を見せていないことから、不吉な話ではないということはわかる。

だが〝それから〟の先の話にまったく想像がつかない。

「第二皇女殿下は、おそらく貴女の〝氷呪（ひょうじゅ）〟を受け継いでいる」

「そ、そうなの!?」

「えぇ。魔力の波形が貴女とよく似ているから。おまけに殿下方の中では一番魔力が強いのではないかしら」

――まさか、自分の娘に氷呪が遺伝するなんて。

「……この子は、私のようにならないでくれるといいけど」

スティーリアは〝氷呪〟の力を使って二度も呪いをかけた。

一度目の呪いはひどく後悔をしたが、二度目の呪いはいまだに後悔していない。

後悔はないが、呪いをかけた時の暗い気持ちは、胸の奥底に澱のように沈んでいる。

この重さは自分が生涯背負っていかなければならないものだが、娘にはそんな重荷を背負わせたくはない、というのが母としての正直な気持ちだ。

「あら、私はぜひ貴女のような娘に育って欲しいと思っているわ。貴女のように、強い心を持った女性に」

「ベンジーネ……」

スティーリアは潤む瞳を養母に向けた。白いものが混じり始めた紅色の髪の養母は、はじめて出会ったあの日と変わらぬ温かい眼差しを向けてくれている。

「さぁ、そろそろ私はお暇しようかしら。第二皇女殿下へ祝福も授け終わったことだし、神殿に帰らなくてはね」

「まだいいじゃない。そうだ、夕食も一緒にどう？　もう少し側にいて欲しいわ」

皇后となってしまったことで警備上の問題もあり、またベンジーネが多忙ということも相まってなかなか神殿へ行くことができない。ゆえに、こうしてベンジーネとゆっくりお茶を飲めるのは四番目の子ズワルトを妊娠していた時以来なのだ。

その時も、ベンジーネはお茶を飲むと早々に帰っていった。

「貴女ったらいつまで子供のようなことを言っているの。もう母親、いえ、皇后陛下でしょう？」

「だ、だって、私には」

――わかっている。皇帝の妻となり四人の子を持ち、今また五人目がお腹の中にいる。年齢だって、三十をとうに越えた。いつまでも甘えてなどいられない。

けれど、ほんの少しだけ思ってしまったのだ。

ジルヴァラには実母である皇太后ハルデニアがいるし、子供たちには自分という母がいる。けれど、スティーリアには血のつながった親がいない。

「……ごめんなさい、わがままだった。そうよね、ベンジーネを待っている人がたくさんいるんだもの。私が独占するわけにはいかないわ」

項垂れるスティーリアの髪に、ふわりと温かい手が触れた。

「まったく、私はこの顔に弱いのよね」

「え、じゃあ夜まで一緒にいられる？」

ベンジーネは困ったような顔で、首を横に振った。

「いいえ、それは無理。でも、来月の貴女のお誕生日はお祝いさせてもらおうかしらね」

「……そっか。え、本当!?」

これまでスティーリアの誕生日には、毎回招待状を出していたのに一度も来てくれたためしがない。

「本当。貴女に嘘は言わないわよ」

「嬉しい！　ありがとう、ベンジーネ」

「どういたしまして。……ただスティーリア、私がこうやって皇宮に出入りできるのも、私が巫女でこの国が精霊信仰だから巫女という存在に寛容なだけ。決して当たり前のことではないの。それだけは忘れないで」

優しくも厳しい言葉に、スティーリアは大きく頷く。自身も巫女であるがゆえに、人によってはスティーリアが〝巫女〟という特定の職業に肩入れしていると考える者もいるだろう。

ベンジーネはその部分を気にするように、と言っているのだ。

「わかってる。わがままを許してくださるジルヴァラさまにご迷惑をおかけするようなことは絶対にしないと誓うわ」

スティーリアはここまでずっと黙ったまま、ただ肩を抱いてくれていたジルヴァラに目を向けた。夫の銀の瞳は、甘く優しい光をたたえながらスティーリアを真っ直ぐ見下ろしている。

「では、今度こそ失礼するわ」

「うん、気をつけて帰ってね」

身重のスティーリアは見送りに行くことができない。椅子に座ったまま、立ち上がったベンジーネに小さく手を振っていると、横から不満そうな声が聞こえた。

「……ちょっとよろしいですか」

不貞腐れた顔で挙手をしていたのは、皇太子ロートだった。

「ロート？　どうしたの？」

「いえ、やはり納得がいかないと思いまして」

「なにが？」

スティーリアは首を傾げた。ジルヴァラもベンジーネも、きょとんとした顔をしている。

「ベンジーネおばあさまは、自分が平民だから皇帝の子である僕たちに敬語を使い〝殿下〟と呼ぶ。そして僕たちが〝おばあさま〟と呼ぶのを禁止している。でも、母上のことは名前で呼び、ずっと普通に会話をしている。おばあさまの理論で言うと、母上にも敬語を使うべきなのでは？」

「確かに！　兄上のおっしゃる通りです」

ヴィトはうんうん、と頷き、セピアとズワルトはじっとベンジーネを見つめている。

「……あらあら、口も頭も達者なこと」

ベンジーネは楽しそうに笑ったあと、片方の手を胸にあてすーっと息を吸った。

「ロート。ヴィト。セピア。ズワルト。そしてお腹の中の孫娘。また、来月」

子供たちの顔が、ぱぁっと輝いていく。

「は、はい！　おばあさま！」

「おばあさま、来月お待ちしております」

「セピア、ぜったいに赤いリボンをつけておばあさまをお出迎えするわね」

「ばぁばー、ばいばい」

四人の子供たちは、去って行くベンジーネにそれぞれの言葉を告げたあと、ただ黙って立ち去る背を見つめている。


それはスティーリアがかつて失い、そして再び手に入れた温かな家族の姿。

きらきらと輝くような幸福があふれる庭の中で、スティーリアは穏やかな幸せを噛(か)み締めていた。

了

## あとがき

はじめまして、杜来リノと申します。

『冷徹皇帝の隠し妻』を手に取っていただき誠にありがとうございます。

この度、『eロマンスロイヤル大賞』さまにて金賞を受賞させていただき、こうして本にすることができました。

eロマンスロイヤルさまは〝いつか書かせていただけたら〟とずっと夢見ていたレーベルさまなので、とても嬉しかったです。

この作品はwebにて『蛇喰い皇帝の隠し妻』というタイトルで連載していました。

最初は皇帝、もしくは若き公爵が逆恨みから〝特定の花しか食べることができない〟という呪いにかけられた、という体でプロットを組んでいましたので、タイトルも『薔薇喰い〜』で行く予定でした。

でも薔薇だとちょっと綺麗すぎるし、やっぱり呪いというならある程度は精神的に負担になったほうがいいよね、と考え蛇を食べて貰うことに決めました。

せっかくならヒーローの身分を皇帝にしよう、ということでお話が本格的に動き出したのですが、普段〝トップよりちょっとだけ下〟の身分のヒーローを書くことが多いので書いていてとても楽しかったです。

連載時より五万文字近く加筆しているのでweb版に比べかなり読みやすく、また内容もわかりやすくなっているかなと思うので、楽しんでいただけたら嬉しいです。

ちなみに作中に登場する〝温かいチョコクッキー〟ですが、こちら実在するものです。今作品はオランダがモデル国なのですが（服装の参考やざっくりとした国の位置など。気候は架空です）オランダについて調べていた時、アムステルダムにしかないクッキー屋さんのクッキーを偶然見かけて「すごく美味しそう！　彼らに食べさせてあげたい！」と、お茶の時間に登場させてみました。私自身は食べたことないです。

結構大きいみたいで直系九センチ近くあるみたいですね。

ジルヴァラは何枚も食べていましたが、多分そんなには食べられない。

〝シャンプーと化粧水〟は完全に架空の産物です。シャンプーは実在するレシピに色々と足したりしているので〝半架空〟と言えるかもしれませんが、化粧水は完全に〝スティーリアの周辺にしか存在しない〟ものです。決して真似しようとしないでください。

そして表紙ですでにお分かりかと思いますが、イラストが本当に素晴らしいので中の挿絵もぜひご覧になっていただきたいです！（帯で隠れているかもですが、イラスト担当してくださった炎先生が表紙に〝彼ら〟を描いてくださっています）

奇しくも巳年に〝蛇〟が重要な役割を果たす本作品を世に出すことができて、とても嬉しく思っています。

今作品を出させていただくにあたりまして、憧れの賞を授けてくださった編集部さま、細かい部分を素早く的確にフォローし支えてくださった担当さまに、勉強不足の部分をきっちりと補ってくださった校正さま。

ジルヴァラの〝そこはかとない嫌なやつ感〟やスティーリアの〝無垢な愛らしさ〟を完璧に表現

してくださった炎かりよ先生。

そして、この本を手に取ってくださった読者さま。

皆さまに、心からの感謝を捧げたいと思います。

またいつか、お目にかかることができますように今後とも精進し頑張っていきたいと思います。

本当にありがとうございました。

杜来リノ

●ファンレターの宛先
〒102-8177　東京都千代田区富士見2-13-3　株式会社KADOKAWA　eロマンスロイヤル編集部

# 冷徹皇帝の隠し妻
## 呪われ陛下と契約婚したら、溺愛皇后になりました

著／杜来リノ
イラスト／炎かりよ

2025年3月31日　初刷発行

| | |
|---|---|
| 発行者 | 山下直久 |
| 発行 | 株式会社KADOKAWA<br>〒102-8177　東京都千代田区富士見2-13-3<br>(ナビダイヤル) 0570-002-301 |
| デザイン | AFTERGLOW |
| 印刷・製本 | TOPPANクロレ株式会社 |

●お問い合わせ
https://www.kadokawa.co.jp/（「お問い合わせ」へお進みください）
※内容によっては、お答えできない場合があります。
※サポートは日本国内のみとさせていただきます。
※Japanese text only



ISBN978-4-04-738295-4　C0093　　Printed in Japan
定価はカバーに表示してあります。